國際學村的副主編王文強先生是筆者在日文系以前教過的學生，成績優異，果然畢業後學以致用，在出版界求得一席之地，儘管出版業在少子化及網路普及後受到不少衝擊，但是國際學村仍汲汲營營地堅守崗位，締造佳績，實屬不易。

　　當王先生來找筆者洽談此書時，雖不感到意外，卻也有幾分為難，筆者專長為日本古典文學，專攻平安朝和歌，向來學生視古文為畏途，不喜親近，常常苦無用武之地。而筆者在日文系前前後後大概也教了二十年的會話課，有大一初階課程，也有大二進階會話等，每年尚有日語話劇比賽，從劇本寫作到正式舞台演出，累積了不少經驗，因此也就慨然應允，為日語會話教學生涯做一個註腳。

　　此書的著成，因配合國際學村出版社其他語種的書籍，有其一致性及統一性，每課的編成，如主題與句子的鋪陳內容，大多遵循其他語言的版本而進行，與日本國情有所出入的地方則加以修改，並重新塑造新的主題，每課後面的文化專欄部分，則是筆者自訂主題，參考網路資料撰寫而成，部分所登的照片，更是筆者利用暑假在日本期間，在大街小巷中東奔西走，一張一張拍下來，盡量符合課文或文化專欄的內容，素人拍照不若專業如此精緻，但更生活化及切題。

　　近年來日語市場依舊有增無減，在日本次文化刺激下（如動漫、遊戲等），莘莘學子學習日文的動機愈發明顯與強烈，國人赴日旅遊的比例也始終居高不下。日語在台灣的滲透，從以前日據時代被強迫灌輸，到今日的文化無違和感的融入，都佔有重要的地位，筆者有幸為國際學村撰寫此書，唯才疏學淺，亦非語學專家，僅就個人經驗竭盡棉薄之力，還望四海先進不吝賜教，感銘於心，謝謝。

　　感謝彭璽元同學協助中文登錄的工作。（彭同學於 2020 年畢業輔仁大學進修部日文系，協助登錄時為三年級學生）

筆者　張蓉蓓

於日本埼玉縣朝霞市陋居中

單元	場合	主題	會話重點
0	在開始學習會話之前	「詞幹」及「詞尾」的說明	日語動詞種類的概述、日語形容詞的概述、日語形容動詞的概述
1	初次見面	会話 ❶ 一般自我介紹	「初めまして」、「よろしくお願いします」、「こちらこそ」、「さん（先生／小姐）」
		会話 ❷ 介紹自己的國籍	どこから来ましたか。
		会話 ❸ 介紹第三者	こちらは…
		会話 ❹ 確認身分	「申す＝言う」、「名字＋申します」
2	請、謝謝、對不起	会話 ❶ 贈送禮品	「これを、」、「どうぞ」、「えっ」
		会話 ❷ 一般表達謝意	「ありがとうございます」、「どうぞ」
		会話 ❸ 一般表達歉意	「すみません」、「すみませんでした」、「ごめんなさい」
		・TIPS 「不好意思」的應用	
3	一般寒暄	会話 ❶ 一般問候	こんにちは
		会話 ❷ 睡前問候	「こんばんは」、「お休みなさい」
		会話 ❸ 談論天氣	ね
		・TIPS 更多談論天氣的表現	
		会話 ❹ 詢問近況	「お元気ですか」、「お蔭様で」
		会話 ❺ 簡單致意	お世話になりました
		会話 ❻ 久別重逢	「お久しぶりです」、「しばらくです」
		会話 ❼ 道別	「さようなら」、「さよなら」、「それじゃ」、「また」、「じゃまた」、「バイバイ」
4	跟陌生人搭話	会話 ❶ 詢問他人	「ごめんください」、「お邪魔します」
		会話 ❷ 問路	「どこですか」、「どちらですか」、「曲がる」、「まっすぐ」
		会話 ❸ 提出確認	…ではありませんか
		・TIPS 更多問路的表現	
5	求助	会話 ❶ 提出請求	動詞て形＋も＋いいですか。
		会話 ❷ 有事相求	「ちょっとお願いしたいことがあるんですが」、「動詞て形＋もらえませんか」
		会話 ❸ 求助他人	「くださいませんか」、「いただけませんか」
		・TIPS 各種緊急狀況的日語表現	

單元	場合	主題	會話重點
6	決定表現	会話 ❶ 提出建議	「いいですね」、「はい、喜んで」、「是非、ご一緒させてください」
		会話 ❷ 拒絕建議	「ちょっと」、「すみません、また誘ってください。」
		会話 ❸ 確認時間	「いつ」、「何時」、「何曜日」、「何月」、「何日」、「何ヶ月」、「何時間」、「どれぐらい」
		会話 ❹ 詢問意見	「どうですか」、「いかがですか」、「どう思いますか」
		会話 ❺ 表示歉意	「すみません」、「大変失礼しました」
		会話 ❻ 制止	「動詞未然形＋ないでください」、「動詞原形＋な」
7	開始與結束	会話 ❶ 餐前	いただきます
		会話 ❷ 餐後	ご馳走様でした
		会話 ❸ 參加	「動詞連用形＋ましょうか」
		会話 ❹ 結束	「お疲れさまでした」、「ご苦労様でした」
8	祝福	会話 ❶ 生日	「お」、「おめでとうございます」
		会話 ❷ 升職	ご昇進
		会話 ❸ 結婚	「ご結婚」、「ずっと」、「お幸せに」
		会話 ❹ 生產	ご出産
		会話 ❺ 畢業	ご卒業
		会話 ❻ 新年	「いいお年を」、「明けましておめでとうございます」
		会話 ❼ 祈禱	「…できるように」、「…ように」
		・TIPS 其他各種場合的祝福用語補充	
9	慰問	会話 ❶ 慰問	「どうしたのですか」、「何があったんですか」、「大丈夫ですか」、「顔色が悪いですね」、「どこか具合が悪いですか」、「無理」
		会話 ❷ 鼓勵	「頑張ってください」、「ください」
		会話 ❸ 進出門的問候	「行ってらっしゃい」、「お帰りなさい」
		会話 ❹ 抱怨	困ります
10	電話	会話 ❶ 打錯電話	番号をお間違えではないでしょうか
		会話 ❷ 電話留言	「メッセージ」、「伝言」、「承ります」
		会話 ❸ 用電話預約	「かしこまりました」、「キャンセル」
		会話 ❹ 請求回電	折り返し

單元	場景	會話重點	補充表達
1	在機場	❶ 詢問交通工具是否有到目的地的方法 ❷ 詢問方法	與空間相關的表現
2	在公車站	❶ （動詞假定形）…ば ❷ 動詞て形＋ください。	一定要會的指示代名詞表現
3	在電車站	❶ <ruby>払<rt>はら</rt></ruby>い<ruby>戻<rt>もど</rt></ruby>ししてもらえますか。 ❷ …で（後接動態性的動詞）	日文數字的表現
4	在出入境管理局辦公室	❶ …たい ❷ （助詞）に	一定要會的年、月、日等日期表現
5	在戶政事務所	❶ …ませんか ❷ …という	與多寡、時段相關的表現
6	在銀行	❶ <ruby>少々<rt>しょうしょう</rt></ruby>お<ruby>待<rt>ま</rt></ruby>ちください。 ❷ ん、の	關於日本的貨幣
7	在通信行	❶ （助詞）で ❷ にします	與難易度、價格相關的表現
8	在房屋仲介公司	❶ …ています ❷ …で（在…期間）	與距離相關的表現
9	在電話中	❶ 日語的電話禮儀 ❷ が…	─
10	在街頭	❶ …つもり ❷ …よう	與溫度相關的表現
11	在電影院	❶ できるだけ ❷ では	一定要會的方位表現
12	在餐飲店	❶ ＡとＢとどちらにしますか ❷ 形容詞的否定與時態	與味覺相關的表現
13	在超市	❶ …てあります ❷ …ぐらい（くらい）	與食品保存相關的表現
14	在 3C 賣場	❶ …<ruby>間<rt>かん</rt></ruby> ❷ …ことができます	與操作能力優劣相關的表現

文法焦點	更多相關單字	日本文化專欄
動詞連用形（第二變化）＋たいです 的用法	機場內相關的單字表現	東京的機場接駁交通
動詞て形 的變化	公車站的相關單字表現	日本的票卡（部分地方公車與電車通用）
1 （一般體）動詞て形＋しまう 2 （口語體）動詞て形＋ちゃう（ぢゃう）	電車站內的相關單字表現	日本的新幹線
動詞未然形＋なければなりません 的用法	出入境管理局的相關單字	台灣人入境日本須知
…なら、…たら、…ば、…と 條件（假定）表現	在戶政事務所的相關單字表現	國際婚姻在日本所需的手續
動詞て形＋くる的用法	銀行裡的相關單字表現	日本的銀行的開戶流程
…について 的用法	通訊行裡的相關單字表現	日本手機門號申請流程
…があります、…がいます 的用法	日本房仲公司裡的相關單字表現	在日本租屋的基本概念
日語稱謂 的用法	電話的相關單字表現	日本的電話號碼
常體與敬體 的用法	街頭上的相關單字表現	日本的神社
日語量詞 的用法	電影院的相關單字表現	日本的電影
動詞使役形 的用法	日本飲食文化相關的單字表現	日本飲食文化
…てから 的用法	超市相關的單字表現	日本的百元商店
日本授受動詞 的用法	3C 商品相關的單字表現	日本的家電量販店

單元	場景	會話重點	補充表達
15	在美髮沙龍	❶ …と思います ❷ …かもしれません	與姿容相關的表現
16	在健身房	❶ …なんて ❷ いえいえ	與強度、耐性相關的表現
17	在郵局	❶ …だと（＝ですと） ❷ …も	與物體外觀相關的表現
18	在醫院	❶ …がします ❷ …みたい	與身體狀況相關的表現
19	在服飾店	❶ …ばかり ❷ …すぎ	一定要會的穿著動詞表現
20	在花店	❶ よ ❷ そのまま	一定要會的顏色表現
21	在警察局	❶ まず ❷ （名詞）…に	一定要會的安危等狀況表現
22	在飯店	❶ …と申します ❷ どうぞごゆっくり	一定要會的人數表達表現
23	在旅遊景點	❶ …たほうがいいです ❷ …ことがあります	與喜、悲及季節相關的表現
24	在百貨公司	❶ ちょっと ❷ …しかない	與鬆緊、身形相關的表現
25	在學校	❶ お聞きしたい ❷ …目	日本各級學校等設施的說法
26	在工廠	❶ …と申す ❷ …てみる	與速度相關的表現
27	應徵打工	よう	與潔淨程度相關的表現
28	在女僕咖啡廳	❶ …動詞未然形＋ずに ❷ …ながら	女僕咖啡廳裡常會聽到的用語
29	過元旦新年	❶ なお ❷ …でも	－
30	在結婚會場	❶ …や…や…など ❷ …ても（でも）	與幸福相關的表現

文法焦點	更多相關單字	日本文化專欄
…てもいい 的用法	美容院相關的單字表現	日本的美容
から 用法	健身房的相關單字表現	日本的武道
というものです 的用法	郵局的相關單字表現	日本的郵局
…し… 的用法	醫院相關的單字表現	日本的醫療
…ので 的用法	服飾店相關的單字表現	日本和服
…ために 的用法	各種花卉相關的單字表現	日本的花道
…ておく 的用法	警察局相關的單字表現	日本警察小常識
から…まで… 的用法	飯店相關的單字表現	日本的和風旅館
接續動詞て形授受表現 的用法加強	觀光景點的相關單字表現	日本的世界遺產聖地
…（さ）せていただく 的用法	百貨公司相關的單字表現	日本的百貨公司
動詞可能形 的用法	上課及世界相關的單字表現	日本的教育特色
…になる 的用法	工廠相關的單字表現	參觀日本的工廠
尊敬語及謙讓語 的用法	求職及人事相關的單字表現	日商企業面試時這樣大 NG
…そうだ 的用法	秋葉原相關的單字表現	日本的次文化
…のに 的用法	日本的節日名稱 日本新年的吉祥用語	日本的元旦新年
少なくとも 及一些相關副詞及表現的用法	與婚姻相關的單字 日語的結婚賀語	日本的結婚儀式

專為華人設計的日語學習書
全方位收錄生活中真正用得到的會話

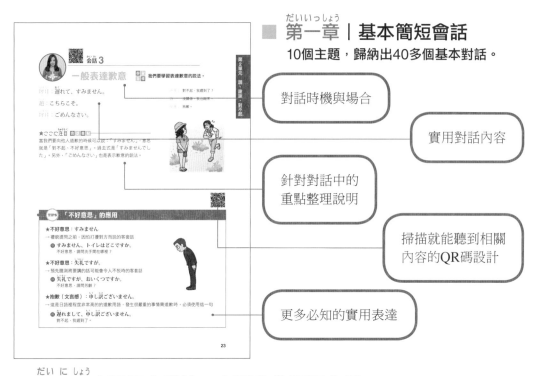

■ 第一章｜基本簡短會話
10個主題，歸納出40多個基本對話。

- 對話時機與場合
- 實用對話內容
- 針對對話中的重點整理說明
- 掃描就能聽到相關內容的QR碼設計
- 更多必知的實用表達

■ 第二章｜到日本當地一定要會的場景會話
適合用來「教學」與「自學」，有系統的30個會話課程

★跟著特定人物設定與精心規畫的場景會話，讓你體驗在日本的每一天。

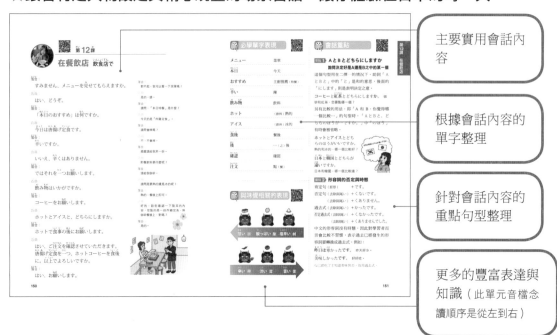

- 主要實用會話內容
- 根據會話內容的單字整理
- 針對會話內容的重點句型整理
- 更多的豐富表達與知識（此單元音檔念讀順序是從左到右）

★針對會話課程所整理的重要文法解說，用簡單的方式了解日語的規則。

★收錄在日本最需要知道的大量短對話，讓你學到其他場合的相關表達。

★配合會話主題的「聽」「説」「寫」練習，藉由如填空題、重組題、口説練習等題目，來加強日語能力。

在做應答練習時，須配合錄音檔，請依以下步驟做練習：

1. 你會先聽到題號「1、2…」，接著會聽到一句日語。

2. 日語唸完後，請依題目裡的中文提示，利用空檔時間開口將中文翻譯成日語，做發問或回答的練習。練習結束後，會聽到一個聲響；後面則由日本人正式發音示範。

聽力填充題，藉由聽音檔，找出提示中正確的單字。

重組題，將拆散的每個單字重組成一個完整的句子，藉以培養優秀的日語能力。

★收錄在日本最需要知道的大量單字與表達。（音檔念讀按編號順序進行）

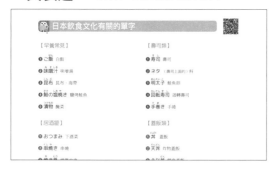

★30篇實用又豐富的日本文化與生活大小事解說。

（各章節的日本文化皆為 2021 年之現勢）

★本書全MP3一次下載

全書音檔可以依下方QR碼一次下載，完整學習

「※ iOS系統請升級至 iOS13 後再行下載」

此為大型檔案，建議使用 WIFI 連線下載，以免佔用流量，並確認連線狀況，以利下載順暢。

■■ 主要人物介紹

藤原 大輔
（ふじわら　だいすけ）

日本人，50歲。原為日本商社的課長，曾為了出差，長期派駐在台灣。因此認識了台籍太太，而曾在台灣定居。後結束商社的工作後，回到日本開設藤原語言中心，成為教導外籍學生的日本語教師。

王 書宇
（おう　しょう）

台灣人，25歲。對日本漫畫、動畫、電玩等充滿興趣。自修日語，並想多認識同好，因此跨海到日本的語言中心學習日語，因此成為藤原老師的班上學生。到了語言中心後，對助教佐藤小姐產生好感。

佐藤 藍子
（さとう　あいこ）

日本人，25歲。喜好文學及語學，曾到台灣做一年的交換留學生。在日本研究所就讀，專攻日語教育學，同步到語言中心當助教，累積相關工作經驗。熱心照顧外籍學生，主要輔佐藤原老師的工作。

落合 小夜子
<ruby>落<rt>おちあい</rt></ruby> <ruby>小夜子<rt>さよこ</rt></ruby>

日本人，27歲。教科書商的業務，因工作的需要常常跑到藤原語言中心串門子，因真誠、直率、活潑的個性與藤原老師及佐藤藍子成為好朋友。是眾人眼中一個散發正向能量的人物。

趙 翎翎
<ruby>趙<rt>ちょう</rt></ruby> <ruby>翎翎<rt>れいれい</rt></ruby>

台灣人，22歲。因喜好日本的流行而考進大學就讀日文系，但因忙於打工疏於學業，於是斷然休學，改前往日本的語言中心學習語言，因此成為王書宇的同學，也在語言中心與連絡多年的網友坪井航平意外相見。

坪井 航平
坪井 航平

日本人，27歲。因311日本大地震的契機，成為日台友好的一份子，並成為趙翎翎的網友。從事設計的工作，承包藤原語言中心廣告及網頁設計的業務。得知趙翎翎進到藤原語言中心念書的巧合時亦倍感意外。

目　錄

目　錄

目　錄

▲日本北海道洞爺湖的日出

第1章｜基本簡短會話

學習日語最大的難關往往來自於詞性變化，所有會變化的詞都有分「詞幹」及「詞尾」兩個部分；「詞幹」是指一個單字中不會變化的部分，「詞尾」是指該單字的最後一個假名，它能夠為了表達各種不同的意思，會進行不同的變化。接下來我們把會變化的詞性種類略加說明。

飲む（喝）➡「飲」是詞幹，「む」是詞尾。

食べる（吃）➡「食べ」是詞幹，「る」是詞尾。

赤い（紅色）➡「赤」是詞幹，「い」是詞尾。

日語動詞種類 的概述

簡單的說，日語的動詞分成「五段變化動詞、上一段變化動詞、下一段變化動詞、カ行變格、サ行變格」幾種。其中只要詞尾不是「る」的就一定是五段變化動詞；是「る」的可以按以下的方式區分，首先可以排除掉屬於カ行變格的「来る（來）」及サ行變格的「する（做）」，另外上一段變化動詞是只要詞尾前一個假名是 i 段變化音的假名且沒漢字時便是（例如：「降りる（下（車））」），而相同的規則下只詞尾前一個假名是 e 段變化音時則是下一段變化動詞（例如：「食べる（吃）」），其他的則都是五段變化動詞（一般詞尾前不會變的詞幹都有漢字）。但是總是會一些例外發生，例如：「着る（穿）、居る（在）、見る（看）…」雖然外觀符合五段變化動詞的規則，但仍屬於上、下一段變化動詞，但這部分屬少數，當期初學到時，請注意仔細分辨並記憶。

五段變化動詞的基本變化

第一段變化	第二段變化	第三段變化		第四段變化		第五段變化
未然形	連用形	終止形	連體形	假定形	命令形	推量形
飲まない	飲みます	飲む	飲む人	飲めば	飲め	飲もう
（不喝）	（喝。敬體，用於陌生人及需有禮貌的對象）	（喝。常體用於親朋好友）	（喝的人）	（喝的話…）	（給我喝！）	（一起喝吧！）

＊紅字（詞幹及詞尾變化成各段的假名）為五段動詞各變化形需要保留的部分。

上、下一段變化動詞的基本變化 （上、下一段變化動詞的變化方式一樣，故僅以一個動詞為例）

第一段變化	第二段變化	第三段變化		第四段變化		第五段變化
未然形	連用形	終止形	連體形	假定形	命令形	推量形
食べない	食べます	食べる	食べる人	食べれば	食べろ	食べよう
（不吃）	（吃。敬體，用於陌生人及需有禮貌的對象）	（吃。常體用於親朋好友）	（吃的人）	（吃的話…）	（給我吃！）	（一起吃吧！）

＊紅字（為詞幹）。

力行變格（完全不規則的變化）

第一段變化	第二段變化	第三段變化		第四段變化		第五段變化
未然形	連用形	終止形	連體形	假定形	命令形	推量形
<ruby>来<rt>こ</rt></ruby>ない	<ruby>来<rt>き</rt></ruby>ます	<ruby>来<rt>く</rt></ruby>る	<ruby>来<rt>く</rt></ruby>る<ruby>人<rt>ひと</rt></ruby>	<ruby>来<rt>く</rt></ruby>れば	<ruby>来<rt>こ</rt></ruby>い	<ruby>来<rt>こ</rt></ruby>よう
（不來）	（來。敬體，用於陌生人及需有禮貌的對象）	（來。常體用於親朋好友）	（來的人）	（來的話…）	（給我來！）	（一起來吧！）

サ行變格（完全不規則的變化）

第一段變化	第二段變化	第三段變化		第四段變化		第五段變化
未然形	連用形	終止形	連體形	假定形	命令形	推量形
しない	します	する	する<ruby>人<rt>ひと</rt></ruby>	すれば	しろ	しよう
（不做）	（做。敬體，用於陌生人及需有禮貌的對象）	（做。常體用於親朋好友）	（做的人）	（做的話…）	（給我做！）	（一起做吧！）

日語形容詞 的概述

　　日語的形容詞都是「い」結尾的詞。但少數的詞尾為「い」的詞也可能是其他詞性，請注意。形容詞修飾動詞時會將「い」變成「く」、修飾名詞時詞尾不做任何變化。

<ruby>美味<rt>おい</rt></ruby>しい（美味、可口）➡「美味し」是詞幹，「い」是詞尾。

<ruby>美味<rt>おい</rt></ruby>しく<ruby>食<rt>た</rt></ruby>べる（美味地吃）➡「美味し」是詞幹，後修飾動詞「食べる（吃）」，故詞尾「い」變成「く」。

<ruby>美味<rt>おい</rt></ruby>しい<ruby>刺身<rt>さしみ</rt></ruby>（美味的生魚片）➡「美味し」是詞幹，後修飾名詞「刺身（生魚片）」，故詞尾「い」完全不變。

日語形容動詞 的概述

　　日語的形容動詞的外觀不一，雖然其與名詞長相相同的較多，其中不少是以「か」結尾的詞，例如：「<ruby>健<rt>すこ</rt></ruby>やか（健全地、茁壯地）」。形容動詞沒有詞尾變化，一般要修飾動詞時是在詞後加上「に」、修飾名詞時加上「な」。

<ruby>健<rt>すこ</rt></ruby>やかに<ruby>成長<rt>せいちょう</rt></ruby>します（健全地成長）➡「健やか」是形容動詞，後修飾動詞「成長します（成長）」，故中間需加上「に」。

<ruby>健<rt>すこ</rt></ruby>やかな<ruby>心<rt>こころ</rt></ruby>（健全的心）➡「健やか」是形容動詞，後修飾名詞「心（心）」，故中間需加上「な」。

会話 1
一般自我介紹

學習目標 學習初次見面時自我介紹的説法。

佐藤：初めまして、佐藤です。どうぞよろしくお願いします。

王：初めまして、王です。こちらこそ、どうぞよろしくお願いします。

趙：初めまして、趙です。こちらこそ、どうぞよろしくお願いします。

佐藤： 您好，我是佐藤，請多指教。

王： 您好，敝姓王。哪裡，請多指教。

趙： 您好，敝姓趙。不敢不敢，我也要請您多多指教。

★ここに注目 會話重點

初次與人見面時，要説「初めまして（初次見面）」，然後介紹自己的姓，再説「どうぞよろしくお願いします（請多指教）」這句客套話。而「こちらこそ」是「彼此彼此」的意思。要注意的是，日文中要稱呼他人時，不論男女皆加上「さん（先生／小姐）」。但自我介紹時，在自己的姓名後加上「さん」便是錯誤用法。

会話 2
介紹自己的國籍

學習目標 學習自我介紹國籍的説法。

坪井：お国は？

趙：台湾です。坪井さんは？

坪井：日本です。

坪井： 您是哪國人？

趙： 我是台灣人。坪井先生呢？

坪井： 我是日本人。

★ここに注目 會話重點

除了直接詢問國籍的方式之外，還可以用「どこから来ましたか。」的句子來表達，這句的意思是「你從哪裡來的呢？」。

会話３

介紹第三者

學習目標　我們要學習如何介紹第三者的表達方式。

佐藤：趙さん、こんにちは。こちらは落合さんです。

趙：佐藤さん、こんにちは。落合さん、初めまして。

佐藤（落合さんに対して言う。）：
落合さん、こちらは趙さんです。

落合：趙さん、初めまして。落合です。

佐藤：　趙同學，您好。這位是落合小姐。

趙：　佐藤小姐您好。落合同學，您好。

佐藤（對落合小姐說）：
　落合小姐，這位是趙同學。

落合：　趙同學您好。敝姓落合。

★ここに注目 會話重點
想介紹第三者給他人時，可以使用「こちらは（這位是）」。不要忘記介紹別人時要加「さん」，同時要先把晚輩介紹給長輩才合乎禮儀。

会話４

確認身分

學習目標　學習如何確認他人身分時的對話。

看護師：すみません。佐藤さんですか。

佐藤：　はい。佐藤です。

看護師：佐藤秋子さんですね。

佐藤：　いいえ、違いますよ。佐藤藍子と申します。

護理師：　不好意思，請問您是佐藤小姐嗎？

佐藤：　是的，我是佐藤。

護理師：　您是佐藤秋子小姐沒錯吧！

佐藤：　不，不是的喲！我的名字是佐藤藍子。

★ここに注目 會話重點
日語中的「申す」是「言う（說）」的鄭重用語。一般要有禮貌的跟對方說「我叫什麼（姓名）」時，可以使用「名字＋申します」。

会話 <ruby>会話<rt>かい わ</rt></ruby> 1

贈送禮品

 學習目標 我們要學習贈送別人禮物的説法。

<ruby>藤原<rt>ふじわら</rt></ruby>：<ruby>落合<rt>おちあい</rt></ruby>さん、これを、どうぞ。

<ruby>落合<rt>おちあい</rt></ruby>：えっ、これは<ruby>何<rt>なん</rt></ruby>ですか。

<ruby>藤原<rt>ふじわら</rt></ruby>：プレゼントです。どうぞ。

藤原： 落合小姐，這個給您，請收下吧。

落合： 咦，這個是什麼呀？

藤原： 這是一個禮物，請收下。

★ここに<ruby>注目<rt>ちゅうもく</rt></ruby> 會話重點

當要贈送東西給別人時，可以説「これを、（這個…）」，日語中後面會省略了等同「給您的」意思的相關語句，此時對方應該就能心領神會。「どうぞ」是「請」的意思；「えっ」則是有點驚訝的語氣。

会話 <ruby>会話<rt>かい わ</rt></ruby> 2

一般表達謝意

 學習目標 我們要學習表達謝意的説法。

<ruby>佐藤<rt>さ とう</rt></ruby>：この<ruby>前<rt>まえ</rt></ruby>、ありがとうございました。

<ruby>王<rt>おう</rt></ruby>： いいえ、どういたしまして。

<ruby>佐藤<rt>さ とう</rt></ruby>：どうも。

佐藤： 上次真謝謝您。

王： 不客氣。

佐藤： 感謝。

★ここに<ruby>注目<rt>ちゅうもく</rt></ruby> 會話重點

「ありがとうございます」是「謝謝」的意思，過去式是「ありがとうございました」；「どうも」則是簡單省略的説法，也可表達歉意或打招呼時使用。

会話 3 かい わ

一般表達歉意

 學習目標 我們要學習表達歉意的説法。

坪井 つぼ い：遅れて、すみません。 おく

趙 ちょう：こちらこそ。

坪井 つぼ い：ごめんなさい。

坪井：對不起，我遲到了？

趙：　沒關係。我也剛來。

坪井：抱歉。

★ここに注目 ちゅうもく 會話重點

當我們要向他人道歉的時候可以説：「すみません」，意思就是「對不起、不好意思」。過去式是「すみませんでした」。另外，「ごめんなさい」也是表示歉意的説法。

TIPS　「不好意思」的應用

★不好意思：すみません

→ 禮貌提問之前，因怕打擾對方而説的客套話

　例 **すみません、トイレはどこですか。**
　　不好意思，請問洗手間在哪裡？

★不好意思：失礼ですが。 しつれい

→ 預先臆測將要講的話可能會令人不悦時的客套話

　例 **失礼ですが、おいくつですか。** しつれい
　　不好意思，請問芳齡？

★抱歉（文言感）：申し訳ございません。 もう わけ

→ 這是日語裡程度非常高的的道歉用語，發生很嚴重的事情需道歉時，必須使用這一句

　例 **遅れまして、申し訳ございません。** おく もう わけ
　　對不起，我遲到了。

会話（かいわ）1

一般問候

學習目標 學習早晨及一般問候的對話。

落合（おちあい）： おはようございます。

王（おう）： おはようございます。

落合（おちあい）： 王（おう）さん、こんにちは。

王（おう）： 落合（おちあい）さん、こんにちは。

落合： 早安！

王： 早安！

落合： 王同學，您好。

王： 落合小姐，您好。

★ここに注目（ちゅうもく） 會話重點

「こんにちは」一般是白天的時段見面時跟別人問候的打招呼用語。

会話（かいわ）2

睡前問候

學習目標 學習晚上就寢前問候的對話。

佐藤（さとう）： お休（やす）みなさい。

落合（おちあい）： お休（やす）みなさい。

佐藤： 晚安！

落合： 晚安！

★ここに注目（ちゅうもく） 會話重點

中文的「晚安」具有兩種意思，一是在晚上碰到時的問候、一是就寢前的問候，而日語在這兩種情況下的問候語截然不同。當傍晚以後見面時是講「こんばんは」；而在就寢前會説的用語則是「お休（やす）みなさい。」

会話3

談論天氣

學習目標 學習表達談論天氣的對話。

佐藤：今日はいい天気ですね。

王：そうですね。

佐藤：暖かいですね。

佐藤：今天天氣真好呀！

王：是啊！

佐藤：很溫暖呀！

★ここに注目 會話重點

日本人很喜歡談天氣的話題，如同台灣人見面問「吃飽了沒？」一樣，一般也很常見用聊天氣來代替打招呼的交談模式。而「ね」則是輕微表示同感或徵求同感的語助詞。

TIPS 更多談論天氣的表現

あっ、雷だ。

啊！打雷了！

明日は涼しくなりますよ。

明天會變得涼快喔！

日本では多くの人が花粉症で困ってます。

在日本，有許多人受到花粉症的困擾。

雨が降らないうちに、早く帰ったほうがいいですよ。

最好趁著雨還沒下的時候早點回家呦。

今日は晴れですから、どこかへ行きましょう。

今天是晴天，我們到哪裡去走走吧！

雪解けの時が、一番寒い時だと言われます。

一般大家都說，融雪的時候是最冷的時候。

来週から梅雨入りなので、出掛ける時は傘を忘れないでくださいね。

下週開始就進入梅雨季節了，出門時請不要忘了帶傘喲。

25

会話4
詢問近況
學習目標 學習詢問近況的對話。

落合：お元気ですか。

王： お蔭様で、元気です。落合さんは？

落合：私も元気です。

落合： 您最近好嗎？

王： 托您的福，我很好。落合小姐您呢？

落合： 我也很好。

★ここに注目 會話重點

詢問對方近況時可以説：「お元気ですか。（你最近好嗎？）」。回答時，為表示禮貌，通常會回説「お蔭様で（托您的福、拜您之賜、多虧了您）」，這樣對方聽了就會覺得很舒服。

会話5
簡單致意
學習目標 學習一些簡單表達心意的對話。

王： いつもお世話になっております。

佐藤：いいえ、そんなことはありませんよ。

王： 本当ですよ。ありがとうございます。

王： （佐藤小姐，）平時一直承蒙您的照顧。

佐藤： 不用客氣，沒那回事。

王： 真的啦！很感謝。

★ここに注目 會話重點

如果是對對方過去所做的事表達心意，就用過去式「お世話になりました（承蒙您的照顧了。）」即可。

会話（かいわ）6

久別重逢

【學習目標】學習很久不見之後，再次相逢時常說的寒暄對話。

落合（おちあい）：藤原（ふじわら）さん、お久（ひさ）しぶりです。

藤原（ふじわら）：落合（おちあい）さん、お久（ひさ）しぶりです。お元気（げんき）ですか。

落合（おちあい）：お蔭様（かげさま）で、元気（げんき）です。

落合：藤原老師，好久不見了。

藤原：好久不見。落合小姐您最近怎樣？

落合：我很好，謝謝您。

★ここに注目（ちゅうもく）【會話重點】

當與老朋友有很長的一段時間沒見面而再重逢時，可以用「お久（ひさ）しぶりです」打招呼。此外對平輩的友人或男性時則可以用「しばらくです」這個用語。

会話（かいわ）7

道別

【學習目標】學習跟他人道別時常用的對話。

趙（ちょう）：お先（さき）に失礼（しつれい）します。

坪井（つぼい）：では、また。

趙（ちょう）：じゃあね。

趙：我先告辭了。

坪井：好的，再見。

趙：再見。

★ここに注目（ちゅうもく）【會話重點】

一般與人道別時，都會用「さようなら」或短音的「さよなら」，這是比較正式，且知道會是長時間的分離時才說的用語。而在常常見面的情況下道別的話，用「じゃ」、「それじゃ」、「また」、「じゃまた」來道別就可以了。現代的日語因受西方的影響，一般也都會直接自英語轉化過來的外來語「バイバイ」說再見。

会話 1

詢問他人　　學習目標　學習向他人詢問的對話。

王：　ごめんください、こちらは佐藤さんのお宅ですか。

佐藤の母：　はい、王くんですね。こんにちは。藍子が待っていますよ。

王：　こんにちは。はい、王です。お邪魔します。

王：　不好意思，請問這裡是佐藤家嗎？

佐藤的母親：是的，你就是王同學吧！你好，藍子已經在等你了。

王：　您好。是的，敝姓王。那麼打擾您了。

★ここに注目 會話重點

當到他人家中拜訪時，到達時要先說一聲「ごめんぐださい」禮貌性地通知他人自己的到來，然後進門前也要說一聲「お邪魔します。（打擾了。）」，旨在客氣地通知房子的主人說，接下要叨擾一陣子了。

会話 2

問路　　學習目標　學習問路時的對話。

坪井：　すみません、東京駅はどこですか。

通行人：まっすぐ行って、交差点を右へ曲がってください。

坪井：　ありがとうございました。

坪井：　請問東京車站怎麼走？

路人：　您直走後在十字路口處再右轉就會到了。

坪井：　感謝您。

★ここに注目 會話重點

詢問「在哪裡」時的用語是「どこですか」或「どちらですか」。「轉彎」的動詞原形是「曲がる」。報方向時，要說右邊時是「右」，左邊時則是「左」，直線方向的話，則是「まっすぐ」。

会話3

提出確認

學習目標 學習確認事物時的對話。

藤原：これは趙さんのではありませんか。

趙：　はい、私の本です。ありがとうございます。

藤原：いいえ、どういたしまして。

藤原：這本書是趙同學的書嗎？

趙：　哦，是的。謝謝您。

藤原：不客氣。

★ここに注目 會話重點

日語中，有時候會用「…ではありませんか。」這種否定問句來進行確認，就像中文有時候會用「不是……？」的句子來確認一樣。而對話中的例子「趙さんの本ではありませんか？」裡，直譯則是「這不是趙同學的書嗎？」。

TIPS　更多問路的表現

ここからまっすぐ行ったら着けますよ。	從這裡直走過去就會到了唷。
まっすぐ行って、あと二つの交差点を越えたら見えます。	你一直走，然後再過兩個十字路口就會看到了。
次の交差点を左に曲がると、トンネルが見えます。そして、そのトンネルを越えたら5分ほど歩いたら見えますよ。	在下個十字路口左轉，你會看到一座隧道。然後穿過那條隧道後，再走5分鐘左右就會看到了。
ここを右に曲がったら、高速道路とICが見えます。	從這裡往右轉，就會看到高速公路跟交流道了。
そこは遠いですよ。歩いて行くのは無理ですね。バスかタクシーで行ったほうがいいですよ。	那裡很遠唷！用走得很難啦！您最好是搭公車或計程車去比較好唷。
この前は行き止まりなので、Uターンして元の道まで戻ってください。	這裡再過去是死路唷，請你調頭回到原來的路上吧！

提出請求

學習目標 學習向別人提出請求時的對話。

趙： ちょっと窓を閉めてもいいですか。

クラスメート：はい、どうぞ。

趙： ありがとうございます。

趙：	請問我方便關窗嗎？
同學：	好的，請。
趙：	謝謝。

★ここに注目 會話重點

「動詞て形＋も＋いいですか。」是向他人提出請求時的重要句型，就是「可以…嗎？」的意思。在這個句型中，「も」是可以省略的。

有事相求

學習目標 學習有求於人時，如何讓對話更加禮貌。

坪井：佐藤さん、ちょっとお願いしたいことがあるんですが。

佐藤：はい、何ですか。

坪井：ちょっと手伝ってもらえませんか。

坪井：	佐藤小姐，能不能拜託您一件事？
佐藤：	當然可以，什麼事呢？
坪井：	可以幫我一下嗎？

★ここに注目 會話重點

當有求於人時，可以用有禮貌一點的說法，「ちょっとお願いしたいことがあるんですが」，即表示有事要拜託對方的意思。而「動詞て形＋もらえませんか」也是較客氣的說法，即「能否」、「能不能請您」的意思。

会話3 _{かいわ}

求助他人

學習目標 學習向求助他人的對話。

趙： 先生、この読み方を教えてくださいませんか。

藤原： はい、喜んで。

趙： ちょっとゆっくり話していただけませんか。

趙：	老師，能不能請您教我唸一下這個字的發音。
藤原：	那當然，樂意之至。
趙：	能請您講慢一點嗎？

★ここに注目 _{ちゅうもく} **會話重點**

這裡兩個句型都是用否定問句的方式。一個是「くださいませんか」，另一個則「いただけませんか」。前面都是接動詞て形。兩者差別在於，前者是對方（第二人稱，你）當主詞，後者是第一人稱（我）當主詞。日語中通常會省略第一人稱與第二人稱，翻譯時中文也都會省略主詞的翻譯，所以學習者常會弄不清楚，這點請多注意。

TIPS 各種緊急狀況的日語表現

助けて（ください）！	救命呀！
痛い！	好痛啊！
危ない！	危險！
止めて！	住手！
火事だ！	失火了！
泥棒だ！	有小偷！
逃げろ！	快逃！
早く行け！	快走！

会話 1

提出建議

學習目標：學習提出對他人的要求。

王： 先生、一緒に食事に行きませんか。

藤原：いいですね。

王： 今時間は大丈夫でしょうか。

王：	老師，要不要一起去吃飯？
藤原：	好呀！
王：	那麼現在有空嗎？

★ここに注目 會話重點

表示同意對方的建議時，一般可以用「いいですね（好呀）」或「はい、喜んで（非常樂意）」或「是非、ご一緒させてください（請一定要讓我同行）」這幾句慣用的句子。

会話 2

拒絕建議

學習目標：學習拒絕別人提出的要求。

趙： 今日、一緒に食事に行きませんか。

坪井：今日は予定がありますが…。

趙： そうですか。

坪井：すみません、また誘ってください。

趙：	今天要不要一起去吃頓飯？
坪井：	對不起，我今天有事在先。
趙：	這樣呀？
坪井：	不好意思，請下次有機會時再找我啊！

★ここに注目 會話重點

委婉拒絕時，可以說已經有事了，或是簡單的用「ちょっと（對不起，有點不方便）」，這樣日本人就會明白意思。像會話中日語還說出「すみません、また誘ってください。（下次有機會時再找我啊！）」這句話時，通常是真心的希望對方下次有機會的話，再來約自己。

会話3

確認時間

學習目標　學習如何確認時間的對話。

藤原：落合さん、いつ台湾へ行きますか。

落合：明日です。

藤原：いい旅を。

藤原：落合小姐，您什麼時候要去台灣呢？

落合：明天出發。

藤原：那祝您玩得愉快。

★ここに注目 會話重點────────

除了會話中的「いつ」是「什麼時候」的疑問詞之外，另外我們再來看一下跟時間有關的疑問詞：「何時」則是問「幾點」，「何曜日」是問「星期幾」。此外其他還有「何月（幾月）」、「何日（幾號）」、「何ヶ月（幾個月）」、「何時間（幾個小時）」、「どれぐらい（多久）」等等。

会話4

詢問意見

學習目標　學習詢問他人的意見。

坪井：日本はどうですか。

趙：　綺麗ですね。

坪井：東京はどう思いますか。

坪井：妳覺得日本怎麼樣？

趙：　很漂亮（很乾淨）。

坪井：妳覺得東京怎麼樣？

★ここに注目 會話重點────────

當詢問別人意見時，可以用「どうですか（你覺得如何？）」。更禮貌點的說法也可以講說「いかがですか（你覺得如何？）」或是「どう思いますか（你覺得如何？）」。這個問句也可用在詢問對方要不要吃點什麼時，例如：「お茶はどうですか」，字面直譯是「茶是怎麼樣的呢？」，但實際的意思就是問別人「要不要來杯茶呢？」。

会話5

表示歉意

學習目標 我們要學習表示歉意的説法。

趙：　ご迷惑を掛けました。

坪井：構いませんよ。

趙：　大変失礼しました。

趙	給您添麻煩了！
坪井	沒關係。
趙	真的很對不起。

★ここに注目 會話重點

除了一般的「すみません (對不起)」之外，當造成別人麻煩時，還可以用「大変失礼しました」的句子更禮貌性地表達歉意。

会話6

制止

學習目標 學習制止他人時的對話。

落合：　　　　　ここでタバコを吸わないでください。

サラリーマン：はい、すみません。

落合：　　　　　吸い殻も捨てないでください。

落合	在這裡請勿抽菸。
上班族	哦，對不起！
落合	請別亂丟垃圾。

★ここに注目 會話重點

當要禮貌性地制止別人做某件事情時可以用「動詞未然形＋ないでください」的句型 (請不要～)。若是要嚴厲禁止、制止他人作某行為時，就用「動詞原形＋な」，即「請勿…」的意思。如「言うな」就是「不准説」的意思。

会話（かいわ）1

餐前

學習目標 學習用餐開動前必用的對話。

佐藤（さとう）：いただきます。

王（おう）：　いただきます。

佐藤（さとう）：どうぞご遠慮（えんりょ）なく。

佐藤： 開動了！

王：　我開動了！

佐藤： 請不要客氣！

★ここに注目（ちゅうもく） 會話重點

日語在用餐開動之前，必須先説：「いただきます」，表示「我領受了（我開動了）」。為了以示禮貌，讓客人也不用感到太過見外，招待方的主人可以説「ご遠慮（えんりょ）なく」，表示「不用客氣、盡情享用」的意思。

会話（かいわ）2

餐後

學習目標 學習用餐後常用的對話。

王（おう）：　ご馳走様（ちそうさま）でした。

佐藤（さとう）：お口（くち）に合（あ）いましたか。

王（おう）：　美味（おい）しかったです。

王：　謝謝招待。

佐藤： 還合口味嗎？

王：　很好吃。

★ここに注目（ちゅうもく） 會話重點

「ご馳走様（ちそうさま）でした」是日語中一句飯後的固定用語。用來表達「承蒙招待，（我）已經吃飽了」的意思，通常用過去式表達；「美味（おい）しかったです」則是好吃的意思，因為已經用餐完畢，所以也是用過去式表達。

会話 3 _{かいわ}

参加 _{さん か}　**學習目標** 學習邀請別人一同參加活動的對話。

坪井_{つぼ い}：一緒_{いっしょ}にカラオケに行_いきましょうか。

趙_{ちょう}：　はい、いいですね。

坪井_{つぼ い}：駅_{えき}で待_まち合_あわせましょうか。

坪井：一起去唱卡拉OK吧？

趙：　好啊！

坪井：我們約在車站見吧，好嗎？

★ここに注目 _{ちゅうもく}　會話重點

想邀請別人參加活動時，可以用「動詞連用形＋ましょうか」的句型表達，即「一起去…吧，如何？」的意思。如果沒有疑問助詞「か」的話，就變成「那走吧！（依動詞意思而決定）」，就變成了並沒有邀請的意思。

会話 4 _{かいわ}

結束 _{けっそく}　**學習目標** 學習活動結束時的對話。

落合_{おちあい}：お疲_{つか}れさまでした。

社長_{しゃちょう}：ご苦労様_{くろうさま}でした。

落合_{おちあい}：楽_{たの}しかったです。

落合：辛苦了。

社長：辛苦了！

落合：很開心！

★ここに注目 _{ちゅうもく}　會話重點

「お疲_{つか}れさまでした」用於活動或工作結束後，彼此慰勞的招呼語。「ご苦労様_{く ろうさま}でした」則是身分上對下時使用。

会話 1

生日

學習目標 學習祝福他人生日的對話。

坪井：今日はお誕生日ですね。

落合：はい、そうです。

坪井：おめでとうございます！

落合：ありがとう。

坪井： 今天是您的生日嗎？

落合： 嗯，是啊。

坪井： 祝您生日快樂！

落合： 謝謝您。

★ここに注目 **會話重點**

「誕生日」是「生日」的意思。加上「お」之後，語氣會更加的鄭重如同「您（的生日）」。「おめでとうございます」是「恭喜」的意思，可以用在各種值得慶賀的場合上。

会話 2

升職

學習目標 學習祝福他人晉昇時的對話。

藤原：坪井さん！

坪井：はい。

藤原：ご昇進おめでとうございます。

坪井：ありがとうございます。

藤原： 坪井先生！

坪井： 是的。

藤原： 恭喜您升職了。

坪井： 謝謝您！

★ここに注目 **會話重點**

「升職、升官、升等」等，用於形容職場上更上一層樓時，可以用「ご昇進」一詞，若後接「おめでとうございます（恭喜）」便可傳達出祝福他人在工作方面步步高陞之意。

37

会話3

結婚

學習目標 學習祝福他人結婚的對話。

坪井：ご結婚おめでとうございます。

花嫁：ありがとうございます。

坪井：ずっとお幸せに！

坪井： 恭喜妳結婚了。

新娘： 謝謝。

坪井： 祝妳永遠幸福快樂！

★ここに注目 會話重點

結婚的日語是「結婚」，加上「ご」後語氣上更加地鄭重，一般在面對新人時，可以再後接「おめでとうございます」用以表述「恭賀」之意。而「ずっと」是「一直、永遠」的意思，「お幸せに」則是祝福對方幸福快樂的意思。

会話4

生産

學習目標 我們要學習祝福他人生產的對話。

坪井：ご出産おめでとうございます。

友達：ありがとうございます。

佐藤： 恭喜妳順利生產。

朋友： 謝謝。

★ここに注目 會話重點

生孩子的日語是「出産」，加上「ご」後語氣上更加地鄭重，一般在面對剛生產的媽咪時，可以再後接「おめでとうございます」用以表述「恭賀」之意。

会話5

畢業

學習目標 我們要學習祝福他人畢業的對話。

藤原：　ご卒業おめでとう。

卒業生：あっ、先生、いろいろありがとうございました。

藤原：　これからはどうしますか。

卒業生：はい。実は、小鷹商事から就職の内定をもらいました。

藤原：	恭喜妳畢業了。
畢業生：	呀！老師。這段時間以來謝謝您了。
藤原：	未來有什麼打算呢？
畢業生：	是的。事實上，我已經準備到小鷹商事任職了。

★ここに注目 會話重點
━━━━━━━━━

畢業的日語是「卒業」，加上「ご」後語氣上更加地鄭重，一般在面對畢業生時，可以再後接「おめでとうございます」用以表述「恭賀」之意。（但會話裡發話的藤原老師是長輩，所以可以省略敬體的「ございます」）

会話6

新年

學習目標 學習在新年時祝福他人的對話。

佐藤：よいお年を！

王：　明けましておめでとうございます！

佐藤：明けましておめでとうございます！

佐藤：	祝你有美好的一年！
王：	新年萬事如意！
佐藤：	新年快樂！

★ここに注目 會話重點
━━━━━━━━━

新年的祝福一般最通用的就是「明けましておめでとうございます！」，即是「新年快樂、恭賀新喜」的意思。另外，「よいお年を！」是歲末年終見面時，用以表示「祝賀對方能有未來美好的一年」。（日本除了極少數的地區之外，一般只過陽曆年）。

祈禱

學習目標 學習祈求時的用語。

佐藤_{さとう}：何_{なに}を祈_{いの}りましたか。

趙_{ちょう}：合格_{ごうかく}できるように。

王_{おう}：彼女_{かのじょ}ができるように。

佐藤： 你們都求了些什麼？

趙：　我希望能（考試）及格。

王：　我希望快點找到真命天女。

★ここに注目_{ちゅうもく} 會話重點────

「…できるように」或動詞原形（否定形）加上「…ように」就分別具有「（希望…）、（希望不要…）」的意思，這是一句很好用的祈禱慣用句。一般後面會省略「お願_{ねが}いします（拜託拜託）」這句話。

TIPS 其他各種場合的祝福用語補充

メリークリスマス！	聖誕節快樂！
ご当選_{とうせん}おめでとうございます！	恭喜你獲獎！、恭喜你當選！
お大事_{だいじ}に！	（對方身體微恙時）祝你早日康復！
ご就職_{しゅうしょく}おめでとうございます！	恭賀就職！
ご入学_{にゅうがく}おめでとうございます！	恭賀入學！
ご定年_{ていねん}おめでとうございます！	恭賀退休！

会話 1

慰問　<u>学習目標</u>　學習慰問他人的説法。

藤原：どうしたのですか。

佐藤：風邪を引きました！

藤原：無理してはいけませんよ。

藤原：妳怎麼了？

佐藤：我感冒了！

藤原：那就不要太勞累了喲。

★ここに注目 會話重點

當對方不舒服，想要關心別人時，有很多種表達方式，例如：「どうしたのですか（怎麼了？）」、「何があったんですか（發生什麼事了？）」、「大丈夫ですか（還好嗎？）」、「顔色が悪いですね（你的臉色看起來不太好呢！）」、「どこか具合が悪いですか（有什麼地方不舒服嗎？）」等等；另外，「無理」的原義是「勉強」，延伸可聯想指「任何事都不能太過度」之意。

会話 2

鼓勵　<u>學習目標</u>　學習鼓勵他人時的對話。

藤原：頑張ってください。

趙：　はい、ありがとうございます。

藤原：諦めないでください。

藤原：請加油！

趙：　謝謝（老師）！

藤原：請不要放棄啊！

★ここに注目 會話重點

「頑張ってください」是日語中用來鼓勵他人時的慣用句。而「ください」是「請」的意思，視情況而定，有時候可省略。此外，有時候會寫成有漢字的「下さい」。

会話 3

進出門的問候

 學習目標　學習進、出門時的對話。

藤原：　　行ってきます。

藤原の妻：行ってらっしゃい。

藤原：　　ただいま。

藤原の妻：お帰りなさい。

藤原：	我要走了。
藤原太太：	路上好走。

藤原：	我回來了！
藤原太太：	你回來了啊！

★ここに注目 會話重點

日文在出門進門時都有一定的招呼用語，送門的人（家中的人）也都會跟著應答。這些句子請直接背下來即可。

会話 4

抱怨

 學習目標　學習抱怨時的對話。

藤原：これは酷いですね。

佐藤：困りますね。

藤原：納得できませんね。

藤原：	這太過份了。
佐藤：	嗯，傷腦筋耶。
藤原：	我完全不能認同。

★ここに注目 會話重點

當要用日語表達輕微不滿時，最常用的是「困ります」，表示「這樣我很麻煩」、「我很為難」等意思。另外，「納得」是「理解、贊同」之意。

会話1

打錯電話

學習目標 學習打錯電話時常會發生的對話。

王： もしもし、佐藤さんですか。王です。

電話に出た人： 失礼ですが、番号をお間違えではないでしょうか。

王： 失礼しました。夜分に申し訳ありません。

王： 喂，是佐藤小姐嗎？我是王。

聲音： 不好意思，您是不是打錯電話號碼了？

王： 喔！對不起，這麼晚打擾您了。

★ここに注目 **會話重點**

當別人打錯電話時，可以說「番号をお間違えではないでしょうか（是不是弄錯電話號碼了？）」。「夜分」是「晚上」的意思，為較文雅的說法。

会話2

電話留言

學習目標 我們要學習電話留言的表達方式。

電話を掛けた人： もしもし、すみません、藤原先生をお願いします。

佐藤： 申し訳ありません。藤原はただいま会議中ですが。

電話を掛けた人： では、メッセージをお願いします。

佐藤： はい、ご伝言を承ります。

來電者： 喂！不好意思，我要找藤原老師。

佐藤： 不好意思，藤原老師正在開會。

來電者： 那麼，麻煩請幫我留言。

佐藤： 好的，我會幫你留言。

★ここに注目 **會話重點**

當想要留言給對方時，可以用「メッセージ（訊息）」或「伝言（留言）」來表達讓接電話的人知道。「承ります」則是「轉達、承受、聽聞」的謙讓語。

会話3
かい わ

用電話預約　學習目標學習表達用電話預約或詢問。

坪井： もしもし、席の予約をしたいのですが。

レストランのスタッフ：
　　　はい、いつご希望でしょうか。

坪井： 金曜日の夜七時にお願いします。二人です。

レストランのスタッフ：
　　　はい、金曜日の夜七時に二名様ですね。
　　　かしこまりました。

坪井：	喂！我想要訂桌。
餐廳人員：	好的，請問要訂什麼時候的呢？
坪井：	我要訂星期五的晚上七點，總共兩個人。
餐廳人員：	好的，星期五的晚上七點，總共兩位對吧！我知道了。

★ここに注目 會話重點────

日語的「かしこまりました」是「遵命」、「我知道了」的意思，語感中帶有極高的敬意，是服務業的人員常用的用語。另外，要取消時的用語是「キャンセル」。

会話4
かい わ

請求回電　學習目標學習如何請別人回電。

趙： 藤原先生が戻りましたら、折り返しお電話をお願いします。

佐藤： はい。了解しました。

趙：	藤原老師回來以後，請他回電給我好嗎？
佐藤：	好的。我了解了。

★ここに注目 會話重點────

「折り返し」是副詞，當有關「電話、信件」等聯絡事項，希望對方盡快有回應時可以使用這個字，例如「折り返しご返事をください。」就是「請對方盡快回覆」的意思。

第2章｜
在日本當地一定要會的場景會話

在機場 空港で

（王書宇は成田空港に着いたばかりです。）

王：
すみません、池袋に行きたいんですが。

インフォメーション：
はい、電車の乗り場は地下一階です。

王：
どこで乗り換えますか。

インフォメーション：
山手線で行って、え、日暮里で乗り換えてください。

王：
何番線ですか。

インフォメーション：
三番線です。

王：
ありがとうございます。

インフォメーション：
いいえ、どういたしまして。

（王書宇剛抵達日本的成田機場。）

王：
對不起，我想到池袋去。

詢問處：
是，電車站在地下一樓。

王：
我要在哪裡換車？

詢問處：
您先搭山手線，接著…到日暮里站再換車。

王：
請問是第幾月台。

詢問處：
第三月台。

王：
謝謝。

詢問處：
不客氣。

必學單字表現

乗り場	搭乘處
バス	巴士、公車
バス停	巴士站、公車站
電車	電車
乗り換える	換車（通常是換搭不同路線的車繼續旅程）
乗り継ぐ	換車（通常是換搭別的交通工具到達目的地）
行く	去、到
番線、ホーム	月台、站台
地下一階	地下一樓
池袋	（地名）池袋
日暮里	（地名）日暮里

會話重點

重點1 詢問交通工具是否有到目的地的方法

想表達自己想到的目的地，有下列幾種方法：

1. この電車は池袋に行きますか。 這班電車到池袋嗎？

2. この電車は池袋に止まりますか。 這班電車有停池袋嗎？

重點2 詢問方位

詢問車站，洗手間等在哪裡的句子如下：

1. 駅はどこですか。 車站在哪呢？

2. トイレはどの辺ですか。 洗手間在哪呢？

3. コンビニはどちらですか。 便利商店在哪呢？

與空間相關的表現

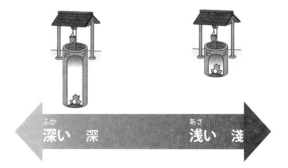

★ 広大 廣大

★ 根深い 根深蒂固的

★ 奥深い （空間）深長、深遠；深奧

★ 狭小 狹小

 **文法焦點**

動詞連用形（第二變化）＋ **たいです** 的用法

> ＊表示希望，想做某事（某動作）。在這個句型中，助詞一般用「が」

例 刺身が食べたいです。　　　　　　　　　　　我想吃生魚片。

　　ビールが飲みたいです。　　　　　　　　　　我想喝啤酒。

　　チケットが買いたいです。　　　　　　　　　我想買車票。

　　池袋に行きたいです。　　　　　　　　　　　我想去池袋。

其他補充

に　表示目的地的助詞

> ＊**其他詢問的表現**

例 池袋にはどう行けばいいですか。　　　　　　要怎麼到池袋？

　　池袋まで歩いていけますか。　　　　　　　　到池袋可以用走的嗎？

　　池袋に行くには何番乗り場に行けばいいですか。　到池袋是幾號月台？

　　最寄り駅はどこですか。　　　　　　　　　　最近的車站是哪裡？

　　皇居に行くにはどこで降りればいいですか。　到皇宮在哪裡下車？

其他補充

皇居　皇宮

最寄り駅　最近的站名

短會話練習 A

起飛時間

何時の便ですか。
航班是幾點起飛？

九時です。
9 點起飛。

あと三十分ほどです。
大約 30 分後起飛。

登機時間

チェックインはいつですか。
你們什麼時候開始辦理登機？

しばらくお待ちください。
請稍等一下。

二十分後です。
20 分鐘後。

托運行李

預けるお荷物はいくつですか。
請問您有幾件行李要托運？

二つです。
我有兩件行李要托運。

ありません。
我沒有（要托運行李）。

選擇座位

座席は窓側と通路側とどちらがいいですか。
請問您要靠窗邊還是靠走道的座位?

窓側のほうをお願いします。
我想要靠窗的座位。

どちらでも構いません。
都可以。

單字

便　航班	あと　之後	ほど　大約
座席　座位	いくつ　幾件、幾種	預ける　托運行李
窓側　靠窗（位子）	通路側　靠走道（位子）	チェックイン　搭機手續
しばらく　暫時	どちらでも　哪一個（都）	構いません　沒關係

登機地點

すみません、三番（さんばん）ゲートはどこですか。
請問3號登機門在哪裡？

まっすぐ行（い）ってください。
您直走就到了。

こちらです。
在這邊。

接駁巴士

空港（くうこう）から都心（としん）までのバスはありますか。
這裡有從機場去市中心的巴士嗎？

はい、あります。八番（はちばん）のバスです。
有 08 號線。

都心（としん）までいくつかの方法（ほうほう）があります。
到市中心有很多種方法。

站牌位置

バスの乗（の）り場（ば）はどこですか。
巴士站在哪裡？

次（つぎ）の角（かど）を右（みぎ）に曲（ま）がってください。
下個轉角請右轉。

二番（にばん）出口（でぐち）の向（む）こうです。
在 2 號出口對面。

旅遊服務中心

受付（うけつけ）（インフォメーション）はどこですか。
請問旅遊服務中心在哪裡？

私（わたし）もよく分（わ）かりません。
我也不是很清楚。

左（ひだり）へ曲（ま）がってください。
請您左轉。

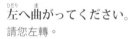

單字

ゲート 登機門	まっすぐ 直直地	空港（くうこう） 機場
都心（としん） 市中心（東京的行政單位為都，故稱為「都心」）	乗（の）り場（ば） 搭乘處	次（つぎ）の角（かど） 下一個轉角
右（みぎ） 右邊	曲（ま）がる 轉彎	出口（でぐち） 出口
向（む）こう 對面	受付（うけつけ）（インフォメーション） 詢問處	左（ひだり） 左邊

會話練習

1. 請聽音檔，並依下列的提示完成所有的句子。

<ruby>地<rt>ち</rt></ruby><ruby>下<rt>か</rt></ruby><ruby>一<rt>いっ</rt></ruby><ruby>階<rt>かい</rt></ruby>　　<ruby>何<rt>なん</rt></ruby><ruby>番<rt>ばん</rt></ruby><ruby>線<rt>せん</rt></ruby>　　<ruby>乗<rt>の</rt></ruby>り<ruby>換<rt>か</rt></ruby>えますか　　<ruby>乗<rt>の</rt></ruby>り<ruby>場<rt>ば</rt></ruby>　　お<ruby>願<rt>ねが</rt></ruby>いします

① <ruby>窓<rt>まど</rt></ruby><ruby>側<rt>がわ</rt></ruby>のほうを＿＿＿＿＿＿＿。　　　　我想要靠走道的座位。

② どこで＿＿＿＿＿＿＿。　　　　　　　　我可以在哪裡換車？

③ ＿＿＿＿＿＿＿ですか。　　　　　　　　幾號月台？

④ バスの＿＿＿＿＿＿＿はどこですか。　　巴士站在哪？

⑤ <ruby>電<rt>でん</rt></ruby><ruby>車<rt>しゃ</rt></ruby><ruby>乗<rt>の</rt></ruby>り<ruby>場<rt>ば</rt></ruby>は＿＿＿＿＿＿＿です。　　電車站在地下一樓。

2. 請聽音檔，依下列中文用日語作回答練習。

① 我沒有（要托運行李）。

② 您直走就到了。

③ 9 點起飛。

④ 在 2 號出口對面。

⑤ 我也不是很清楚。

3. 請聽音檔，依下列中文用日語做發問練習。

① 航班是幾點起飛？

② 這班巴士有去池袋嗎？

③ 請問電車站在哪裡？

④ 要在哪裡換車？

⑤ 請問是靠窗的座位嗎？

【機場大廳】

❶ 到着ロビー 接機大廳

❷ 出発ロビー 送機大廳

❸ ターミナル 航站、航廈

❹ 第1ターミナル 第1航廈

❺ 第2ターミナル 第2航廈

❻ 外貨両替 外幣兌換處

❼ 観光案内所 觀光詢問處

❽ チェックインカウンター 登機報到櫃台

❾ グランドスタッフ 地勤人員

❿ 航空券 機票

⓫ 搭乗券 登機證

⓬ eチケット 電子機票

⓭ 便名 航班名稱

⓮ ビザ 簽證

⓯ パスポート 護照

⓰ 国内線 國內線

⓱ 国際線 國際線

【海關】

❶ 税関 海關

❷ 入国審査 入國審查處

❸ 税関申告 海關申報處

❹ 入国 入境

❺ 出国 出境

❻ セキュリティーチェック 安全檢查

❼ ボディチェック 檢查身體、搜身

❽ ボディスキャナ 身體掃描檢查

❾ トランジット （搭原機）轉機

❿ 乗り継ぎ （搭原機）轉機

⓫ トランスファー （換飛機）轉機

⓬ 乗り換え （換飛機）轉機

⓭ 手荷物受取所 取行李處

⓮ 荷物 行李

⓯ 手荷物 手提行李

⓰ 荷物カート 行李推車

⓱ 荷物引取りターンテーブル 行李旋轉盤

【候機室】

❶ ラウンジ 候機室
❷ 待合室（まちあいしつ）候機室
❸ 免税店（めんぜいてん）免税店
❹ 座席（ざせき）座位
❺ 窓（まど）窗戶
❻ 飛行機（ひこうき）飛機
❼ エプロン 停機坪
❽ 駐機場（ちゅうきじょう）停機坪
❾ 搭乗橋（とうじょうばし）空橋
❿ 滑走路（かっそうろ）跑道
⓫ トイレ 洗手間

【機內】

❶ パイロット 飛行員
❷ キャビンアテンダント 空服員
❸ テーブル 桌板
❹ 救命胴衣（きゅうめいどうい）救生衣
❺ 酸素マスク（さんそ）氧氣罩
❻ 機内食（きないしょく）飛機餐
❼ 毛布（もうふ）毛毯
❽ 枕（まくら）枕頭
❾ 荷物棚（にもつだな）行李架
❿ スクリーン 螢幕
⓫ リモコン 搖控器
⓬ イヤホン 耳機
⓭ 非常口（ひじょうぐち）緊急逃生門
⓮ 緊急脱出スライド（きんきゅうだっしゅつ）緊急逃生滑梯

【轉乗交通工具】

❶ スカイライナー (skyliner) 天行快車
❷ エクスプレス (express) 特快車
❸ 地下鉄（ちかてつ）地鐵
❹ 切符売り場（きっぷうりば）售票處
❺ 両替（りょうがえ）換幣處
❻ チャージ 儲值
❼ 改札口（かいさつぐち）剪票口

❽ タクシー 計程車
❾ メーター 跳錶；碼錶
❿ シャトルバス 機場巡迴巴士

❶ シートベルトを締める 繫上安全帶
❷ シートベルトを外す 鬆開安全帶
❸ 荷物を持つ 拿行李
❹ 荷物を預ける 寄行李
❺ 荷物を紛失しました 行李掉了
❻ 手荷物を飛行機内に持って入る
　　將手提行李攜入機內

❼ 非常口から逃げる
　　從緊急逃生門逃生
❽ 免税店で免税品を買う
　　在免稅店買免稅品
❾ 救命胴衣を着る 穿救生衣
❿ ターミナルを間違えた 弄錯航廈

文化專欄－東京的機場接駁交通

關東地區有「成田空港」和「羽田空港」兩座機場。

1. 從成田國際機場到市區的方法

成田機場共有三個航廈，第三航廈大部分是「格安航空（廉價航空）」停靠，必須走到第二航廈才能搭乘電車（步行約十分鐘 630 公尺，也有免費的接駁車）。從機場到市區有多種選擇，電車、巴士、計程車等。電車又分很多家不同公司經營。

▲成田機場的巴士站

Narita Express

又稱「成田エクスプレス（成田特快）」，簡稱 N'EX，直達東京、品川、澀谷、新宿、池袋等大站，時刻表在售票窗口上都有顯示。到東京約五十分鐘左右。若在國外先買了來回優惠票，還可免費接駁 JR 的山手線電車，缺點是沒有停靠上野。由於從東京站便往順時針方向繞，往新宿、池袋等方向去時，會比較費時。

Skyliner

日語為「スカイライナー」，是京成電鐵公司推出的特急電車，直達日暮里站及上野站，再由日暮里換車到各地區。到日暮里僅需約 36 分鐘，票價約 1,950 日元，其可能是進東京都最快的方法。需注意的是，它與京成線電車雖同一個剪票口入站，但月台不同。它是對號入座，京成線電車則是沒有對號的。

京成線 Keisei 電車

　　京成線電車有各站都停的普通車，也有只停大站的特急電車，可從沿站轉搭不同線路到達目的地，優點是班次多，票價便宜，缺點是自由席，有時遇到巔峰時間，必須擠沙丁魚，到日暮里要一倍時間，約五十分鐘，票價約 1,240 日元。除此之外，也沒有行李擺放區，若要講求快速舒適，就要選擇 Skyliner 或 N'EX 上述這兩種特快車，可說是一分錢一分貨。詳細圖文說明，另可搜尋「Lazy Japan（懶遊日本）」參考。

巴士

　　往返機場與東京都心的巴士很多，可大略分為：「東京シャトル（Tokyo shuttle，京成快速巴士）」、「Theアクセス成田（The Access Narita）」、「Narita Shuttle」及「Airport Limousine bus」等四種。依照目的地不同有不同路線，可在巴士售票處直接看時刻表最快。搭巴士的優點是比電車便宜，若剛好有直達目的地的車種，可以免去換車搬行李的勞累。但缺點是走平面道路，有時會堵車，趕飛機時最好要慎重考慮。

計程車

　　各航站都有排班的計程車，照錶收費。從成田機場到東京站，保守估計約要支付 30,000 日圓左右的車資。

2.從羽田國際機場到市區的方法

　　羽田機場離市中心比較近，最方便的交通方式有單軌電車、京急線電車以及巴士等。

單軌電車 Monorail

　　日語為「モノレール」，從羽田機場到濱松町站只要 14 分鐘，再接其他路線的電車。

京急電車 KEIKYU

　　日語為「京浜急行電鉄」，一般簡稱「京急線」。可搭京急線電車到品川站，再轉乘其他路線的電車到各地去就變得很方便了。

▲往來羽田機場與東京市區的單軌電車

巴士

　　從羽田機場發車的巴士很多，可至羽田機場官網上確認。到郊區時，搭巴士比搭電車省錢又方便，若只是進東京都心，仍屬單軌電車最方便，且較不會遇到堵車。

在公車站 バス停で

王：
秋葉原行きのバスは何番乗り場ですか。

受け付けの人：
あそこです。五番乗り場です。

（王はバスに乗ります）

王：
秋葉原に行くには、どこで降りればいいですか。

運転手：
六つ目のバス停です。

王：
ありがとうございます！

王：
お金はいつ払いますか。乗るときですか、降りるときですか。

運転手：
整理券を取って、降りるときに払ってください。

王：
どうも。

運転手：
危ないですから、しっかり掴まってください。

王：
はい、分かりました。

運転手：
では、発車します。

王：
請問去秋葉原的巴士在幾號月台搭乘？

櫃檯：
在那邊，五號月台。

（王書宇上了車）

王：
請問到秋葉原該在哪一站下車呢？

司機：
第六站下就行了。

王：
謝謝您！

王：
請問錢是上車付還是下車付？

司機：
先拿段號證，下車時再付。

王：
好的，謝謝。

司機：
要抓好，以免危險。

王：
好的，我知道了。

司機：
那要發車囉。

必學單字表現

行き	（接地名後面）往～的班次
降りる	下（車）
六つ目	第六個、第六站
お金	錢
払う	付（錢）
乗る	搭車、上車
とき	…的時候、…時
整理券	段號證、號碼牌
危ない	危險
しっかり	好好地、牢牢地
掴まる、捉まる	抓住
発車する	開車

會話重點

重點1 （動詞假定形）…ば

此句型「…的話」的意思。五段動詞用第四段假定形變化，上、下一段動詞把詞尾「る」去掉，加上「れば」、カ行變格動詞改成「くれば」、サ行變格動詞則是改「すれば」即可。

1. どこで降りればいいですか。　在哪下車好呢？
2. どうすればいいですか。　怎麼辦才好呢？
3. 見れば分かります。　看了就會知道。
4. どう行けばいいですか。　要怎麼去才好呢？

重點2 動詞て形＋ください。

用「動詞て形」加上「ください」之後，便表示「請…（做某動作）」的意思。

1. 払ってください。　請付錢。
2. 掴まってください。　請抓好。

一定要會的指示代名詞表現

これ（這個）、この（這…）、ここ（這裡）、こちら（這邊）都是用來表示說話者、聽者與事物之間的關係的指示代名詞。日文的指示代名詞開頭是「こ、そ、あ、ど」各表示：「こ（這）」是指離說話者與聽者近的事物；「そ（那）」是指離說話者中程距離的事物；「あ（那）」是指離說話者和聽者都遠的事物；「ど（哪）」用於疑問詞。

	特性	こ（這）	そ（那）	あ（那）	ど（哪）
代名詞	後接は	これ 這個	それ 那個	あれ 那個	どれ 哪個
	後接名詞，不可接は	この 這	その 那	あの 那	どの 哪
	指地方	ここ 這裡	そこ 那裡	あそこ 那裡	どこ 哪裡
	指地方	こちら こっち 這邊	そちら そっち 那邊	あちら あっち 那邊	どちら どっち 哪邊

＊「こっち、そっち、あっち、どっち」是口語體的表現。

文法焦點

動詞て形 的變化

> *五段動詞原形詞尾為「う、つ、る」時，屬促音變化，即變成「って」；
> 詞尾是「ぬ、ぶ、む」時，屬撥音變化，即變成「んで」；詞尾是「く、
> ぐ」時，屬い音變化，即變成「いて」；詞尾是「す」的，跟後面的サ行變
> 格動詞一樣，變成「して」；例外的變化：「行く ➡ 行って」

【う、つ、る】

買う ➡ 買って　買　　待つ ➡ 待って　等　　帰る ➡ 帰って　回家

【ぬ、ぶ、む】

死ぬ ➡ 死んで　死　　飛ぶ ➡ 飛んで　飛　　飲む ➡ 飲んで　喝

【く、ぐ】

書く ➡ 書いて　寫　　嗅ぐ ➡ 嗅いで　聞

【す】

探す ➡ 探して　找

【例外】

行く ➡ 行って　去

> *上、下一段動詞的變化，直接將詞尾「る」去除再加上「て」就行了。

【上一段動詞】

降りる ➡ 降りて　下（車）

【下一段動詞】

食べる ➡ 食べて　吃

> *カ行變格跟サ行變格動詞（不規則動詞）各只有一個，請特別記下。

【カ行變格】

来る ➡ 来て　來

【サ行變格】

する ➡ して　做

短會話練習 A

是否抵達

このバスは秋葉原に止まります か。
請問這巴士有停秋葉原嗎？

はい。
有。

いいえ、止まりません。
沒有，不停。

下車站點

すみません。靖国神社はどこ で降りればいいですか。
請問靖國神社要在哪裡下車？

武道館で降りればいいです よ。
您在武道館站下車就行了。

九段下で降りればいいです よ。
您在九段下那站下車就行了。

抵達確認

もうすぐですか。
快到了嗎？

もうすぐです。
快到了。

まだです。
還沒（到）。

下車確認

ここで降りますか。
您要在這站下車嗎？

はい、降ります。
要，我要在這站下車。

いいえ、次です。
不，我下一站才要下。

單字

止まる　停、停止　　　靖国神社　（東京地名）靖國神社

武道館　（東京地名。常舉行大型演唱會的地方）武道館　　九段下　（東京地名）九段下

もうすぐ　快要（到）了　　まだ　還、還沒　　次　下一個（站）

詢問目的地

どこへ行きたいですか。
您要去哪裡？

上野公園へ行きたいです。
我要去上野公園。

新宿に行きたいです。
我要去新宿。

詢問零錢兌換

両替できますか。
請問可以換零錢嗎？

はい、できます。
是的，可以。

いいえ、できません。
不，不行。

詢問轉車

どこで乗り換えますか。
請問在哪裡轉車？

渋谷で乗り換えてください。
請在澀谷換車。

品川で乗り換えます。
在品川換車。

確認站點數

早稲田大学まであといくつ停留所がありますか。
到早稻田大學還有幾站？

あと二つです。
還有兩站就到了。

あと一つです。
還有一站。

單字

上野公園 （東京地名）上野公園	新宿 （東京地名）新宿	両替 換匯、換金
できる 可以、能夠	乗り換える 轉車、轉乘	渋谷 （東京地名）澀谷
品川 （東京地名）品川	早稲田大学 （東京的私立大學）早稻田大學	
いくつ 多少個	停留所 公車站、停靠站	

會話練習

1. 請聽音檔，並依下列的提示完成所有的句子。

乗り換えて　　　あと　　で　　　止まります　　　両替

① 新宿で＿＿＿＿＿＿くださ い。　　　　　　請到新宿站換車。

② ＿＿＿＿＿＿できますか。　　　　　　可以換零錢嗎？

③ すみません、このバスは上野に＿＿＿＿＿＿か。　　請問，這班巴士有停上野嗎？

④ ＿＿＿＿＿＿二つの駅で早稲田大学です。　　還有兩站就會到早稲田大學。

⑤ ここ＿＿＿＿＿＿降りますか。　　　　　　在這裡下車嗎？

2. 請聽音檔，並依下列中文用日語做回答練習。

① 不，我下一站才要下。

② 是的，有停。

③ 是的，快到了。

④ 還有兩站就到了。

⑤ 是的，可以（換零錢）。

3. 請聽音檔，並依下列中文用日語做發問練習。

① 你要去哪兒呢？

② 你要在這裡下車嗎？

③ 你要在哪裡換車呢？

④ 你要去澀谷嗎？

⑤ 請問巴士站在哪裡？

公車站的相關單字表現

❶ 停留所 ^{ていりゅうじょ} 公車站、停靠站

❷ バス停 ^{てい} 公車站、停靠站

❸ バス路線図 ^{ろせんず} 公車路線圖

❹ バス時刻表 ^{じこくひょう} 公車時刻表

❺ 所要時間 ^{しょようじかん} 所需時間

【公車上】

❶ 運転手 ^{うんてんしゅ} 司機

❷ 乗客 ^{じょうきゃく} 乘客

❸ ツアー 旅行團

❹ 整理券発行機 ^{せいりけんはっこうき} 整理券發券機

❺ 切符 ^{きっぷ} 車票

❻ 運賃 ^{うんちん} 車資

❼ 料金 ^{りょうきん} 費用

❽ お釣り ^つ 找錢

【公車站牌】

❻ 経由 ^{けいゆ} 經由

❼ 終点 ^{しゅうてん} 終點站

❽ 始発 ^{しはつ} 發車站

❾ 最終便 ^{さいしゅうびん} 末班車

❿ ラッシュ（アワー） 尖峰時段

⓫ オフピーク 離峰時段

⓬ ベンチ （公車站）座椅

⓭ 標柱 ^{ひょうちゅう} 站牌

⓮ 電光掲示板 ^{でんこうけいじばん} 跑馬燈燈板

⓯ 回送車 ^{かいそうしゃ} 暫停服務（的車）

❾ クレジットカード 信用卡

❿ 目安 ^{めやす} 大約（數目）

⓫ ナンバープレート 車牌號碼

⓬ 優先席 ^{ゆうせんせき} 博愛座

⓭ 降車ボタン ^{こうしゃ} 下車鈴

⓮ 吊り革 ^{つかわ} 公車拉環

⓯ 手すり ^て 手扶桿

⓰ 非常口 ^{ひじょうぐち} 緊急逃生口

加強表現

❶ **センサーにカードをかざす**
在感應器上放上票卡

❷ **段差_{だんさ}に注意_{ちゅうい}する** 注意台階的高低

❸ **手_てすりを掴_{つか}む** 手握住手扶桿

❹ **つり革_{かわ}を握_{にぎ}る** 手握公車拉環

❺ **席_{せき}に座_{すわ}る** 坐座位

❻ **席_{せき}を譲_{ゆず}る** 讓座

❼ **うたた寝_ねする** 打瞌睡

文化專欄－日本的票卡（部分地方公車與電車通用）

　　台灣有「悠遊卡」，可以搭火車、公車，有些還可以在停車時使用。相對的，大東京地區也有所謂的交通卡，也可儲值，非常方便，但種類較多，在各大車站的售票處都可購買。一般主要有：

Suica 卡

　　「Suica カード（西瓜卡）」最低為 1,000 日元至 10,000 日元，過站時只需用卡觸碰感應器即可。西瓜卡與 PASMO 卡相互通用。有些店家也接受使用西瓜卡消費。

▲日本的西瓜卡

PASMO 卡

　　「PASMO カード（PASMO 卡）」原本為首都圈內私鐵公司所發行，僅用於私鐵線。但現在幾乎與西瓜卡一樣，一卡在手，四通八達，亦可以用於購物消費。發展到至今西瓜卡的差別只在於給予優惠的店家略有不同而已。

一日券

　　「一日乗車券_{いちにちじょうしゃけん}（一日券）」卡如其名，是可以在一天之內，電車、巴士搭到飽的票卷。一張成人約 1,590 日元，大的電車站內有專區「みどりの窓口_{まどぐち}（綠色窗口）」可以買到一日券，但僅限東京都內使用。

　　其他還有各公司或各路線所推出種類繁多的一日券，如「地下鉄一日乗車券_{ちかてついちにちじょうしゃけん}（地鐵一日券）」、「都電一日乗車券_{とでんいちにちじょうしゃけん}（都電一日券）」、「都バス一日乗車券_{いちにちじょうしゃけん}（都營巴士一日券）」、「りんかい線一日乗車券_{せんいちにちじょうしゃけん}（臨海線一日券）」等等。

現場購票

　　當然日本的公車一樣可以上車投現，或使用上述車卡，有換零及找零服務；而搭電車時，可以在電車售票處直接用現金買單程車票，也有賣回數票等優惠票。

在電車站　駅で
えき

趙：
ちょう

　すみません。南北線の乗り場はどこですか。
なんぼくせん　　の　ば

駅員：
えきいん

　そこの改札の左側です。
かいさつ　ひだりがわ

趙：
ちょう

　ああ、そこですか。ありがとうございます。

駅員：
えきいん

　いいえ、どういたしまして。

趙：
ちょう

　すみません。切符を間違って買っちゃったん
きっぷ　まちが　　か
ですが、払い戻ししてもらえますか。新幹線
はら　もど　　　　　　　　　　　しんかんせん
の切符を買いたいんですが。
きっぷ　か

駅員：
えきいん

　新幹線ですね。はい、かしこまりました。そ
しんかんせん
ちらにある「みどりの窓口」で買ってくださ
まどぐち　　か
い。

趙：
ちょう

　ありがとうございます。「みどりの窓口」っ
まどぐち
て何ですか。
なん

駅員：
えきいん

　「みどりの窓口」はＪＲ（Japan Railway）の
まどぐち　　ジェーアール
サービス窓口です。ＪＲは元日本の国鉄のこ
まどぐち　　ジェーアール　もと にほん　　こくてつ
とです。

趙：
ちょう

　そうですか。分かりました、どうもありがと
わ
うございます。

趙：

　對不起，請問南北線的月台在哪
裡？

車站站員：

　在那邊的剪票口的左邊。

趙：

　好的，謝謝您。

車站站員：

　不客氣。

趙：

　啊！對不起，我買錯票了，請問
可以退費嗎？我想買的是新幹線
的票。

車站站員：

　新幹線嗎？請到那裡的「綠色窗
口」去購買。

趙：

　謝謝。請問「綠色窗口」是指什
麼呢？

車站站員：

　「綠色窗口」是 JR 的服務窗
口，JR 則是指以前日本的國家鐵
路。

趙：

　我明白了，謝謝。

必學單字表現

南北線（なんぼくせん）	（東京地鐵的）南北線
改札（かいさつ）	剪票處（口）
左側（ひだりがわ）	左邊
切符（きっぷ）	（車）票
間違う（まちがう）	弄錯
払い戻し（はらもどし）	（名詞）退錢
んですが	表示語氣委婉或解釋原因
みどり	綠色
窓口（まどぐち）	窗口
元（もと）	（後接名詞）前…
とは	（文章體）所謂…
って	（口語）所謂的…

會話重點

重點1　払（はら）い戻（もど）しししてもらえますか。

可以退費嗎？

下述三句話也可以表達出請求退費之意。

1. 払（はら）い戻（もど）しお願（ねが）いします。　麻煩請退費。
2. 払（はら）い戻（もど）しお願（ねが）いできますか。　請問我可以要求退費嗎？
3. 払（はら）い戻（もど）ししてもらいたいですが、いいんですか。　請問可以退費嗎？

重點2　…で 在…（後接動態性的動詞）

みどりの窓口（まどぐち）で買（か）ってください。　請在綠色窗口購買。

助詞「で」是表示「在…」之意。使用時需後接如「買う（買）、する（做）…」等動態性動詞；「に」也有「在…」的意思，後接靜態性動詞，如「ある（（無生命物、植物的）有）」、「いる（（有生命物的）有）」表示存在句型。

あそこにある「みどりの窓口（まどぐち）」　在那裡的「綠色窗口」。

日文數字的表現

數字	日文	數字	日文	數字	日文	數字	日文
1	いち	11	じゅういち	21	にじゅういち	200	にひゃく
2	に	12	じゅうに	22	にじゅうに	300	さんびゃく
3	さん	13	じゅうさん	30	さんじゅう	400	よんひゃく
4	し、よん	14	じゅうよん	40	よんじゅう	500	ごひゃく
5	ご	15	じゅうご	50	ごじゅう	600	ろっぴゃく
6	ろく	16	じゅうろく	60	ろくじゅう	700	ななひゃく
7	しち、なな	17	じゅうしち	70	ななじゅう	800	はっぴゃく
8	はち	18	じゅうはち	80	はちじゅう	900	きゅうひゃく
9	く、きゅう	19	じゅうきゅう	90	きゅうじゅう	1000	せん
10	じゅう	20	にじゅう	100	ひゃく	10000	いちまん

＊要特別注意百位數在「3,6,8」時，會分別出現濁音或半濁音化的現象。

文法焦點

① （一般體）動詞て形＋しまう

② （口語體）動詞て形變化後去除て（で）＋ちゃう（じゃう）

　　這兩個句型意思完全一樣，差別僅在於②偏口語體。文法共兩個意思，一個是要表達前述的動作已經完成（完了）；另一個則是表示對於前述的動作充滿了遺憾及沉重的心情，此一用法比較抽象，對應在中文時句子的譯文往往沒有兩樣，差別在於語感程度的輕重，使用上請多注意。口語體時，五段動詞尾為「ぬ、ぶ、む」時，則變成有濁音的「じゃう」。

> **✱表示動作的完了。**

例 食^たべてしまう。　　　口語體 食^たべちゃう。　　　吃完

　　飲^のんでしまう。　　　口語體 飲^のんじゃう。　　　喝完

> **✱表示做了前述動作後，產生遺憾（即做此動作後具有後悔、氣惱等等心理狀況）。**

　　我們先來了解一下過去式的說法，「しまう」的過去式是「しまった」、「ちゃう」的過去式則是「ちゃった」。

例 殺^{ころ}してしまった。　　口語體 殺^{ころ}しちゃった。　　殺了人了！

　　やってしまった。　　　口語體 やっちゃった。　　　不小心做了！

　　以上兩句都有「語帶後悔」的意思存在。

單字補充

殺^{ころ}す 殺　　　やる 做、給

　　最後補充一下，課文中的「切符^{きっぷ}を間違^{まちが}って買^かっちゃった」這句話依字面來表現時，只會看出是「買錯了車票」。但句子中有用到了「…ちゃった」，即指加重了表現出後悔買錯了車票的這個行為的心理表現。

短會話練習 A

購買新幹線車票

ご出発はいつですか。
何時出發？

なるべく早いのがいいんですが…
盡可能的話，最好是早一點。

十日の朝九時です。
十號的早上9點。

詢問人數

お一人様ですか。
總共一位嗎？

はい、一人です。
是的，一位。

いいえ、二人です。
不，有兩位。

詢問座位

窓側と通路側と、どちらがいいですか。
您要靠窗的座位？還是靠走道的座位？

窓側です。
靠窗的。

通路側です。
靠走道的。

詢問是否抽菸

喫煙席と禁煙席と、どちらがいいですか。
您要吸菸區的座位？還是禁菸區的座位呢？

喫煙席です。
我要吸菸區的。

禁煙席です。
我要禁菸區的。

單字

ご出発　出發（時間）（ご為丁寧語，表示鄭重的說法）		なるべく　盡量、盡可能
お一人様　一位（客人）	窓側　靠窗	通路側　靠走道
喫煙席　吸菸區的座位	禁煙席　禁菸區的座位	

詢問票價

おいくらですか。
請問多少錢？

_{さんぜんえん}
3,000円です。
3,000 日元。

_{おうふく　　ごせんごひゃくえん}
往復で5,500円です。
來回共 5,500 日元。

詢問付款方式

クレジットカードでいいです
か。
請問可以用信用卡嗎？

はい、いいです。
是的，可以。

_{げんきん}
いいえ、現金のみです
不行，只收現金。

詢問抵達時間

_{とうちゃく}
いつ到着しますか。
請問幾點會到？

_{あさじゅう　じ　じゅっぷん}
朝十時十分です。
早上 10 點 10 分。

_{よるはち　じ}
夜八時ぐらいです。
晚上 8 點左右。

詢問幾號車廂

_{なんごうしゃ}
何号車ですか。
請問是幾號車廂？

_{ご　ごうしゃ}
五号車です。
是 5 號車廂。

_{じ　ゆうせき}
自由席です。
是自由座。

單字

おいくら　多少錢（お為丁寧語・表示鄭重的說法）		_{せん　えん} 1,000円　1,000日元
_{おうふく} 往復　來回	クレジットカード　信用卡	_{げんきん} 現金　現金
のみ　（文雅說法）僅限、只有	_{とうちゃく} 到着　抵達、到達	_{あさ} 朝　早上
_{よる} 夜　晚上	_{なんごうしゃ} 何号車　幾號車廂	_{じ　ゆうせき} 自由席　自由座、不對號座位

🦉 會話練習

1. 請聽音檔，並依下列的提示，選出正確的答案。

何号車（なんごうしゃ）　乗り場（のりば）　改札（かいさつ）　出発（しゅっぱつ）　で

① ＿＿＿＿＿＿の左側（ひだりがわ）です。　　　　　　剪票處的左邊

② すみません、南北線（なんぼくせん）の＿＿＿＿＿＿はどこですか。

　　　　　　　　　　　　　　　　　　　　　　　不好意思，南北線在哪裡搭車？

③ ご＿＿＿＿＿＿はいつですか。　　　　　　　何時出發？

④ あそこ＿＿＿＿＿＿買（か）ってください。　　　請去那邊買。

⑤ ＿＿＿＿＿＿ですか。　　　　　　　　　　　幾號車廂？

2. 請聽音檔，並依下列中文用日語做回答練習。

① 3,000 日元。

② 靠窗的。

③ 禁菸席的。

④ 是的，可以。

⑤ 5 號車廂。

3. 請聽音檔，並依下列中文用日語做發問練習。

① 總共一位嗎？

② 我想買新幹線的車票（請問在哪裡買呢？）。

③ 綠色窗口是什麼？

④ 請問可以用信用卡嗎（請問可以刷卡嗎？）？

⑤ 請問幾點會到？

【車站大廳】

❶ 自動券売機（じどうけんばいき） 自動售票機

❷ 路線運賃表（ろせんうんちんひょう） 路線（車資）圖

❸ 電光掲示板（でんこうけいじばん） 電子看板

❹ 改札口（かいさつぐち） 剪票口

❺ エスカレーター 電扶梯

❻ エレベーター 電梯

【車票】

❶ 片道（かたみち） 單程票

❷ 往復（おうふく） 來回票

❸ 電車の料金（でんしゃのりょうきん） 票價

❹ 割引（わりびき） 折扣

❺ 全額（ぜんがく） 全票

❻ 半額（はんがく） 半票

❼ キャンセル 取消

❽ 出発時刻（しゅっぱつじこく） 出發時間

❾ 到着時刻（とうちゃくじこく） 抵達時間

❿ 検索（けんさく） 搜尋

⓫ 清算（せいさん） 計算票價（的機器）

⓬ 前の列車（まえのれっしゃ） 上一班車

⓭ 次の列車（つぎのれっしゃ） 下一班車

【月台】

❶ ホーム　月台

❷ 列車（れっしゃ）　列車

❸ 駅員（えきいん）　站員

❹ ホームドア　月台安全門

❺ ホームの隙間（すきま）　月台間隙

❻ 黄色い線（きいろ　せん）　黄色警戒線

❼ 視覚障害者誘導用ブロック（しかくしょうがいしゃゆうどうよう）　導盲磚

❽ 駅名標（えきめいひょう）　站名牌

❾ 監視カメラ（かんし）　監視器

❿ レール　鐵軌

⓫ アナウンス　廣播

【車廂內】

❶ 運転士（うんてんし）　駕駛員

❷ 車掌（しゃしょう）　車掌

❸ ドア　（車）門

❹ 優先席（ゆうせんせき）　博愛座

❺ 自由席（じゆうせき）　自由座、不對號座

❻ 指定席（していせき）　對號座

❼ 荷物（にもつ）　行李

❽ スーツケース　旅行箱

❾ 車内検察（しゃないけんさつ）　車內查票

❿ 追加料金（ついかりょうきん）　補車資

⓫ 荷物棚（にもつだな）　行李架

71

❶ ネットで切符を予約する
網上訂車票

❷ アナウンスが流れる　播放廣播

❸ 列に並ぶ　排隊

❹ 列に割り込む　插隊

❺ 文庫本を読む　看文庫本小書

❻ 小さい声で電話する
輕聲細語講電話

❼ すし詰め状態になる　擠沙丁魚

文化專欄－日本的新幹線

　　日本的「新幹線」是日本的高速鐵路，舒適而便捷，由 JR（Japan Railway）集團經營，連結日本從南到北的主要大城市。

　　新幹線俗稱子彈列車，時速高達200公里以上，目前已經通車的主要路線如下：

▲日本的新幹線

新幹線的路線

》》》北海道新幹線　　起站 新青森駅（新青森站）　　迄站 新函館北斗駅（新函館北斗站）

➡ 東北新幹線　　起站 東京駅（東京站）　　迄站 新青森駅（新青森站）

》》》上越新幹線　　起站 高崎駅（高崎站）　　迄站 金沢駅（金澤站）

》》》東海道新幹線　　起站 東京駅（東京站）　　迄站 新大阪駅（新大阪站）

》》》山陽新幹線　　起站 新大阪駅（新大阪站）　　迄站 博多駅（博多站）

➡ 九州新幹線　　起站 博多駅（博多站）　　迄站 鹿兒島中央駅（鹿兒島中央站）

新幹線的車種

　　依路線的不同，列車的種類也有所不同：

➡ 北海道新幹線：分為「はやぶさ、Hayabusa（隼號）」、「はやて、Hayate（疾風號）」、「やまびこ、Yamabiko（山彥號）」、「なすの、Nasuno（那須野號）」四種。

⟫⟫⟫ 東北新幹線：也分為「はやぶさ、Hayabusa（隼號）」、「はやて、Hayate（疾風號）」、「やまびこ、Yamabiko（山彥號）」、「なすの、Nasuno（那須野號）」四種。

⟫⟫⟫ 上越新幹線：分為「とき、Toki（朱鷺號）」、「たにがわ、Tanigawa（谷川號）」兩種。

⟫⟫⟫ 東海道新幹線：分為「のぞみ、Nozomi（希望號）」、「ひかり、Hikari（光速號）」及「こだま、Kodama（木靈號）」（類似台灣的自強號、莒光號）三種。

⟫⟫⟫ 山陽新幹線：「のぞみ、Nozomi（希望號）」、「ひかり、Hikari（光速號）」、「こだま、Kodama（木靈號）」、「みずほ、Mizuho（瑞穗號）」、「さくら、Sakura（櫻號）」及「つばめ、Tsubame（燕號）」六種。

⟫⟫⟫ 九州新幹線：分為「みずほ、Mizuho（瑞穗號）」、「さくら、Sakura（櫻號）」及「つばめ、Tsubame（燕號）」三種。

新幹線的座位

　　座位一般分為「自由席（不對號座）」、「指定席（對號座）」及「グリーン席（綠色座位。頭等席）」三種，每種座位分別各設置在不同的車廂，且有些列車不一定有「綠色座位」。

　　以搭乘率最高的東京站至新大阪站來說，單程一趟約花費 2 小半小時的時間，票價則約是 14,000 日圓左右（指定席），相當於台幣 3,500 左右。一般旅客也可以在車站的「みどりの窓口（綠色窗口）」購買，或上日本新幹線網站訂票。取票時，則可以去車站的自動取票機取票，或是向綠色窗口取票。

　　外國旅客也可以在入境日本之前，預先在海外旅行社購買「周遊きっぷ（日本鐵路周遊券）」（這種票券在日本國內無法購買，是只提供外國人的車票），這個周遊券又分 7 天、14 天、21 天期，購買後可以在造訪日本時自由搭乘新幹線、巴士、渡輪等，相當便利，一般車廂 7 天期約 29,110 日圓（約 8,000 台幣），在國外的旅行社購買後，至日本指定換票處兌換周遊券。

▲JR-West Rail Pass

　　如果沒有購買國外發行的周遊券，日本國內也有 JR 公司發行的各種鐵路周遊券，如 JR 的「JR-West Rail Pass（西日本鐵路周遊券）」等，都可洽各車站窗口詢問。讓訪日在移動上更加地輕鬆。

在出入境管理局辦公室　入国管理局で

趙：
あの、在留資格の変更を申請したいんですが。

受付：
「在留資格変更許可申請書」に記入して下さい。

趙：
はい、ほかに何か書類が必要ですか。

受付：
そうですね。「留学」の資格に変更したいんですね。

趙：
はい、そうです。短期大学ですけど。

受付：
それでは、「申請理由書」と「入学許可書」が必要です。

趙：
分かりました。これは私の旅券と在留カードです。

受付：
手数料として、4,000円の収入印紙を納付して下さい。

趙：
はい、何日間かかりますか。

受付：
だいたい一ヶ月間ぐらいかかります。許可の日から二週間以内に市役所で変更登録の申請をしなればなりませんよ。

趙：
分かりました。ありがとうございます。

趙：　您好，我想申請「變更居留資格」。

櫃台：請填一下「變更居留資格申請表」。

趙：　好的，請問還有什麼其他需要的文件嗎？

櫃台：你是要申請變更為留學的資格嗎？

趙：　是的，我要念短期大學。

櫃台：那你還需要「申請理由表」及「入學許可書」。

趙：　我明白了，這是我的護照和居留證。

櫃台：手續費是四千日元，必須買印花證明貼上。

趙：　好的，請需要多久時間才會下來？

櫃台：大概一個月左右，許可下來之後，兩週內要去市政府申請變更登記。

趙：　我明白了，謝謝！

74

必學單字表現

在留資格（ざいりゅうしかく）	居留資格
記入（きにゅう）	填寫
ほかに	其他的
何か（なにか）	（有）什麼
書類（しょるい）	文件
短期大学（たんきだいがく）	（二專）短期大學
必要（ひつよう）	需要
旅券、パスポート（りょけん）	護照
在留カード（ざいりゅう）	居留證
収入印紙（しゅうにゅういんし）	（證明）印花
何日間（なんにちかん）	幾天
かかる	花費
大体（だいたい）	大體上、大概
登録（とうろく）	登記、登錄

會話重點

重點1 …たい　想…

「たい」表示「願望」。在第一人稱、第二人稱時都用「たい」，形容第三人稱時則必須使用「たがっている」的句型。

1. 私（わたし）は日本（にほん）へ行（い）きたいです。
　我想去日本。（←第一人稱）

2. あなたは日本（にほん）へ行（い）きたいですか。
　你想去日本嗎？（←第二人稱）

3. 王（おう）さんは日本（にほん）へ行（い）きたがっています。
　王先生想去日本。（←第三人稱）

重點1 （助詞）に

「に」的用法很多，會話中「「留学（りゅうがく）」的資格（しかく）に変更（へんこう）したいです。」這句話中的「に」是表示「變更的目的」，在此場合下即為「想變更成留學的資格（身分）」。

配偶者（はいぐうしゃ）の資格（しかく）に変更（へんこう）したいです。（我想改變成配偶的身分（資格））。

另外，會話中另一句「市役所（しやくしょ）に申請（しんせい）しなければなりません。（去市政府申請）」裡的「に」則是表示目的地（移動動詞的歸著點），即表示此處的「去」的目的地為「市役所（しやくしょ）」（但省略了去）。

 一定要會的年、月、日等日期表現

一昨日（おととい）	昨日（きのう）	今日（きょう）	明日（あした）	明後日（あさって）
前天	昨天	今天	明天	後天
先々週（せんせんしゅう）	先週（せんしゅう）	今週（こんしゅう）	来週（らいしゅう）	再来週（さらいしゅう）
上上週	上週	這週	下週	下下週
一昨年（おととし）	去年（きょねん）	今年（ことし）	来年（らいねん）	再来年（さらいねん）
前年	去年	今年	明年	後年

動詞未然形＋…**なければなりません** 的用法

＊「なければなりません」這個文法在應用時，需接在動詞未然形之後，即表示「不得不、一定、必須、非要」（做前動作）的意思。另外與這個表現相似的表現還有很多，例如：「なければいけません」、「なくてはなりません」、「なくてはいけません」等表現，全部的意思都一樣。

例 私は学校へ行かなければなりません。　　私は学校へ行かなければいけません。
私は学校へ行かなくてはなりません。　　私は学校へ行かなくてはいけません。
我一定要去學校一趟。　（五段動詞）

例 野菜を食べなければなりません。　　　野菜を食べなければいけません。
野菜を食べなくてはなりません。　　　野菜を食べなくてはいけません。
非吃蔬菜不可。　（下一段動詞）

例 この映画を見なければなりません。　　この映画を見なければいけません。
この映画を見なくてはなりません。　　この映画を見なくてはいけません。
這部電影必看。　（上一段動詞）

例 明日来なければなりません。　　　　　明日来なければいけません。
明日来なくてはなりません。　　　　　明日来なくてはいけません。
明天一定要來。　（カ行變格動詞）

例 宿題をしなければなりません。　　　　宿題をしなければいけません。
宿題をしなくてはなりません。　　　　宿題をしなくてはいけません。
作業非做不可。　（サ行變格動詞）

🦉 短會話練習 A

申請居留證

すみません、在留カードはどこで申請しますか。
不好意思，請問居留證要在哪裡申請呢？

二階へどうぞ。
請上 2 樓。

三番窓口です。
3 號窗口。

詢問簽證效期

この観光ビザの有効期間は何日間ですか。
這份觀光簽證的效期是多久呢？

六十日間です。
是 60 天。

三ヶ月間です。
是 3 個月。

繳交護照及證件

旅券と写真を提出してください。
請繳交護照和照片。

はい、どうぞ。
好的，在這裡。

あっ！忘れました。
啊！我忘記帶了。

索取申請單

すみません、申請書はどこにありますか。
不好意思，請問申請單在哪裡拿呢？

あそこの机にあります。
在那邊的桌子上就有。

右の引き出しにあります。
在右邊的櫃子裡。

單字

二階　二樓	観光ビザ　觀光簽證	有効期間　有效期間
三ヶ月　三個月	写真　照片	提出　提出、交出
忘れる　忘記	申請書　申請單、申請表	机　桌子
右　右邊	引き出し　抽屜	

77

填寫申請單

すみません、ここに何を記入
しますか。
不好意思，請問這裡要填什麼資
料？

お名前、住所と電話番号を記
入してください。
請填入您的名字、地址和電話號碼。

パスポートのナンバーです。
請填入護照號碼。

申請簽證

どんなビザを申請したいんで
すか。
你想申請哪一種簽證？

観光ビザです。
觀光簽證。

留学ビザです。
留學簽證。

詢問申請進度

どのぐらいかかりますか。
請問多久會辦好？

七日間です。
7（個工作）天。

二週間です。
兩個禮拜。

繳交大頭照

写真は何枚必要ですか。
請問需要幾張照片？

4Ｘ6のが二枚です。
2 張 4x6 的照片。

3Ｘ4のが三枚です。
3 張 3x4 的照片。

單字

お名前 （敬稱）姓名	住所 地址、住址	電話番号 電話號碼
ナンバー 號碼、Number	どんな 哪一種的、怎麼樣的	どのくらい 多久（時間）
七日間 七天內	何枚 幾張（照片）	4Ｘ6 4 乘 6（乘、Ｘ＝かける）

會話練習

1. 請聽音檔，並依下列的提示完成所有的句子。

<table>
<tr><td>短期大學
たん き だいがく</td><td>手数料
て すうりょう</td><td>旅券
りょけん</td><td>書類
しょるい</td><td>分かりました
わ</td></tr>
</table>

① これは私（わたし）の＿＿＿＿＿＿＿と在留カードです。　　這是我的護照及居留證。

② ＿＿＿＿＿＿＿として4,000円（よんせん えん）いただきます。　　跟您酌收手續費 4,000 日元。

③ はい。＿＿＿＿＿＿＿です。　　是的。是短期大學。

④ ほかに、何（なに）か＿＿＿＿＿＿＿が必要（ひつよう）ですか。　　請問還有什麼其他需要的文件嗎？

⑤ はい。＿＿＿＿＿＿＿。　　是的。我明白了。

2. 請聽音檔，並依下列中文用日語做會話練習。

① 不好意思，請問這裡要填什麼資料？　　② 請問多久會辦好？

③ 觀光簽證。　　④ 啊！我忘記帶了。

3. 請將下列的句子重組（請適時自行加入日文標點符號）。

① の／3×4（さんかけるよん）／三枚（さんまい）／です／が　　3X4 的三張。

➡ ＿＿＿＿＿＿＿＿＿＿＿＿＿＿＿＿＿＿＿＿＿＿＿

② の／右（みぎ）／申請書（しんせいしょ）／あります／に／引き出し（ひ だ）／は　　申請表在右邊抽屜裡。

➡ ＿＿＿＿＿＿＿＿＿＿＿＿＿＿＿＿＿＿＿＿＿＿＿

③ ください／写真（しゃしん）／提出して（ていしゅつ）／旅券（りょけん）／と／を　　請繳交護照和照片。

➡ ＿＿＿＿＿＿＿＿＿＿＿＿＿＿＿＿＿＿＿＿＿＿＿

④ ですか／書類（しょるい）／ほかに／が／何（なに）か／必要（ひつよう）　　其他還需要什麼文件嗎？

➡ ＿＿＿＿＿＿＿＿＿＿＿＿＿＿＿＿＿＿＿＿＿＿＿

⑤ しなければなりません／許可の日（きょ か ひ）／二週間（に しゅうかん）／から／に／以内に（い ない）／で／
申請（しんせい）／登録（とうろく）／の／市役所（し やくしょ）／を　　批准以後，兩個禮拜內必須要去市政府申請登記。

➡ ＿＿＿＿＿＿＿＿＿＿＿＿＿＿＿＿＿＿＿＿＿＿＿

【基本用語】

❶ 入国管理局 出入境管理局

❷ 入管 （簡稱）出入境管理局

❸ 市役所 市政府

❹ 申請理由書 申請理由表

❺ 入学許可書 入學許可表

❻ 就労資格証明書 工作資格證明

❼ 査証 簽證（外國人入境許可）

❽ 永住許可 永久居留許可

❾ 特別永住者 特別永久居留者

❿ 資格外活動 居留資格以外的活動申請

⓫ 出入国 出入境

⓬ 再入国 再入境

⓭ 紛失 遺失

⓮ 汚損 汙損

⓯ 手続き 手續

⓰ 手数料 手續費

⓱ 納付 繳交（費用）

⓲ 返納 繳回

⓳ レシート 收據

⓴ 証印シール 認證貼紙

㉑ 見本 範本

加強表現

❶ 見本を見て書いてください
請依範本書寫

❷ 書類が欠けている 缺文件

🦉 文化專欄－台灣人入境日本須知

　　原則上持台灣護照者入境日本可享三個月（90 天）停留免簽證，到了日本以後，若因留學、工作、商務等各種原因必須中長期停留日本時，必須申辦「在留カード（居留證）」。「在留カード」以前稱為「外国人登録証明書（外國人登錄證）」，就像是在日本的臨時身分證一樣。

日本国政府	在留カード	番号 ‥‥‥‥‥‥‥‥

氏名 ‥‥‥‥‥‥‥‥
生年月日 ‥‥‥‥　性別　国籍□地域
住居地 ‥‥‥‥‥‥‥‥
在留資格 ‥‥‥‥‥‥
　　　　　　　就労制限の有無
在留期間（満了日）　　　　◆MDJ◆
許可の種類
許可年月日　　　　交付年月日
このカードは　　　　です。

▲日本居留證大致的樣貌

　　申請到「在留カード」以後，若在居留期間要出入境日本，必須到「入国管理局（出入境處）」申辦各種申請手續，而居留證本身的延期則在住居住地的市區公所申辦即可。

▲東京入國管理局大致的樣貌

在戶政事務所　市役所で（しやくしょ）

趙（ちょう）：

すみません。住民票（じゅうみんひょう）を申請（しんせい）したいんです。

受付（うけつけ）：

はい、少々（しょうしょう）お待（ま）ち下（くだ）さい。

趙（ちょう）：

ちょっと書（か）き方（かた）がよく分（わ）かりませんので、教（おし）えてくださいませんか。

受付（うけつけ）：

はい、何（なに）か不明（ふめい）なところがありますか。

趙（ちょう）：

世帯主（せたいぬし）って何（なん）ですか。

受付（うけつけ）：

「世帯（せたい）」というのはその人（ひと）の持（も）っている財産（ざいさん）の意味（いみ）で、自立（じりつ）して生活（せいかつ）している人（ひと）のことです。ひとりなら、ひとり世帯（せたい）です。何世帯（なんせたい）も一緒（いっしょ）に同居（どうきょ）する場合（ばあい）もあります。

趙（ちょう）：

では「世帯主（せたいぬし）」って世帯（せたい）の代表者（だいひょうしゃ）の名前（なまえ）ですね！

受付（うけつけ）：

はい、そうです。

趙：

不好意思，我想申請居住證明。

櫃台：

好的，請稍等。

趙：

我不太會填，請問能幫我説明一下嗎？

櫃台：

好的，請問有什麼地方不明白的嗎？

趙：

什麼叫做「世帯主」？

櫃台：

所謂「世帯」是指當事者所持有的財產，一個能夠獨立生活的人，所擁有的住家。如果是一個人住，就是「ひとり世帯」，也有好幾個「世帯」一起共同居住。

趙：

那「世帯主」就是一戶的戶長是嗎？。

櫃台：

是的。

必學單字表現

住民票（じゅうみんひょう）	居住證明
戸籍謄本（こせきとうほん）	戶籍謄本
申込書（もうしこみしょ）	申請表
書き方（かきかた）	寫法
不明（ふめい）	不明白、不清楚
世帯主（せたいぬし）	（類似）戶長
世帯（せたい）	一戶
同居（どうきょ）	（非男女關係的）共同居住
自立（じりつ）	獨立
財産（ざいさん）	財產

會話重點

重點1 …ませんか　要不要…呢？

此句型一般用在邀約他人時。例：

これを食（た）べませんか？おいしいです
よ。　要不要嚐嚐這個，很好吃的喲！

課文中的「教えてくださいませんか」是
較禮貌的說法「能不能請你告訴我…
呢？」。另外，「教（おし）える」有「告訴、
說」的意思之外，也有「教」的意思。

重點2 …という　所謂…、叫做…

此句型是「所謂…」、「叫做…」的意
思。例：

「自立（じりつ）」というのは自分（じぶん）の力（ちから）で生活（せいかつ）する
ことです。　所謂「獨立」是只靠一己之力生活
的意思。

與多寡、時段相關的表現

多い（おお）　多	← →	少ない（すく）　少
早い（はや）	（時段、時期偏）早	晚い（おそ）　（時段、時期偏）晚

- ★ 多（おお）くの　（後接名詞）多
- ★ 朝（あさ）　早上
- ★ 昼（ひる）　白天
- ★ 夜（よる）　晚上

- ★ 僅（わず）か　僅、僅有
- ★ 今朝（けさ）　今天早上
- ★ 午後（ごご）　下午
- ★ 今夜（こんや）　今晚

- ★ 夜明（よあ）け　黎明
- ★ 午前（ごぜん）　上午
- ★ 黄昏（たそがれ）　黃昏
- ★ 深夜（しんや）　深夜

文法焦點

…なら、…たら、…ば、…と 條件（假定）表現

　　上述都可以稱為「假定表現」，大部分翻成中文時幾乎都是「如果…的話，就…」，因
學習時易造成混淆，本課在此簡單作出區別說明。

＊「…なら」指「假設前述的內容成立，話者則會在後述的內容表現出自我
主觀的判斷、意志及想法」等。

應用時，「動詞及形容詞原形＋なら、名詞及形容動詞＋なら」。

例 京都に行くなら、金閣寺がいいですね。　　　去京都的話，參觀一下金閣寺不錯唷！

 ↳「參觀金閣寺」為話者主觀的建議。

＊「…たら」指「假設是前述的內容成立之後，接下來通常就會發生後述的
某樣內容，或是可以順理成章進行的內容」。

應用時，「動詞連用形＋たら、形容詞詞幹＋かったら、名詞及形容動詞＋だったら」。

例 早く寝たら、朝早起することができますよ。　　早點就寢的話，就能夠早起的喔！

 ↳「早睡之後，通常就能夠早起」，通常性的道理。

＊「…ば」指「前述內容未發生的情況下，假設是前述的內容成立，依固定
的法則判斷之下，表示會發生八九不離十的後述內容」等。

應用時，「五段動詞假定形＋ば、上下一段動詞假定形＋れば、形容詞詞幹＋ければ、名詞及形容
動詞＋であれば」。

例 この薬を飲めば、治りますよ。　　　　　吃了這藥就會痊癒的。

 ↳「在吃了藥以後，大體上都會痊癒」，一般的固定法則。

＊「…と」指「前述的假設內容有一種反復的循環性、恒常性，一旦成立，
就會再度出現後述的內容」等。

應用時，「動詞及形容詞原形＋と、名詞及形容動詞鮮少使用此假定接續。」

例 春になると、桜が咲きます。　　　　　　一到了春天，櫻花就會綻放。

 ↳「在四季的循環之下，櫻花的綻放是一到了春天就會發生的事」。

　　如上所述，因為「ば」與「と」分別是一個固定法則或循環性的假定概念判斷，所以後
面不能接具有個人請求表現的「…てください。」及個人期望的「…たい」句型。

🦉 短會話練習 A

繳交文件

書類は全部揃っていますか。
文件都備齊了嗎？

はい、揃っています。
是的，都備齊了。

外国人登録証を忘れました。
外國人登記證忘記帶了。

面談詢問1

知り合ってどのぐらいですか。
你們認識多久了？

一年ぐらい前に知り合いました。
一年前左右認識的。

知り合ったばかりです。
剛認識。

面談詢問2

奥さんの趣味は何ですか。
您的太太有什麼興趣？

料理と読書です。
她喜歡做菜和看書。

歌を歌うことと絵を描くことです。
她喜歡唱歌和畫畫。

面談詢問3

あなたの旦那さんの仕事は？
您的先生的工作是？

教師です。
他是教師。

医者です。
他是醫生。

單字

書類 文件	**揃う** 齊全	**外国人登録証** 外國人登記證
忘れる 忘記	**知り合う** 認識	**趣味** 興趣
料理 做菜	**読書** 讀書	**奥さん** （您的）太太
歌を歌う 唱歌	**絵を書くこと** 畫畫	**旦那さん** （您的）先生
仕事 工作	**教師** 老師	**医者** 醫生、醫師

面談詢問4

お互いにプレゼントを交換し
たことがありますか。
你們彼此有互相交換過禮物嗎？

はい、よくプレゼントを交換
します。
是的，常常交換送禮物。

もちろんです。
當然有啊。

面談詢問5

プロポーズはいつしました
か。
妳先生是什麼時候跟妳求婚的？

三週間前にしました。
三個禮拜前求婚的。

先月しました。
上個月舉辦的。

面談詢問6

奥さんの兄弟は何人ですか。
您的太太有多少兄弟姊妹呢？

兄が一人と妹が一人です。
有一個哥哥和一個妹妹。

ひとりっ子です。
她是獨生女。

面談詢問7

奥さんの月収はいくらです
か。
您的太太的月收入一個月多少？

だいたい30,000元です。
（一個月）大約 30,000 台幣。

時給だと１５０元です。
時薪大約 150 台幣左右。

單字

お互いに 相互	交換 交換	プレゼント 禮物
プロポーズ 求婚	三週間前 三週前	先月 上個月
兄弟 兄弟姊妹	兄 （稱他人的）哥哥	妹 （稱自己或妻子的）妹妹
ひとりっ子 獨生子、獨生女	月収 一個月的收入	だいたい 大概
時給 時薪		

會話練習

1. 請將下列的例句，改成邀請「…ませんか。」的句型表現。

① ご飯を食べに行きます。　　　　　　　　　去吃飯。

_____

② 日本語を勉強します。　　　　　　　　　　學日語。

_____

③ この本を買います。　　　　　　　　　　　買這本書。

_____

2. 請將下列的句子重組（請適時加入日文標點符號）。

① は／彼女／本／好き／か／どんな／です／が　　　她喜歡看什麼書？

➡ _____

② ですか／書類／どんな／を／いい／用意／した／ほうが

　　　　　　　　　　　　　　　　　　　我需要準備什麼文件呢？

➡ _____

③ 彼と／もう／会いません／二度と　　　　　我不會再跟他見面。

➡ _____

3. 請聽音檔，並依下列中文用日語做回答練習。

① （她）喜歡作菜和看書。

② （他）是教師。

③ 上個月求婚的。

④ （她）是獨生女。

⑤ （一個月）大約 30,000 台幣。

在戶政事務所的相關單字表現

【基本用語】

❶ 職員 職員

❷ 写し 影本

❸ 代理人 代理人

❹ 委任状 委託書

❺ 住所 住址

❻ 続柄 （父親、配偶等與本人的）關係

❼ 結婚 結婚

❽ 離婚 離婚

❾ 印鑑証明 印鑑證明

【結婚或離婚需要辦理的手續】

❶ 住民登録
（一戶的成員改變時）居住登記

❷ 国民健康保険 國民健康保險（同上）

❸ 国民年金 國民年金（新加入者）

❹ 印鑑登録 印鑑登記

❺ 転入の手続き 遷入手續

❻ 転出の手続き 遷出手續

加強表現

❶ 書類を提出する 提出文件

❷ 職員さんに手続きをしてもらう
請（市公所）辦事員幫忙辦理

文化專欄－國際婚姻在日本所需的手續

日本人與外國籍的伴侶結婚，想得到法律上正式的認可時，必須提出結婚登記等，依伴侶的國籍不同，需要的文件也不一樣，以下依一般的最普遍國際婚姻的狀況，簡單說明當下應該需要文件：

必要文件

▸「婚姻届（婚姻登記證明書）」：取得時，必須向居住地的各市公所提出申請。

▸「戶籍謄本（戶籍謄本）」：若是在本籍地提出婚姻證明，則不需要；反之，若非在本籍地的話，則需要此一文件（可郵寄）。

▸「パスポート、旅券（護照）」。

▸「婚姻要件具備証明書（婚姻要件證明書）：這項文件的乍看似乎拗口難念，簡單

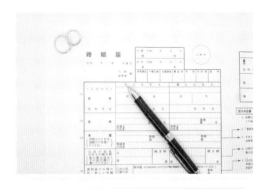
▲日本的結婚登記證明書（證明書會因地區不同而有不同的樣式）

的說，有點像是「單身證明」（避免重婚的宣示證明文件），一般是在駐日大使館可申請到，如果外籍配偶的大使館沒有發行此種證明時，可用其他方法代替，如寫一張「宣誓書」，內容如：「1、已達法律結婚年齡　2、與日本人結婚，並不抵觸母國的法律」等以示宣示證明，然後再請大使館認可，發行「宣誓書」即可。但前提是內容必須以日文書寫。另外有很重要的一點是如果內容是請他人翻譯成日文的，必須追加詳載譯者的姓名、地址，以免日後因翻譯的問題造成不必要的麻煩。

▲日本的國際婚姻日益頻繁

注意與日本人的婚姻除了向市公所提出結婚登記外，也必須去外籍配偶的駐日大使館提出登記，才算完成國際婚姻的手續，如此外籍配偶才可藉此證明變更居留在日本的資格。

第6課

在銀行　銀行で（ぎんこう）

受付（うけつけ）:

いらっしゃいませ。

王（おう）:

口座（こうざ）を開（ひら）きたいんですが。

受付（うけつけ）:

はい、手続（てつづ）きは簡単（かんたん）です。パスポート、外国（がいこく）人登録証（じんとうろくしょう）と印鑑（いんかん）をお持（も）ちですか。

王（おう）:

はい、どうぞ。

受付（うけつけ）:

それではこの書類（しょるい）にご記入（きにゅう）ください。

王（おう）:

これでよろしいですか。

受付（うけつけ）:

はい、ここに捺印（なついん）か署名（しょめい）をしてください。

王（おう）:

はい、分（わ）かりました。

受付（うけつけ）:

少々（しょうしょう）お待（ま）ちください。すぐお作（つく）りします。

王（おう）:

ありがとうございます。

職員：

歡迎光臨。

王：

我想開一個戶頭。

職員：

好的，開戶手續很簡單。您有帶護照、外國人登錄證及印章來嗎？

王：

有的，在這裡。

職員：

那麼，請填寫這張申請表。

王：

這樣填就可以了嗎？

職員：

是的，請這裡蓋章或簽名。

王：

好的。

職員：

請稍等一下。馬上就會好了。

王：

感謝您。

90

必學單字表現

いらっしゃいませ	歡迎光臨
開く（ひらく）	開（戶頭）
銀行（ぎんこう）	銀行
口座（こうざ）	戶頭、帳戶
手続き（てつづき）	手續
簡単（かんたん）	簡單
印鑑（いんかん）	印章
書類（しょるい）	文件
記入（きにゅう）	填寫
捺印（なついん）	蓋章
署名（しょめい）	簽名

關於日本的貨幣

　　目前日本發行的貨幣有一萬日元（正面是福澤諭吉像）、五千日元（正面是與謝野晶子像）、兩千日元（2000年起，正面是沖繩守禮門像）、一千日元（正面是野口英世像），硬幣有500日元、100日元、50日元、10日元、5元、1元銅板。

會話重點

重點1 少々（しょうしょう）お待（ま）ちください。 請稍候。

這是一個在日語中常聽到的句子，也很常用於商務接待的場合中，請直接背下來。這個句子用了敬語的公式：「お＋動詞連用形（ます形）＋ください」表示「請（做前述動作）…」之意。與這個文法式相同用法的是「動詞て形＋ください」。兩者的差別注意前者有表示鄭重的「お」，但後面沒有「て」；而後者是後面有「て」但前面沒有「お」。

少々（しょうしょう）お待（ま）ちください。＝ちょっと待ってください。 請稍候。

重點2 ん、の 語氣委婉説明、解釋原因

「ん」是「の」的音便形，在這不是「的」的意思。此用法用於語尾，通常後接「だ」或「です」，用以表示語氣委婉或解釋原因等用法的語感，通常翻譯時不必翻出來。接「ん」時，前面的句子動詞必須改成原形或過去式。形容動詞、名詞時，則用「なん」代替「ん」。例：

動 日本（にほん）へ行（い）きます。
➡日本（にほん）へ行（い）くんです。 我要去日本。

形 今日（きょう）は暑（あつ）いです。
➡今日（きょう）は暑（あつ）いんです。 今天好熱。

名 私（わたし）は先生（せんせい）です。
➡私（わたし）は先生（せんせい）なんです。 我是一名老師。

形動 陳（ちん）さんはきれいです。
➡陳（ちん）さんはきれいなんです。
陳小姐好漂亮。

文法焦點

動詞て形＋くる 的用法

* 「動詞て形＋くる」的中心概念是表示話者提到「①主語進行前述的動作（狀態）向著話者的方向移近」或是「②主語向著話者所在之處移近」或是「③某人做了某個動作，並向著話者存在或是提示地方移近」。

例 ①印鑑を持ってきましたか。　　你有帶印章來了嗎？

②船は日本に向かってきます。　　船隻朝向日本駛近。

③ちょっとジュースを買ってきます。　我去買一下果汁就回來。

↳ ①指他人拿著印章向話者移近。②指船向著人在日本的話者移近。③話者去買了果汁，再往他存在的現地移近。

* 有某一項動作不停持續過來的意思。

例 アイドルのＡ子さんを20年ほど応援してきました。

支持明星 A 子已經有 20 多年了。

↳ 指一路過來都支持（聲援）偶像 A 子。

* 有某一項情況不斷地進行，達到了一個程度；或某現象、狀況愈發明顯的感覺。

例 妊娠で、お腹が大きくなってきました。　　因為懷孕的關係，肚子愈來愈大了。

↳ 指肚子往一個程度不地斷膨脹變大。

ビルが霧の中から現れてきました。　　大樓從霧裡浮現出來。

↳ 指大樓的樣子愈來愈明顯可見。

* 指人對於他人進行了某些行動。

例 質問をしてきた生徒は佐藤君です。　　發問（問題）的是佐藤同學。

↳ 指對話者提出問題的人是佐藤同學。

短會話練習 A

詢問開戶

ドルの口座と日本円の口座と
どちらを作りたいですか。
你想申請美金還是日元的帳戶？

ドルの口座を作りたいんで
す。
我想申請美金的帳戶。

日本円の口座です。
日元的帳戶。

請求簽名

ここに署名してください。
請您在這裡簽名。

はい、分かりました。
好的，我知道了。

ここですか。
請問是這裡嗎？

詢問匯率

今日のドルのレートはいくら
ですか。
請問今天美金匯率是多少？

今日のドルのレートは108円
です。
今天的美金匯率是 108 日元。

今日は1ドル100円です。
今天 1 美元換 100 日元。

申請網路銀行

インターネットバンキングの
サービスは必要ですか。
您想申請網路銀行服務嗎？

はい、お願いします。
要，請幫我申請。

いいえ、結構です。
不用，謝謝。

單字

日本円 日元	ドル 美金	レート 匯率
署名 署名、簽字	インターネットバンキング 網路銀行	
サービス 服務	必要 需要	結構 沒關係、不需要

詢問存、提款

預金と引き出しのどちらですか。
您想要存款還是提款？

預金したいです。
我想存款。

引き出しをお願いします。
我想提款。

輸入密碼

暗証番号を入れてください。
請在這裡輸入密碼。

はい。
好的。

ここに入れるんですか。
按這裡就好，是嗎？

詢問存款金額

いくらお預けになりますか。
您想存多少錢？

10,000円を預けたいです。
我想存 10,000 日元。

20,000円をお願いします。
幫我存 20,000 日元。

利率的確認

年率はいくらですか。
每年利率是多少？

普通預金は0.0001％です。
活期存款是 0.0001%。

定期預金は一ヶ月で0.01 ％です。
定期存款一個月是 0.01%。

單字

預金 存款	（動）引き出す ＝（名）引き出し 提款	
暗証番号 密碼	入れる 輸入、放入	預ける 存、寄
年率 年利率	普通預金 活期存款	定期預金 定期存款

1. 請將下列的動詞，改寫成「お＋動詞連用形（ます形）＋ください」的句型。

① 待^まつ（等）→ ＿＿＿＿＿＿＿＿（請等候）

② 飲^のむ（喝）→ ＿＿＿＿＿＿＿＿（請喝）

③ 帰^{かえ}る（回去）→ ＿＿＿＿＿＿＿＿（請回）

④ 乗^のる（搭乘）→ ＿＿＿＿＿＿＿＿（請搭乘）

⑤ 掛^かける（坐）→ ＿＿＿＿＿＿＿＿（請坐）

⑥ 降^おりる（下）→ ＿＿＿＿＿＿＿＿（請下車）

2. 請聽音檔，將下列的句子依錄音內容進行修正。

① 大阪^{おおさか}へ行^いきたいです。　　　　　　　　我想去大阪。

➡ ＿＿＿＿＿＿＿＿＿＿＿＿＿＿＿＿＿＿＿＿＿＿＿＿＿＿＿＿

② 明日^{あした}は雨^{あめ}です。　　　　　　　　　　　明天會下雨。

➡ ＿＿＿＿＿＿＿＿＿＿＿＿＿＿＿＿＿＿＿＿＿＿＿＿＿＿＿＿

③ この店^{みせ}のパンは美味^{おい}しいです。　　　　這家店的麵包很好吃。

➡ ＿＿＿＿＿＿＿＿＿＿＿＿＿＿＿＿＿＿＿＿＿＿＿＿＿＿＿＿

④ この辺^{あた}りは静^{しず}かです。　　　　　　　　這一帶相當地安靜。

➡ ＿＿＿＿＿＿＿＿＿＿＿＿＿＿＿＿＿＿＿＿＿＿＿＿＿＿＿＿

⑤ 福岡^{ふくおか}へ行^いきます。　　　　　　　　　我去福岡。

➡ ＿＿＿＿＿＿＿＿＿＿＿＿＿＿＿＿＿＿＿＿＿＿＿＿＿＿＿＿

⑥ カラスは黒^{くろ}いです。　　　　　　　　　　　烏鴉黑色的。

➡ ＿＿＿＿＿＿＿＿＿＿＿＿＿＿＿＿＿＿＿＿＿＿＿＿＿＿＿＿

3. 請將下列的句子重組（請適時自行加入日文標點符號）。

① 10,000円^{いちまんえん}／私^{わたし}／預^{あず}け／たいです／は／を　　我想存 10,000 日元。

➡ ＿＿＿＿＿＿＿＿＿＿＿＿＿＿＿＿＿＿＿＿＿＿＿＿＿＿＿＿

❷いかが／最近／ですか／お仕事は　　　　　　　　最近工作如何？

➡ _____

❸映画／その／面白かった／です／は　　　　　　　那部電影很好看。

➡ _____

❹サービス／あなたは／バンキング／申請／インターネット／

してもいい／です／の／を　　　　　　　您可以申請網路銀行服務。

➡ _____

❺私／銀行／の／は／口座／を／いいですか／作っても

我可以開（銀行帳）戶嗎？

➡ _____

▲若要在日本久居，基本的銀行常識是不可或缺的

銀行裡的相關單字表現

【銀行的基本】

❶ 本店 總行、本行
<small>ほんてん</small>

❷ 支店 分行
<small>してん</small>

❸ 監視カメラ 監視錄影器
<small>かんし</small>

❹ 窓口 （承辦）窗口
<small>まどぐち</small>

❺ マネーカウンター 數鈔機

❻ コインカウンター 硬幣計數分幣機

❼ 銀行員 銀行員
<small>ぎんこういん</small>

❽ 行員 行員
<small>こういん</small>

❾ 警備員 警衛
<small>けいびいん</small>

【相關業務】

❶ お預け入れ 存款
<small>あず　い</small>

❷ 普通預金 活期存款
<small>ふつうよきん</small>

❸ 定期預金 定期存款
<small>ていきよきん</small>

❹ 積立 定額存款
<small>つみたて</small>

❺ 引き出し 提款
<small>ひ　だ</small>

❻ 振替 劃撥
<small>ふりかえ</small>

❼ 降込み 轉帳
<small>ふりこ</small>

❽ ＩＤＥＣＯ 個人型年金存款
<small>イ デ コ</small>

❾ 外貨定期預金 外幣定存
<small>がいかていきよきん</small>

❿ ローン 貸款

⓫ 住宅ローン 房屋分期、房貸
<small>じゅうたく</small>

⓬ カードローン 信用卡分期、信貸

⓭ 教育ローン 學費分期、學貸
<small>きょういく</small>

⓮ 投資信託 投資信託（證券投資基金）
<small>とうししんたく</small>

⓯ ファンド 基金

⓰ 国債 國債
<small>こくさい</small>

⓱ 保険 保險
<small>ほけん</small>

⓲ 生命保険 壽險
<small>せいめいほけん</small>

⓳ 傷害保険 意外險
<small>しょうがいほけん</small>

⓴ 火災保険 火險
<small>かさいほけん</small>

㉑ 地震保険 地震險
<small>じしんほけん</small>

㉒ 両替 外幣兌換
<small>りょうがえ</small>

㉓ 外貨 外幣
<small>がいか</small>

㉔ オンライン 線上

【ATM】

❶ ＡＴＭ （エーティーエム） 自動提款機、ATM

❷ キャッシュカード 金融卡

❸ パスワード 密碼

❹ 残高照会 （ざんだかしょうかい） 餘額查詢

❺ 紙幣口 （しへいぐち） 出鈔口

❻ 出金 （しゅっきん） 出鈔

❼ 明細書 （めいさいしょ） 交易明細

【信用卡】

❶ クレジットカード 信用卡

❷ サイン 簽名

❸ キャンペーン 優惠方案、活動

【支票】

❶ 小切手 （こぎって） 支票

❷ 旅行小切手 （りょこうこぎって） 旅行支票

❸ トラベラーズチェック 旅行支票

❹ 保証小切手 （ほしょうこぎって） 銀行保付支票

【用戶】

❶ 通帳 （つうちょう） 存簿

❷ 口座番号 （こうざばんごう） 帳號

加強表現

❶ クレジットカードを申し込む （もうこ）
申請信用卡

❷ クレジットカードを解約する （かいやく）
解除信用卡

❸ カード無効手続きを行う （むこうてつづ）（おこな）
辦理卡片止付

❹ クレジットカードを再発行する （さいはっこう）
補發信用卡

❺ 手数料を支払う （てすうりょう）（しはら） 支付手續費

❻ 口座を作る （こうざ）（つく） 開戶

❼ 口座を閉じる （こうざ）（と） 除戶

文化專欄－日本的銀行的開戶流程

▲日本的銀行

隨著科技時代的來臨，在日本的銀行開戶，有下列的三種方式：

1. 傳統申請模式：直接在銀行臨櫃辦理，攜帶身分證明及印章，當場就可領取存簿，如果還要申請提款卡，則需要幾週的時間。提款卡又分為一般提款卡及具有信用卡功能的提款卡等。

2. 網路申請：從銀行的官網進入，選擇「<ruby>口座開設申込書作成<rt>こうざかいせつもうしこみしょさくせい</rt></ruby>サービス（新開戶申請表服務）」，選擇「<ruby>申込書<rt>もうしこみしょ</rt></ruby>をお<ruby>客<rt>きゃく</rt></ruby>さまご<ruby>自身<rt>じしん</rt></ruby>で<ruby>印刷<rt>いんさつ</rt></ruby>（客戶自行印刷申請表）」，填入必填的項目後列印出來，再蓋章或簽名，與「<ruby>身分証明書<rt>みぶんしょうめいしょ</rt></ruby>のコピー（身分證明文件之影本。如護照、駕照等）」郵寄至銀行等候銀行端的辦理，通常辦理需要 2~3 週的時間。

3. 智慧型手機申請：可利用安卓系統（Android）的 Google Play 或蘋果 IOS 系統的 App Store 下載申請的 APP，並按照指示，拍攝駕照等身分證明，填入必填項目之後再傳送給銀行端等候辦理。

24 小時內必須透過銀行端所發送的電子地址上認證及登錄，就算是申請結束。但若是需要印章的地方，可能會被要求郵寄「<ruby>印鑑証明<rt>いんかんしょうめい</rt></ruby>（印鑑證明）」或駕照影本等文件。而存簿及提款卡銀行會以掛號寄出，一般也是需要數週的等待時間。

在通信行 携帯ショップで

坪井：

あのう、SIMカードについていろいろお聞きしたいですが。

受付：

はい、SIMカードのみですか。それでは回線はａｕ回線とＮＴＴドコモ回線の二つがございますが。

坪井：

ＮＴＴドコモにします。

受付：

はい、かしこまりました。サイズは（15mm X２５mm）でよろしいでしょうか。

坪井：

はい。どんなプランがありますか。

受付：

そうですね、3ギガで月900円です。6ギガで月1,450円で、最大は３０ギガまでですと、月６，７５０円です。

坪井：

月3ギガで十分です。

受付：

クレジットカードでお支払いですか。

坪井：

はい、お願いします。

坪井：

不好意思，我想請教一些與 SIM 卡有關的問題。

櫃台：

好的，只有 SIM 卡的部分嗎？我們有 au 及 NTT docomo 兩家通訊公司的 SIM 卡。

坪井：

我需要 NTT Docomo 的。

櫃台：

好的，標準尺寸(15 mm x 25 mm)的可以嗎？

坪井：

可以，請問有什麼方案可以選擇？

櫃台：

是的，有一個月 900 日元流量 3G 的、一個月 1,450 日元流量 6G 的，最多是一個月 6,750 日元流量 30G 這三種。

坪井：

一個月流量 3G 的足夠了

櫃台：

好的，您要刷卡支付嗎？

坪井：

是的，麻煩您。

必學單字表現

お聞きしたい	想要請問
回線 かいせん	線路
au エーユー	（線路公司名）au
ＮＴＴドコモ エヌティーティー	（線路公司名）NTT docomo
標準サイズ ひょうじゅん	標準尺寸
プラン	方案
ギガ（GIGA）	（流量單位）G、Gigabyte
クレジットカード	信用卡
十分 じゅうぶん	足夠
お支払い し はら	支付
かしこまりました	（敬語）遵命、明白了

會話重點

重點1 （助詞）で 表示期間、數量的基準

助詞「で」的意思很多，像本課中出現前接與數量有關的詞時，指的期間、限度或數量的基準。這種情況通常在中文是不需要翻出來的。

３ギガで９００円です。 3G（的量為前提）一個月要 900 日元。
さん　　　　きゅうひゃくえん えん

一ヶ月で10,000円です。 一個月（的期間內）要 10,000 日元。
いっ か げつ　　いち まん えん

重點2 …にします 我決定要…、我選…

「～にします」是一個表達個人個主觀意志及判斷時的句型，常用於從多個選項中擇一或是點餐的情況下。原形是「…にする」。

コーヒーにします。 我要點咖啡。

大きいサイズにします。 我選擇大號的。
おお

與難易度、價格相關的表現

易しい 容易　　難しい 難、困難
やさ　　　　　　　　　むずか

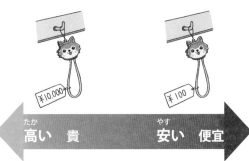

高い 貴　　安い 便宜
たか　　　　　　　　　やす

★ 簡単 簡單
　　かんたん
★ 容易 容易
　　よう い
★ 高額 高額
　　こうがく
★ 安価 低價
　　あん か
★ 格安 便宜
　　かくやす

★ 困難 困難
　　こんなん
★ 高値 高價
　　たか ね
★ 高価 高價
　　こう か
★ 安値 低價
　　やす ね
★ 激安 超便宜
　　げきやす

…について 的用法

＊「…について」前接名詞，等同於中文的「有關…」、「關於…」、「針對…」，用於提及前述的某個主題的意思。後面常會接「談論、思考、調查、打聽及書寫」等相關類的動詞。

例 日本についてどう思いますか。 關於日本，你的想法如何？

音楽についてどう考えますか。 有關音樂，你是怎麼想的呢？

警察は犯罪の動機について調べています。 警察針對犯罪的動機進行調查。

日本の文化について文章を書きました。 我寫了篇關於日本文化的文章。

卒業後の進路について、担任の先生と話し合いました。

與班導師針對將來畢業後的方向進行了討論。

單字補充

調べる 調査　　　卒業 畢業　　　進路 未來的方向

担任の先生 班導師　　　話し合う 談論、討論

＊接著，再延伸學習與「…について」相同意思另一個文法「…に関して」。這個文法的使用及意思與「…について」相同。些微有點的差別是「…について」聽起來比較正式感，另外，當後面要接續名詞，只能使用「…に関して」變化而成的「…に関する」。

例 そのことについて二人は話しています。 兩人針對那件事正在談論。

そのことに関して二人は話しています。 兩人針對那件事正在談論。

そのことに関するお知らせは、明日来るするはずです。

關於那件事的通知，應該會在明天傳達到。

└ 此句為後接名詞的用法。

單字補充

お知らせ

消息、通告

短會話練習 A

詢問 SIM 卡的詳細情況

このＳＩＭカードをスマホに挿すだけで使えますか。
只要在智慧型手機上插上 SIM 卡就可以使用了嗎？

はい、すぐ使えます。
是的，馬上就可以使用。

基本的な設定をしたら使えます。
再做幾個基本設定就可以用了。

詢問優惠方案

新しいキャンペーンはありませんか。
有沒有新的優惠方案？

これはスマホ割があります。
這個有智慧型手機折扣方案。

これはＳＮＳ使い放題です。
這個是 SNS 吃到飽。

購買目的

ご自分用ですか。プレゼントですか。
要自用還是送給別人？

自分用です。
自用。

プレゼントです。
送人用。

詢問換服務公司

他社から乗り換えることが可能ですか。
我可以從別家換到這家通信公司嗎？

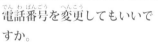

電話番号を引き継ぎますか。
要攜碼過來嗎？

電話番号を変更してもいいですか。
幫您換號的話可以嗎？

單字

スマホ	（スマートホン的縮寫）智慧型手機	挿す	插入	だけ	只有
使える	可以使用	すぐ	立刻、馬上	新しい	新的
キャンペーン	優惠方案、活動	割	折扣	使い放題	用到飽
自分用	自用	プレゼント	禮物	他社	別的公司
乗り換える	按（通信公司）	引き継ぐ	繼續沿用（號碼）	変更	變動

短會話練習 B

手機顔色

このスマホは他にどんな色のがありますか。
這款智慧型手機還有什麼顏色的呢？

ブルーとブラックです。
還有藍色、黑色。

ローズゴールドがあります。
還有玫瑰金的。

優惠活動

音楽や動画をたくさん見たい場合はどうしますか。
如果想大量聽音樂或看動畫時該用什麼方案？

大容量プランを申し込んでください。
請申請大容量方案。

エンタメフリー・オプションを利用してください。
可以利用添加「娛樂看到飽」方案。

問違約金

期間内に解約する場合、解除料はいくらですか。
如果在合約期間內解約的話，要付多少解約金？

契約解除料は8,000円です。
税込みです。
解約金含税 8,000 日元。

契約解除料は7,000円です。
解約金 7,000 日元。

選擇配件

どんなアクセサリーがありますか。
有什麼配件？

本革のケースです。
真皮皮套。

ガラスフィルムです。
螢幕保護套。

單字

色 顔色	ローズゴールド 玫瑰金	動画 動畫
場合 …的情況	大容量 大容量	プラン 方案
申し込む 申請	エンタメフリー 娛樂看到飽	オプション 選項
解除料 解約金	税込み 含税	アクセサリー 配件
本革 真皮	ケース 皮套	ガラスフィルム 保護套

會話練習

1. 請聽音檔，並使用「…にします」的句型，回答下面的問句。

① コーヒーと紅茶(こうちゃ)とどちらにしますか。　　　　咖啡和紅茶，要點哪一樣？

➡ _____

④ 東京(とうきょう)と大阪(おおさか)とどちらへ行(い)きたいですか。　　東京和大阪，想去哪裡？

➡ _____

③ 3ギガ(さん)と6ギガ(ろく)とどちらにしますか。　　　　3G 和 6G，要哪一個？

➡ _____

④ ブルーとブラックとどちらにしますか。　　　　藍色和黑色，要哪一個顏色？

➡ _____

⑤ au(エーユー)とNTTドコモ(エヌティーティー)とどちらにしますか。

au 跟 NTT docomo，你要選哪一個呢？

➡ _____

2. 請聽音檔，並依下列日語講出中文的意思。

① 日本(にほん)についてどう思(おも)いますか。

② 日本(にほん)の文化(ぶんか)について文章(ぶんしょう)を書(か)きました。

③ 一(いっ)ヶ月(かげつ)で500円(ごひゃくえん)です。

④ そのことに関(かん)して佐藤(さとう)さんと話(はな)したいです。

⑤ ご自分用(じぶんよう)ですか。プレゼントですか。

3. 請將下列的句子重組（請適時自行加入日文標點符號）。

① が／について／いろいろ／お聞(き)き／ＳＩＭ(シム)カード／したいです

想請教一些關於 SIM 卡的問題。

➡ _____

❷あります／どんな／か／プラン／が　　有什麼方案嗎？

➡ _____

❸に／ＳＩＭカード／使えますか／スマホ／この／だけ／挿す／を／で

只要在智慧型手機上插上 SIM 卡就可以使用了嗎？

➡ _____

❹から／ですか／他社／こと／が／乗り換える／可能

可以從別家換到這家通信公司嗎？

➡ _____

❺たくさん／音楽／を／どう／見たい／動画／や／しますか／場合／は

如果想大量聽音樂或看動畫的話該怎麼辦？

➡ _____

▲已經離不開手機的日本現代生活

🦉 通訊行裡的相關單字表現

【基本設備及結構】

❶ 携帯　手機

❷ スマートフォン　智慧型手機

❸ 機種　機種

❹ タブレット　平板

❺ スマホ関連用品　手機用品

❻ ケース　手機套、手機殼

❼ イヤホン　耳機

❽ スマホストラップ　手機吊飾

❾ 電池　電池

❿ ディスプレイ　螢幕

⓫ ボタン　按鍵

⓬ ダイヤルボタン　撥號鍵

⓭ 機能ボタン　機能鍵

⓮ シャープ　井字鍵

⓯ 米印　米字鍵

⓰ 数字ボタン　數字鍵

⓱ 留守電　語音信箱

⓲ 壁紙　桌布

⓳ イヤホンジャック　耳機插孔

【申辦手機】

❶ モバイルインターネット　行動上網

❷ 月額料金　月租費

❸ 契約を続ける　續約

❹ 利用者　使用者、用戶

❺ 保証期間　保固期

❻ ネット　網路

❼ インターネットに接続ができない　沒有網路

❽ 格安　特惠

❾ セール　促銷

❿ 使い放題　吃到飽

⓫ 割引　打折

⓬ データ量　使用流量

⓭ データ繰り越し　轉換資料

⓮ 電話代　電話費

⓯ 前金　預付金

⓰ 分割払い　分期付款

⓱ 一括払い　一次付清

⓲ 組み合わせ　組合

⓳ 端末　（通常指）空機

【基本動作及功能】

❶ 電源を入れる 開機

❷ 電源を切る 關機

❸ 携帯を弄る 滑手機

❹ 携帯で電話をかける 用手機打電話

❺ 圏外 沒有訊號

❻ メッセージを送る 傳訊息

❼ 通話を終了する 結束通話

❽ 電話番号を入れる 輸入電話號碼

❾ 充電する 充電

❿ 電話番号を電話帳に登録する

　　新增電話號碼到通訊錄

⓫ 着信音を設定する 設定手機鈴聲

⓬ 着信音を変更する 變更手機鈴聲

⓭ 着信音が鳴る 手機鈴聲響起

⓮ 呼び出し音 來電答鈴

⓯ 着信音の音量を調整する 調整手機音量

⓰ 音量を上げる 調大聲

⓱ 音量を下げる 調小聲

⓲ マナーモードにする 關靜音

⓳ 通常マナーモード 靜音震動模式

⓴ サイレントマナーモード 靜音且不震動模式

㉑ 着信モード 開鈴聲

㉒ Wi-Fiスポットを探す 搜尋 WI-FI

㉓ 戻るボタンを押す 回上一頁

【延伸功能】

❶ 電話帳 通訊錄

❷ 通信ソフト 通信軟體

❸ ビデオ通話 視訊通話

❹ 機内モード 飛航模式

❺ モバイルオペレーティングシステム

　　行動作業系統

❻ カメラ機能 照相功能

❼ 手ブレ補正 防手震

❽ 赤目防止 避紅眼

❾ 画素 像素

文化專欄－日本手機門號申請流程

▲日本的手機行

　　大腳踩進日本的國土之後，最重要的是就是在報平安及在當地的各項連絡。特別是若是長時間住在日本的話，沒有手機可是不行的。在這裡特別將在日本如何申請手機門號作簡單的流程說明。

　　在日本申請手機門號，大約有五個步驟：

1、先選擇用卡：看是通話用 SIM 卡，還是 Deta 用 SIM 卡。

2、選擇通信公司：較大家的有：Dokomo ドコモ（NTT日本電信）、au、Softbank。

3、選擇流量：從 1GB 到最大（32GB）不等。

4、付款方式：信用卡或帳號付款。

5、其他條件：打到飽、無限制方案、資料移轉（從舊手機）、優惠方案、解約金零元、即日開通等。

　　原則上需要身分證明（護照、駕照等）如果是攜碼的話，則需要詢問舊手機的 MNP 號碼（可向原手機公司詢問）。

在房屋仲介公司 不動産屋で

藤原：
賃貸物件を探しているんですが。

不動産屋：
間取りはどんなものがいいですか。

藤原：
2DKがいいんですが。

不動産屋：
これはいかがですか。一ヶ月の家賃は70,000円です。管理費は3,000円です。

藤原：
もっと安い物件はありませんか。

不動産屋：
これは月50,000円ですが、1DKだけです。敷金は一ヶ月です。

藤原：
駐車場はありますか。

不動産屋：
一ヶ月で10,000円です。

藤原：
これをお願いします。

王：
我正在找租房。

房屋仲介：
請問要幾房幾廳的呢？

王：
要兩房加廚房及飯廳的。

房屋仲介：
這間如何？一個月房租70,000日元，管理費3,000日元。

王：
有沒有更便宜一點的房間？

房屋仲介：
這間一個月50,000日元，但只有一個房間，押金是一個月。

王：
有停車場嗎？

房屋仲介：
一個月要10,000日元的費用。

王：
那就這個了，謝謝您。

必學單字表現

物件 ぶっけん	物件
探す さが	尋找
間取り ま ど	隔間
2DK に ディーケー	兩個房間＋飯廳＋廚房
家賃 や ちん	房租
管理費 かん り ひ	管理費
もっと	更
安い やす	便宜的
敷金 しききん	押金
駐車場 ちゅうしゃじょう	停車場
いかが	（敬語）如何
賃貸 ちんたい	出租屋

會話重點

重點1 … ています　正…

動詞的て形加上「います」時，具有後述兩種意思：①指行為人正在做前述動作、②指前述動作狀態的持續。（自、他動詞都可以接）

1. 母は今テレビを見ています。
　はは　いま　　　　み
　媽媽現在正在看電視。
2. 陳さんは日本語を勉強しています。
　ちん　　　にほん ご　べんきょう
　陳小姐正在學日文。
3. 小学校の先生をしています。
　しょうがっこう　せんせい
　我是（正在從事）小學老師。
4. 雨がずっと降っています。　雨一直下著。
　あめ　　　　　ふ

重點2 …で　在…（期間）

「で」之前若接續的是時間性的詞彙，表示的是「在這個期間之內」的意思。

一ヶ月で一万円です。　一個月（之內）是
いっ か げつ　いちまんえん
10,000日元。

二時間で2,000円の食べ放題です。　兩個小
に じかん　　にせん えん　た　ほうだい
時內，2,000日元可以吃到飽。

與距離相關的基本表現

遠い 遠　　　**近い** 近
とお　　　　　ちか

長い 長　　　**短い** 短
なが　　　　　みじか

★ **手近** 手頭邊、身邊；近身
て ぢか

★ **程近い** 相當接近、不遠
ほどちか

★ **遙か** 遙遠、久遠
はる

★ **細長い** 細長的
ほそなが

★ **伸びる** 延展、伸長
の

★ **間近** 鄰近、接近
まぢか

★ **程遠い** 相當遙遠、不近
ほどとお

★ **離れてる** 隔有一段距離
はな

★ **ロング** 長的

★ **短小** 短小
たんしょう

…があります、…がいます _{的用法}

＊「…があります」跟「…がいます」皆表示「有…」，在日語中因為前述的名詞種類不同，用不同的表達。當要敘述有「無生命體」及「植物」時，就使用「…があります」。

例 和室の部屋がありますか。　　　　　　有和室的房間嗎？

この近くに銀行がありますか。　　　　這附近有銀行嗎？

庭にバラがあります。　　　　　　　　在庭院裡有玫瑰花。

＊當要敘述有「有生命體」，就使用「…がいます」。

例 兄弟がいますか。　　　　　　　　　有兄弟姊妹嗎？

部屋に誰もいません。　　　　　　　　房間空無一人。（否定形）

庭に犬が一匹います。　　　　　　　　庭院裡有一條狗。

短會話練習 A

房屋類型

どんな部屋をさがしているんですか。アパートですか。マンションですか。一戸建てですか。
你想找怎麼樣的房間呢？公寓？高級大廈？還是獨棟的？

アパートです。
我要找公寓的。

マンションです。
我要找高級大廈的。

房間數

どんな間取がいいですか。
要什麼樣隔間的？

1Kです。
一房加廚房的。

2DKです。
兩房一飯廳加廚房。

房租方面

敷金と礼金と共益費は全部でいくらですか。
押金、禮金及管理費一共是多少錢？

敷金は一ヶ月です。
押金是一個月房租。

礼金は要らないです。
不需要禮金。

車站距離

駅から歩いてどれぐらいですか。
從車站步行要多久？

五分ぐらいです。
五分鐘左右。

二十分ぐらいです。
二十分鐘左右。

單字

アパート　公寓	マンション　（較高級的）公寓大廈	一戸建て　獨棟
礼金　（日本租房時的費用之一）禮金	共益費　管理費	
駅　車站	歩く　步行、走路	ぐらい　左右

113

飼養寵物

ペットは大丈夫ですか。
可以養寵物嗎？

はい、大丈夫です。
可以的。

いいえ、だめです。
不可以。

浴廁結構

バス、トイレは別ですか。
浴室跟廁所是分開的嗎？

はい、別です。
是的。

いいえ、一緒です。
不，合在一起。

停車場費用

駐車場がありますか。
有停車場嗎？

はい、ありますが、別料金です。
是，有的，但要另外收費。

いいえ、ありません。
不，沒有。

停車場費用

この物件がすごく安い理由はどうしてですか。
為什麼這棟房子特別地便宜呢？

これは事故物件ですから。
因為這間是凶宅。

築年数が、非常に古い物件ですから。
因為屋齡比較老舊。

單字

ペット 寵物	大丈夫 沒問題	だめ 不行
バス 浴室	トイレ 廁所	一緒 一起
別料金 另外收費	事故物件 凶宅	古い 老舊的
築年数 屋齡		

會話練習

1. 請依「あります、います」的句型完成下列的句子。

① 兄が二人（　　　　　　　）。　　　　　　　我有兩個哥哥。

② お金がたくさん（　　　　　　　）。　　　　我有很多錢。

③ 鞄の中に何が（　　　　　　　）か。　　　　皮包裡有什麼呢？

④ 教室に誰も（　　　　　　　）。　　　　　　教室裡沒有人。

⑤ 犬が一匹（　　　　　　　）。　　　　　　　有一條狗。

2. 請聽音檔，並依下列的提示完成所有的句子。

　探して　　　一ヶ月　　　どんな　　　駐車場　　　安い

① 間取は＿＿＿＿＿＿＿＿ものがいいですか。　　要什麼樣隔間的？

② もっと＿＿＿＿＿＿＿＿物件はありませんか。　有沒有更便宜一點的房子？

③ 敷金は＿＿＿＿＿＿＿＿です。　　　　　　　　押金是一個月。

④ ＿＿＿＿＿＿＿＿はありますか。　　　　　　　有停車場嗎？

⑤ お部屋を＿＿＿＿＿＿＿＿いますか。　　　　　找房子嗎？

3. 請將下列的句子重組（請適時自行加入日文標點符號）。

① 10,000円／私／しか／は／ありません　　　　我只有 10,000 日元。

➡ ＿＿＿＿＿＿＿＿＿＿＿＿＿＿＿＿＿＿＿＿

② ずっと／が／降っています／雨　　　　　　　雨一直下著。

➡ ＿＿＿＿＿＿＿＿＿＿＿＿＿＿＿＿＿＿＿＿

③ から／歩いて／ですか／どれぐらい／駅　　　離車站步行要多久？

➡ ＿＿＿＿＿＿＿＿＿＿＿＿＿＿＿＿＿＿＿＿

④ 今／見ています／を／テレビ／母／は　　　　媽媽現在在看電視。

➡ ＿＿＿＿＿＿＿＿＿＿＿＿＿＿＿＿＿＿＿＿

日本房仲公司裡的相關單字表現

【房屋格局】

❶ リビング（ルーム） 客廳

❷ 部屋（へや） 房間

❸ 台所（だいどころ） 廚房

❹ バスルーム 浴室

❺ 洗面所（せんめんじょ） 洗手台間

❻ トイレ 廁所

❼ お風呂（ふろ） 泡澡間

❽ 庭（にわ） 庭子

❾ バルコニー 露台

❿ ベランダ 陽台

⓫ 地下室（ちかしつ） 地下室

⓬ エレベーター 電梯

⓭ 屋根（やね） 屋頂

【和室格局】

❶ 和室（わしつ） 和室

❷ 玄関（げんかん） 玄關

❸ 敷居（しきい） 門檻

❹ 畳（たたみ） 榻榻米

❺ 床の間（とこま） 壁龕

❻ 襖（ふすま） 紙推門

❼ 押し入れ（おしいれ） 格狀紙推門

❽ 屏風（びょうぶ） 屏風

【一般用語】

❶ 空室（くうしつ） 空屋

❷ 分譲（住宅）（ぶんじょう じゅうたく） 分售（房屋）

❸ 貸家（かしや） 房子出租

❹ レンタル 租

❺ 持ち主（もちぬし） 屋主

❻ 大家（おおや） 房東

❼ 買い替え（かいか） 購買（非首購）

❽ 売却（ばいきゃく） 出售（房屋）

❾ 契約する（けいやく） 簽約

❿ 査定（さてい） 鑑價估價

⓫ 建ぺい率（けんぺいりつ） 建蔽率

⓬ 頭金（あたまきん） 頭期款

⓭ 内金（うちきん） 訂金

⓮ 仲介手数料（ちゅうかいてすうりょう） 仲介佣金

⓯ 住宅ローン（じゅうたく） 房屋貸款

⓰ 相続（そうぞく） 繼承

⓱ 無料（むりょう） 免費

⓲ 面積（めんせき） 面積

⓳ 徒歩（とほ） 走路

文化專欄－在日本租屋的基本概念

　　無論是短期留學、打工、出差、旅遊，想在日本停留一個月以上者，可以去房仲業者處找房子住，可能都會比住飯店及日租套房來的便宜。但在日本租房，大部分是「月」為單位，如果只是住 45 天，可能也要支付 2 個月的房租，甚至有些地方是必須訂定契約的，可能最少會要一年以上或最少半年以上的都有可能。

　　找房子要先看地點，原則上依著電車路線沿線的區域找，日後住起來會比較方便。（一般電車車站附近便有許多房屋仲介業者。）

　　在日本，洽商房間有一些專門用語，一定要知道：

➡ One Room（ワンルーム）：指一個房間，通常是單身住。

➡ 1K：指一個房間+Kitchen（廚房）。

➡ 1DK：指一個房間+Dining Room+Kitchen（飯廳＋廚房）。

▲日本的房仲業者

➡ 3LDK：三個房間+Living Room+Dining Room+Kitchen（加客廳＋飯廳＋廚房）。

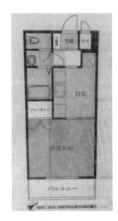

▲1DK平面圖

　　在日本租房，通常一個房間是以「畳（榻榻米）」的大小計算，一般最常見的面積規格稱為「六畳」，即是有六個榻榻米大小的房間，兩個榻榻米約一坪左右，因此房間約為三坪左右。另外常見的還有「八畳」以及「4．5畳」。至於附的廚房也不必太期待，因為有時有一個流理臺加瓦斯爐就算 Kitchen（廚房）了。其他還有飯廳（Diniing Room）、客廳（Living Room）基本上也都不會很大。眾所皆知，在日本的住房與交通費最貴，在東京都內租一個最小單位的「One Room」，可能都要高達 6、7 萬日元（約 18,000~20,000 台幣）左右，地點越方便者（離車站越近者），通常也都是貴到嚇嚇叫。

　　房間的條件差異也很大，有附「オートロック（中控鎖）」的公寓或具有後述條件如：「フローリング（地板鋪裝好）」、「エアコン付き（附空調的）」、「バストイレ別（浴廁分離）」、「駐車場あり（附停車場）」等等，全部都會再影響到租金的價格。

　　除了基本的房租之外，還有「敷金（押金，可贖回）」、「礼金（禮金，通常是給房東的，不可退）」、「共益費（管理費）」、「駐車場料金（停車費）」等，在簽契約時一定都要問清楚，並考慮清楚。不能只單純看一個月的租金多寡，一般來說離電車車站遠一點當然會更便宜一點，可是相對地若加上搭公車的錢、買腳踏車的錢或風吹日曬雨淋時的走路時間，不見得房租便宜就會比較好。所以可說居住東京真的是大不易。

在電話中　電話で話し中

（ベルがなっています）

佐藤の母：

　もしもし。

王：

　もしもし、あのう、すみません。佐藤藍子さんをお願いしたいんですが。

佐藤の母：

　はい、藍子の母です。どなたでしょうか。

王：

　あ、お母さんですか。失礼しました、藍子さんの友達の王です。

佐藤の母：

　そうですか、王さんですか。ちょっと待ってください。呼んできますので。

王：

　どうもすみません。

（佐藤藍子さんが、電話に出る）

佐藤：

　もしもし、電話変わりました。

王：

　もしもし、佐藤さん、夜分に申し訳ありません。今、お時間よろしいですか。

佐藤：

　はい、大丈夫です。

（電話鈴聲響起）

佐藤的母親：
　喂！

王：
　喂！不好意思，我想找佐藤藍子。

佐藤的母親：
　我是藍子的媽媽。請問您是哪位？

王：
　啊！伯母，失禮了，我是藍子的朋友，我姓王。

佐藤的母親：
　是嗎？王先生，請等一下，我去叫她來聽。

王：
　謝謝您。

（佐藤藍子接起電話）

佐藤：
　喂！我是藍子。

王：
　喂！佐藤小姐，不好意思這麼晚打給妳，請問現在講話方便嗎？

佐藤：
　可以的。

王：
明日一緒に図書館へ行きませんか。

佐藤：
いいですよ。では、朝十時にうちに来てください。

王：
分かりました。失礼します。

明天我們一起去圖書館好嗎？

佐藤

好啊，那請在明天早上十點到我家來。

好的，那就再見囉！

必學單字表現

ベル	鈴聲
もしもし	（電話用語）喂
どなた	（敬語）哪位
友達	朋友
呼んできます	叫來
出る	（此作）接（電話）
夜分	深夜
申し訳ありません	（謙讓語）抱歉
変わります	換（人聽）
うち	（我）家

會話重點

重點1 日語的電話禮儀

日本人講電話時最開始會習慣說「もしもし（喂！）」。而中途接了某通電話時，會說「電話変わりました。」，用來告知對方已經換人講電話，這是日語接電話時的習慣，請務必熟記。

要掛電話前，一般要說：「失礼します。（那我先掛囉！）」讓對方知道一下，才合乎日式的電話禮儀。

重點2 が… 句子的連結

「失礼ですが…」、「すみませんが…」這樣句子裡的「が」單純作為前後句子連接用，表示後面還有話要說的語氣，中文沒有這樣的表現，翻譯時往往會省略。

失礼ですが、どちらの佐藤さんですか。

實在很抱歉，您是哪一位佐藤呢？

日語稱謂 的用法

＊在日語中，問對方是誰時，用語是「誰」，更尊敬的說法則是「どなた」，
是「誰」的敬語表現。

例 ①すみませんが、あなたは誰ですか。

對不起，你是誰？

②すみませんが、どなたですか。

對不起，您是哪位？

　　這兩句都是問對方是誰的，從中文也可以看出來，用②「どなた」句子比較有禮貌。另外也可以在「どなた」後面加上「樣」構成「どなた樣」又更加地有禮貌。

> すみませんが、
> どなたですか。

＊另外日語在稱呼自己的家人跟別人的家人時，使用的文字略有不同，原則上
稱呼對方長輩的家人要在稱謂詞前加上「お」，詞後加上「さん」。此時漢
字相同，但發音會產生變化。

稱己方的親人

父 我的爸爸

母 我的媽媽

兄 我的哥哥

姉 我的姊姊

弟 我的弟弟

妹 我的妹妹

稱他人的親人

お父さん 伯父

お母さん 伯母

お兄さん 你的哥哥

お姉さん 你的姊姊

弟さん 你的弟弟

妹さん 你的妹妹

🦉 短會話練習 A

講電話時機

今、お時間大丈夫ですか。
現在方便接電話嗎？

はい、大丈夫です。
方便。

いいえ、ちょっと…。
不太方便。

確認簡訊

携帯メールは届きましたか。
你收到我的手機簡訊了嗎？

はい、届きました。
我收到了。

いいえ、まだです。
我還沒收到。

告知不在

申し訳ありません。陳は今席を外しておりますが、折り返しお電話させましょうか。
不好意思，陳現在不在位置上，他回來後我請他回電給您好嗎？

はい、お願いします。
好的，拜託你。

いいえ、結構です。
沒關係，不用了。

忙碌中

申し訳ありません、陳は今ほかの電話に出ていますが。
不好意思，陳現在正在講別支電話。

分かりました。
我明白了。

電話が終わるまで待っています。
那我等他講完。

單字

携帯メール　手機簡訊（手機電子信）	届く　收到	まだ　尚未
席を外す　離席	折り返し　再回電（給您）	ほか　其他的
電話に出る　接電話	終わる　結束	

121

確認電話①

すみません、番号をお間違えではないでしょうか。
對不起，您是不是打錯電話了？

あ、大変失礼しました。
真的很抱歉。

123-4567ではないですか。
請問您的電話是 123-4567 嗎？

確認電話②

すみません、お電話をいただいたそうです。
對不起，好像有人打電話給我？

お調べしますので、少々お待ちください。
我查一下，請稍等。

担当の者に変わりますので、少々お待ちください。
我轉給負責的人，請稍等。

詢問留話

ご伝言を承りますが。
要幫您留言嗎？

はい、お願いします。
好的，麻煩您了。

いいえ、結構です。
不，不用了。

電話訂貨

すみません、今日お届けに行きましたが、ご不在でした。
不好意思，我今天有送貨過去，但府上好像沒有人在。

再配達をお願いします。
請再送一次。

明日の午前中にお願いします。
請明天中午前送。

單字

番号	（電話）號碼	間違える	弄錯	そう	（此作）聽說
調べる	調查	ので	由於	担当の者	負責人
伝言	留言	注文	訂（貨）、下訂	再配達	再寄送
明日	明天	午前中	中午以前		

會話練習

1. 請説出自稱及他稱的稱謂。

	稱呼自己的家人	稱呼他人的家人
❶ 父親	（　　　　　）	（　　　　　）
❷ 母親	（　　　　　）	（　　　　　）
❸ 弟弟	（　　　　　）	（　　　　　）
❹ 姊姊	（　　　　　）	（　　　　　）

2. 請聽音檔，並依下列的提示完成所有的句子。

変わりました　　　呼んできます　　　友達

❶ あ、お母さん、失礼しました。藍子さんの＿＿＿＿＿＿の王です。

啊，伯母，失禮了，我是藍子的朋友，我姓王。

❷ もしもし、お電話＿＿＿＿＿＿。　　　　喂，哪位？（換人講電話了）

❸ ちょっと待ってください、＿＿＿＿＿＿から。　　請等一下，我去叫她來。

3. 請將下列的句子重組（請適時自行加入日文標點符號）。

❶ 番号／でしょうか／すみません／を／ではない／お間違え

您是不是打錯電話了？

➡ _____

❷ を／承り／が／ご伝言／ます　　　　　　　　　您可以留話。

➡ _____

❸ 席／折り返し／申し訳ありません／外していますが／お電話／陳／させ

ましょう／は／を　　　不好意思，陳先生現在不在位置上，請他回來打給您好嗎？

➡ _____

❹ お電話／すみません／そうで／いただいた／を　對不起，是否有人打電話給我？

➡ _____

❶ 電話帳（でんわちょう） 電話簿

❷ 伝言メモ（でんごん） 錄音電話

❸ 発着信（はっちゃくしん） 收話、發信

❹ 留守番電話サービス（るすばんでんわ） 不方便接電話時的聲音服務

❺ マナーモード 靜音模式

❻ 迷惑電話（めいわくでんわ） 騷擾電話

❼ 着信通知（ちゃくしんつうち） 來電顯示

❽ 再生（さいせい） 播放

❾ リダイヤル 重撥

❿ ハンズフリー切替（きりかえ） 切換至擴音

⓫ メッセージ再生（さいせい） 播放留言

⓬ 国番号（くにばんごう） 國碼

⓭ 市外局番（しがいきょくばん） 各市區碼

加強表現

❶ はっきりと聞こえる（き） 聽得很清楚

❷ 声が遠いようです（こえ・とお）
聲音很小聲（聽不太到）

❸ 電波がいい（でんぱ） 收訊很好

❹ 電波が悪い（でんぱ・わる） 收訊不好

❺ 盗聴される（とうちょう） 電話被竊聽

❻ 通話中に人の声が入り込む（つうわちゅう・ひと・こえ・はい・こ）
通話時有其他人的聲音穿插進來

日台之間的電話撥法

從日本打電話到台灣

➡ 從日本打回台灣的市內電話 010（國際電話識別碼）＋886＋區碼（如台北 02，只撥2）＋市內電話號碼

➡ 從日本打回台灣的行動電話 010（國際電話識別碼）＋886＋（去 0）＋手機號碼

例：010＋886＋2＋22255777（大台北地區）

從台灣打電話到日本

➡ 從台灣打去日本的市內電話：002＋81＋3（東京區域號碼，不須撥 0）＋ 市內電話
號碼

➡ 從台灣打去日本的行動電話：002＋81＋ 行動電話號碼（不須撥頭一碼 0）

例：002＋81＋3＋12345678（東京）

文化專欄－日本的電話號碼

在日本，隨著科技的發達，現在幾乎人手一支智慧型手機，人們不再像往日依賴公用電話。而且隨著免費的通訊軟體的普及，如：Line、Facebook、Skype 等都有免費通話的功能，所以大大省去買電話卡的費用。

日本的一些緊急電話號碼與台灣雷同，略整理如下：

104	番号案内（ばんごうあんない） 查號台
110	警察（けいさつ） 報案台（警察局）
119	消防・救急（しょうぼう・きゅうきゅう） 消防局（火災、救護車等緊急呼救）
113	故障受付（こしょうけつけ） 障礙台
115	電報（でんぽう） 電報台
117	時報（じほう） 報時台
118	海上保安庁（かいじょうほあんちょう） 海上保安廳（緊急呼救）
171	災害用伝言ダイヤル（さいがいようでんごん） 天災時留言專用
177	天気予報（てんきよほう） 天氣預報
188	消費者ホットライン（しょうひしゃ） 消費者熱線

原則上 0120 開頭的大部分都是免費客服專線。而 0570 開頭的則統一是機關行號的電話號碼，例如：0570-070-810 是「女性の人権（じょせい じんけん）ホットライン（女權熱線）」等。

在街頭 町の通りで

坪井：

あれ？落合さん？

落合：

あ、坪井さん！

坪井：

偶然ですね！お元気ですか。

落合：

はい、お蔭様で、元気ですよ！今日はどちらへ。

坪井：

ちょっと美術館へ行くつもりなんですけど。落合さんは？

落合：

買い物に行くつもりです。

坪井：

よろしかったら、一緒に食事をしませんか。

落合：

いいですよ。

坪井：

駅の近くに新しいカフェができたようですが、どうですか。

落合：

では行きましょう。

坪井：
　咦？落合小姐？

落合：
　啊！坪井先生。

坪井：
　真巧啊！妳好嗎？

落合：
　託你的福，我很好喲，今天你要去哪？

坪井：
　我打算去美術館一下，妳呢？

落合：
　我打算去購物。

坪井：
　如果可以的話，要不要一起吃個飯呢？

落合：
　好啊！

坪井：
　車站附近好像新開一家咖啡廳，去看看吧！

落合：
　好啊！那麼走吧！

必學單字表現

偶然 （ぐうぜん）	巧合
お陰様で （かげさま）	托你的福
美術館 （びじゅつかん）	美術館
つもり	打算
買い物 （か もの）	購物
食事 （しょくじ）	吃飯
駅 （えき）	車站
カフェ	咖啡廳

會話重點

重點1 …つもり 打算…

「…つもり」是「打算…」的意思，置於動詞常體後方。這個表現比「たい（想做…）」更積極，已經達到某種程度的計畫性。

日本へ行くつもりです。 我打算去日本。

お金を借りるつもりです。 我打算去借錢。

これから寝るつもりです。 我這就準備要睡了。

重點2 …よう 好像…

「…よう」表現樣態，是「好像…」的意思，也是置於常體後面。

彼はもう出掛けたようです。 他好像已經出門了。

N1に合格したようです。 日語檢定N1好像合格了。

ここに来たようです。 好像來過這裡。

與溫度相關的表現

寒い（さむ） 冷	冷たい（つめ） 冰涼、冷	涼しい（すず） 涼

気持ちがいい（きも） 舒適	暖かい（あたた） 暖和	暑い（あつ） 熱

常體與敬體 _{的用法}

　　日語在文體方面有所謂的常體與敬體，這是中文所沒有的概念，常令很多學習者頭疼，簡單的說，是句子結尾不同而已。常體又稱普通體或文書體，顧名思義是用於寫作，很熟的朋友之間也可用常體說話。敬體又稱會話體，用於輩份高的人及陌生人之間特別需要禮貌的場合。幾乎大部分教材都從敬體開始教起，以免說話失禮，常體除了用於文書之外，另有一個很重要的功能是在句型表達時，多半要改成常體才能接續，所以常體與敬體的轉換必須要滾瓜爛熟才行。

名詞、形容動詞	常體	敬體
肯定（是…）	（…だ） 先生だ。 綺麗だ。	（…です） 先生です。 綺麗です。
否定（不是…）	（…じゃない） （…ではない） 先生じゃない。 先生ではない。 綺麗じゃない。 綺麗ではない。	（…ではありません） 先生じゃありません。 先生ではありません。 綺麗じゃありません。 綺麗ではありません。
肯定過去式（是…）	（…だった） 先生だった。 綺麗だった。	（…でした） 先生でした。 綺麗でした。
否定過去式（不是…）	（…じゃなかった） （…ではなかった） 先生じゃなかった。 先生ではなかった。	（…じゃありませんでした。） （…ではありませんでした。） 先生じゃありませんでした。 先生ではありませんでした。

單字補充

先生 老師　　　綺麗 漂亮、乾淨

形容詞	常體	敬體
肯定（是…）	（形容詞原形） 美味しい。	（形容詞原形）…です 美味しいです。
否定（不…）	（形容詞原形）…くない 美味しくない。	（形容詞原形）…くないです 美味しくないです。
肯定過去式（是…）	（形容詞原形）…かった 美味しかった。	（形容詞原形）…かったです 美味しかったです。
否定過去式（不…）	（形容詞原形）…くなかった 美味しくなかった。	（形容詞原形）…くなかったです 美味しくなかったです。

單字補充

美味しい　美味、好吃

五段動詞	常體	敬體
肯定（是…）	（動詞原形） 【う、つ、る】 買う 待つ 帰る 【ぬ、ぶ、む】 死ぬ 飛ぶ 飲む 【く、ぐ】 書く 嗅ぐ 【す】 探す	（動詞ます形）…ます 買います 待ちます 帰ります 死にます 飛びます 飲みます 書きます 嗅ぎます 探します

	（動詞未然形）…ない	（動詞ます形）…ません
否定（不…）	【う、つ、る】 買(か)わない 待(ま)たない 帰(かえ)らない 【ぬ、ぶ、む】 死(し)なない 飛(と)ばない 飲(の)まない 【く、ぐ】 書(か)かない 嗅(か)がない 【す】 探(さが)さない	買(か)いません 待(ま)ちません 帰(かえ)りません 死(し)にません 飛(と)びません 飲(の)みません 書(か)きません 嗅(か)ぎません 探(さが)しません
肯定過去式 （是…）	（て形變化後，再將て、で分 別改成た、だ）…かった 【う、つ、る】 買(か)った 待(ま)った 帰(かえ)った 【ぬ、ぶ、む】 死(し)んだ 飛(と)んだ 飲(の)んだ 【く、ぐ】 書(か)いた 嗅(か)いだ 【す】 探(さが)した 【例外】 行(い)った	（動詞ます形）…ました 買(か)いました 待(ま)ちました 帰(かえ)りました 死(し)にました 飛(と)びました 飲(の)みました 書(か)きました 嗅(か)ぎました 探(さが)しました 行(い)きました

	（動詞未然形）…なかった	（動詞ます形）…ませんでした
否定過去式 （不…）	【う、つ、る】 買_かわなかった 待_またなかった 帰_{かえ}らなかった	買_かいませんでした 待_まちませんでした 帰_{かえ}りませんでした
	【ぬ、ぶ、む】 死_しななかった 飛_とばなかった 飲_のまなかった	死_しにませんでした 飛_とびませんでした 飲_のみませんでした
	【く、ぐ】 書_かかなかった 嗅_かがなかった	書_かきませんでした 嗅_かぎませんでした
	【す】 探_{さが}さなかった	探_{さが}しませんでした

單字補充

買_かう 買　待_まつ 等　帰_{かえ}る 回去　死_しぬ 死　飛_とぶ 飛　飲_のむ 喝　書_かく 寫
嗅_かぐ 聞　探_{さが}す 找　行_いく 去

上、下一段動詞	常體	敬體
	（動詞原形）	（動詞詞幹）…ます
肯定（是…）	【上一段動詞】 降_おりる	降_おります
	【下一段動詞】 食_たべる	食_たべます
	（動詞詞幹）…ない	（動詞詞幹）…ません
否定（不…）	【上一段動詞】 降_おりない	降_おりません
	【下一段動詞】 食_たべない	食_たべません

	常體	敬體
肯定過去式（是…）	（動詞詞幹）…た 【上一段動詞】 降^おりた 【下一段動詞】 食^たべた	（動詞詞幹）…ました 降^おりました 食^たべました
否定過去式（不…）	（動詞詞幹）…なかった 【上一段動詞】 降^おりなかった 【下一段動詞】 食^たべなかった	（動詞詞幹）…ませんでした 降^おりませんでした 食^たべませんでした
變格動詞	常體	敬體
肯定（是…）	（動詞原形） 【カ行變格】 来^くる 【サ行變格】 する	（不規則變化） 来^きます します
否定（不…）	（不規則變化） 【カ行變格】 来^こない 【サ行變格】 しない	（不規則變化） 来^きません しません
肯定過去式 （是…）	（不規則變化） 【カ行變格】 来^きた 【サ行變格】 した	（不規則變化） 来^きました しました
否定過去式 （不…）	（不規則變化） 【カ行變格】 来^こなかった 【サ行變格】 しなかった	（不規則變化） 来^きませんでした しませんでした

單字補充

降^おりる 下（交通工具） 食^たべる 吃

單字補充

来^くる 來 する 做

132

🦉 短會話練習 A

約地點

待ち合わせはどこにしますか。
我們要約在哪裡見面呢？

新宿駅の南口の改札はどうですか。
新宿車站南口的剪票口如何？

駅前にしましょう。
在車站的前面吧！

遲到時

すみません。ちょっと十分ぐらい遅れると思います。
不好意思，我可能會晚個十分鐘到。

いいよ！
沒關係！

着いたらまた電話して。
到了之後打通電話給我。

確認地點

近くに何がありますか。
附近有什麼呢？

自動販売機があります。
有自動販賣機。

コンビニがあります。
有便利商店。

指引方向

改札口はどこですか。
剪票口在哪裡？

コンビニの隣です。
在便利商店旁邊。

コンビニを出て右のほうです。
出了便利商店後就在右手邊。

單字

駅前 車站前	遅れる 遲到	思う （我）想、認為
着く 抵達	自動販売機 自動販賣機	コンビニ 便利商店
右 右邊		

確認方向

今、そちらに向かっていますが。
我現在正朝著你的方向過去。

あとどのぐらいかかりますか。
還要多久才會到？

気を付けてきてください。
過來的路上請多小心。

詢問電子信箱

すみません、メールアドレスを教えてくださいませんか。
不好意思，能告訴我電子信箱位址嗎？

パソコンは持っていません。
我沒有個人電腦。

携帯メールでもいいですか。
用手機信箱也可以嗎？

簡單問候

お元気ですか。
你好嗎？

毎日忙しいです。
我每天都很忙。

お陰様で元気です。
託你的福，我很好。

推薦名產

この店は有名ですよ。
這家店很有名喲。

では入ってみましょう。
那麼我們進去吃吃看吧。

聞いたことはありませんね。
我不曾聽過。

 單字

そちら　那邊	向かう　朝向	あと　之後
気を付ける　小心	メールアドレス　電子信箱位址	携帯メール　簡訊
パソコン　（個人）電腦	持っている　擁有	忙しい　忙、忙碌
有名　知名	入ってみる　吃吃看	聞く　聽聞

會話練習

1. 請聽 MP3，並依下列的單字或句子完成所有的句子。

行くつもり　　　新しいカフェ　　　お蔭様で

① ＿＿＿＿＿＿元気です。　　　　　　　　託你的福，我很好

② 美術館へ＿＿＿＿＿＿です。　　　　　　我想去美術館。

③ 駅の近くに＿＿＿＿＿＿ができたようです。　車站附近好像新開一間咖啡廳。

2. 請聽音檔，並依下列中文用日語做回答練習。

① 托你的福，我很好。

② 在車站的前面吧！

③ 到了之後打通電話給我。

④ 過來的路上請多小心。

3. 請將下列的句子重組（請適時自行加入日文標點符號）。

① メールアドレス／すみません／ください／教えて／ませんか／を

不好意思，能告訴我電子信箱位址嗎？

➡ ＿＿＿＿＿＿＿＿＿＿＿＿＿＿＿＿＿＿＿＿＿

② ちょっと／と思います／10分ぐらい／遅れる

不好意思，我可能會晚個十分鐘到。

➡ ＿＿＿＿＿＿＿＿＿＿＿＿＿＿＿＿＿＿＿＿＿

③ に／向って／そちら／今／います／が　　　我現在正朝著你的方向過去。

➡ ＿＿＿＿＿＿＿＿＿＿＿＿＿＿＿＿＿＿＿＿＿

④ みましょう／では／入って

那麼我們進去看看吧！

➡ ＿＿＿＿＿＿＿＿＿＿＿＿＿＿＿＿＿＿＿＿＿

街頭上的相關單字表現

【道路】

❶ 道路（どうろ） 馬路、道路

❷ 車道（しゃどう） 車道

❸ 歩道（ほどう） 步道

❹ 大通り（おおどおり） 大馬路

❺ 街路樹（がいろじゅ） 行道樹

❻ 横断歩道（おうだんほどう） 班馬線

❼ 路面電車（ろめんでんしゃ） 路面電車、輕軌

❽ 交通標識（こうつうひょうしき） 交通標誌

❾ 信号（しんごう） 紅綠燈

❿ 街灯（がいとう） 路燈

⓫ 看板（かんばん） 廣告看板

⓬ 通行人（つうこうにん） 行人

⓭ 人込み（ひとごみ） 人潮

⓮ 駐車場（ちゅうしゃじょう） 停車場

⓯ 駐輪場（ちゅうりんじょう） 腳踏車停車場

【商店街】

❶ アーケード 拱廊

❷ 飲食店（いんしょくてん） 飲食店

❸ 肉屋（にくや） 肉鋪

❹ 八百屋（やおや） 蔬果店

❺ 魚屋（さかなや） 魚鋪

❻ パン屋（や） 麵包店

❼ お菓子屋（かしや） 日式點心店

❽ タバコ屋（や） 香菸店

❾ 酒屋（さかや） 酒行

❿ 花屋（はなや） 花店

⓫ 本屋（ほんや） 書店

⓬ 惣菜屋（そうざいや） 熟食店

⓭ 電気屋（でんきや） 電氣行

⓮ リサイクルショップ 二手商店

⓯ 薬局（やっきょく） 藥局

⓰ ドラッグストア 藥妝店

⑰ 洋服屋（ようふくや）　服飾店

⑱ 呉服屋（こふくや）　傳統和服店

⑲ 靴屋（くつや）　鞋子店

⑳ 眼鏡店（めがねてん）　眼鏡行

㉑ 雑貨屋（ざっかや）　雜貨店

㉒ ペットショップ　寵物店

㉓ 文房具屋（ぶんぼうぐや）　文具行

㉔ カメラ屋（や）　相片店、相館

㉕ 自転車屋（じてんしゃや）　腳踏車店

㉖ 日用品（にちようひん）　日常用品

加強表現

❶ 駅前（えきまえ）で待（ま）ち合（あ）わせる　在車站前會合

❷ 何（なに）かをして時間（じかん）を潰（つぶ）す　做些事殺殺時間

❸ 道端（みちばた）でキョロキョロする
在路邊東張西望

❹ 町中（まちなか）をぶらぶらする
在街上閒晃

❺ 人（ひと）に声（こえ）を掛（か）ける　跟人搭話

❻ 人（ひと）に道（みち）を聞（き）く　向人問路

❼ 屋外喫煙所（おくがいきつえんじょ）でタバコを吸（す）う
在室外吸菸處抽菸

▲日本新宿車站前的街道，車站前往往是約見面的合適地點

137

▲日本的神社（靖國神社）

在日本的大街上，路邊不時可以見到「神社（神社）」的存在。

「神社」是日本固有信仰「神道（神道教）」所供奉神址的地方。神道教主要是以供奉「アマテラスオオミカミ（天照大御神）」、「スサノオノミコト（素戔嗚尊、須佐之男命）」等眾多神祇在為主的宗教，其以「高天原（高天原）」上精采且迷人的神話故事不可勝舉，往往是能夠吸引了不少外國人對日本喜愛的焦點之一。神道教與日本人的歷史、生活文化習慣息息相關，一般我們到日本旅遊時，幾乎也可以欣賞到各種大大小莊嚴古樸的神社。此外，與神社相對的是較晚傳入日本的佛教建築物「寺（寺廟）」。

佛教傳入日本後，在歷史的演變中與神道教產生神佛合一的信仰觀，近代的明治政府雖然施行了神佛分離的政令，但是早年建成的神社及寺廟從外觀看還是幾分相似。所以話說回來，首先進入神社之前，會看到一個長得像开字狀的門，其稱之為「鳥居（鳥居）」。進入神社時，禮儀上要注意避開從鳥居中間穿越行走，因為在神道的信仰中，那裡屬神域，是專門給神明移動的通路。而鳥居最有力的一說是源自於當初須佐之男命大鬧

▲神社的鳥居

高天原時，天照大御神為了要避開他，把自己關在一個叫「天岩戶（天岩戶）」的洞穴中封閉不出，眾神們為了讓司掌陽光的天照大御神出洞穴來，於是試著放了一隻雞在洞前的木架上讓牠啼叫的故事。自此後神社前都建上這樣 字型的門，因雞是鳥類，該門便被稱為「鳥居」。

▲日本神社前的狛犬

過了鳥居之後，連接到神社內建築物的路稱為「參道（參拜的步道）」，在參道兩旁通常都有守護神「狛犬（狛犬）」的石像，走過這條步道後一般會先來到「拜殿（拜殿）」，而拜殿後方就是「本殿（正殿）」，神祇一般都是供奉在正殿裡。

在神社裡祭拜神明之前，按禮必須先到一旁的「手水舍（手水舍）」去小小的「淨身」一番，旨在祭拜神明時，讓自己的身體潔淨。那麼，正確的淨身及參拜方式應該是怎麼樣呢？

▲在手水舍用勺子清洗手部

① 首先，在潔淨之前，先調整心情，平心靜氣。

② 用右手拿起放在手水舍上撈水的「柄杓（勺子）」，舀起一些手水舍裡的水後，倒出一些清洗左手。

③ 換清洗過的左手拿著勺子再倒出一些清洗右手。

④ 換右手取勺子，倒一些水在左手心，然後用這些水漱口。

⑤ 最後將勺子立起，讓剩下水往下流，將勺子清洗過後放回去，供下一個人使用。

淨完身之後，就可以進行參拜。參拜方式如下：

▲參拜祈願

① 先對神明 45 度鞠躬一次。

② 將「賽錢（香油錢）」丟進「賽錢箱（香油錢箱）」。

③ 一些的神社正殿前，會有一條「鈴の緒（綁著鈴噹的粗大麻繩）」，有的時候搖這條麻繩，讓鈴噹發出聲音，旨在告訴神明，善男信女現在要來跟祢祈願囉！

④ 再兩次 90 度的鞠躬，頭抬起後兩手合掌在胸前。

⑤ 接著拍掌兩次，這也是要表示敬意。

⑥ 最後再一次 90 度的鞠躬，結束這次的參拜。

參拜完之後，依自己的意願，有時候可以求個「おみくじ（籤詩）」，跟台灣的廟宇相似，在神社裡也可以找人解籤。此外，神社內也可以看到很多五邊形的「絵馬（祈願木板）」，依神社裡神祇保祐的性質不同，日本人會花錢買這個木板，把自己的心願寫在上面，然後掛在神社裡，祈求實現。當然在神社中也可以花點小錢求一個「お守り（護身符）」，日本的許多神社幾乎都有自己個性化的護身符，所以收藏這些護身符，也不失為一種有趣的娛樂。

▲依順序左起為「絵馬、お守り、おみくじ」

在電影院　映画館で

王：

最新の『ドラえもん』の映画のチケットを二枚ください。

店員：

大人二枚ですか。学生二枚ですか。

王：

大人二枚です。

店員：

お席はどの辺りがよろしいですか。

王：

できるだけ後のほうがいいんですが。

店員：

三時に上映される映画は売り切れです。

王：

そうですか。次のは何時ですか。

店員：

五時です。

王：

では、お願いします。

店員：

はい、かしこまりました。ポップコーンとコーラはいかがですか。

王：

結構です。

王：

請給我兩張最新的《哆啦A夢》的電影票。

店員：

您是要兩張成人票，還是學生票？

王：

成人票兩張。

店員：

您想要靠哪的位子？

王：

盡量靠後面一點的。

店員：

三點的那場票已經賣完了。

王：

是嗎，下一場幾點？

店員：

下一場是五點。

王：

那麼請給我五點的票。

店員：

明白了，需要爆米花及可樂套餐嗎？

王：

不用了。

必學單字表現

『ドラえもん』	《哆啦 A 夢》
映画（えいが）	電影
チケット	票
二枚（にまい）	兩張
大人（おとな）	大人
辺り（あたり）	附近
できるだけ	盡可能
売り切れ（うりきれ）	賣光、賣完
次（つぎ）	下一個
ポップコーン	爆米花
コーラ	可樂

會話重點

重點1 できるだけ　盡可能、盡量

「できるだけ」是指在可能範圍之內盡力而為的意思。

できるだけ早く（はや）帰（かえ）ります。　會盡早回家。

できるだけお邪魔（じゃま）しないように。　會盡可能不去打擾（你）。

另外有與「できるだけ」意思相近的是「できれば（如果可以的話）」。前者是慣用語，後者是動詞「できる」的假設定。

できれば午前中（ごぜんちゅう）来（き）てほしいです。　如果可以的話，希望你中午之前來一趟。

重點2 では　那麼…

這個連接詞的口語為「じゃ」，意思相同。

では、早速（さっそく）行（い）きましょう。　那麼，我們趕快去吧！

じゃ、早速（さっそく）行（い）きましょう。　那麼，我們趕快去吧！（這句偏口語）

一定要會的方位說法

前（まえ）前	隣（となり）隔壁、旁邊	後（うしろ）後

上（うえ）上	下（した）下	左（ひだり）左	右（みぎ）右

日語量詞 的用法

　　日語的量詞跟中文一樣繁雜，不如英文這樣用「a」或「an」就可以代表單數。像「一朵花」、「一隻狗」、「一盞燈」這樣，後接不同的物品時，往往都需要接不同的量詞。首先來了解與十個與中文的「個」一樣最流通的基本量詞。

ひと 一つ 一個	ふた 二つ 二個	みっ 三つ 三個	よっ 四つ 四個	いつ 五つ 五個
むっ 六つ 六個	なな 七つ 七個	やっ 八つ 八個	ここの 九つ 九個	とお 十 十個

　　上述這十個量詞是很好用，當你接觸到新詞，還不曉得某物詞的量詞時，即使用上述的詞來表達的話，也能讓日本人懂。接下來將一般常見的量詞羅列出來。

まい
枚：（薄平狀的物體）紙張、票、衣服　　例 かみいちまい
紙一枚 一張紙、セーター二枚 にまい 兩件毛衣

さつ
冊：書　　例 ほんいっさつ
本一冊 一本書

ひき
匹：小動物　　例 いぬいっぴき
犬一匹 一隻狗

わ
羽：鳥類、兔子　　例 とりいちわ
鳥一羽 一隻鳥

ほん
本：細長狀的物體　　例 かさいっぽん
傘一本 一支傘、杖二本 つえ にほん 兩根拐杖

さい　さい
歲、才：歲數　　例 さんじゅっさい
３０歲 三十歲

だい
台：機器、車子　　例 パソコン一台 いちだい 一台電腦

かい
階：樓層　　例 ごかい
5階 五樓

　　請注意當量詞的第一個假名有濁音及半濁音的假名時，往往在「1, 3, 6, 8, 10」這四個數字裡會產生音變。通常「3」是濁音化，「1,6,8,10」是半濁音化。例如：

いっぴき 一匹 一隻	にひき 二匹 二隻	さんびき 三匹 三隻	よんひき 四匹 四隻	ごひき 五匹 五隻
ろっぴき ろくひき 六匹（六匹） 六隻	ななひき 七匹 七隻	はっぴき はちひき 八匹（八匹） 八隻	きゅうひき 九匹 九隻	じっぴき じゅっぴき 十匹（十匹） 十隻

　　部分有濁音，但沒有半濁音的量詞，只有在「3」的時候會濁音化。

例 さんがい さんかい
三階（三階） 三樓

↳ 其「1,6,8,10」一樣會維持假名「かい」。此例亦可不濁音化。

短會話練習 A

確認票張數

何枚ですか。
你想買幾張票？

大人二枚です。
成人票 2 張。

子供一枚です。
兒童票 1 張。

以學生證購票

大学生ですが、割引はありますか。
我是大學生，請問可以打折嗎？

大学生、高校生、専門学校生は1,500円です。
大學生、高中生、專科生，一張 1,500 日元。

シニアは1,200円です。
60 歲以上資深公民 1,200 日元。

身障票

障がい者はいくらですか。
身障者的票要多少錢？

障がい者手帳をお持ちの方は1,000円です。
持有殘障手冊者為 1,000 日元。

1,000円ですが、証明書をご提示が必要です。
1,000 日元，但需出示相關證明。

午夜場優待票

レイトショーはいくらですか。
午夜場要多少錢？

夜8時以降は1,400円です。
晚上八點以後 1,400 日元。

3 D作品はプラス400円です。
3D 電影要再加 400 日元。

單字

割引 打折	高校生 高中生	専門学校生 專科生
シニア （60歲以上）銀髪族	障がい者 身障者	手帳 手冊
提示 出示	レイトショー 午夜場	子供 兒童（票）
以降 以後	プラス 加上	

買爆米花套餐

ポップコーンセットはいくら
ですか。
爆米花套餐要多少錢？

700円です。
700 日元。

ペアセットは1,000円です。
雙人套餐是 1,000 日元。

薯條套餐

ポテトセットはいくらです
か。
薯條套餐是多少錢？

600円です。
600 日元。

600円ですが、ドリンクが付
いています。
600 日元，而且還附飲料。

談論電影類型

どんな映画がお好きですか。
你喜歡什麼類型的電影？

アクションです。
動作片。

ホラーです。
恐怖片。

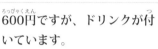

討論電影

この映画はどう思いますか。
你覺得這部電影如何？

面白かったです。
很好看。

つまらなかったです。
很無聊。

單字

ポップコーン　爆米花	セット　套餐	ペア　雙人
ポテト　薯條	ドリンク　飲料	アクション　動作（片）
ホラー　恐怖（片）	面白い　有趣的	つまらない　無趣的

🦉 會話練習

1. 請聽音檔，並依下列的提示完成所有的句子。

辺り	レイトショー	アクション	ホラー
コーラ	できるだけ	チケット	ポップコーン
どんな	売り切れ		

① 彼女は＿＿＿＿＿＿の映画が好きではありません。　　她不喜歡看動作片。

② ＿＿＿＿＿＿映画が好きですか。　　妳喜歡什麼樣的電影呢？

③ ＿＿＿＿＿＿映画が好きです。　　我喜歡恐怖片。

④ ＿＿＿＿＿＿は一枚いくらですか。　　午夜場一張票多少錢？

⑤ ＿＿＿＿＿＿をください。　　我要爆米花套餐。

⑥ 『ドラえもん』の映画の＿＿＿＿＿＿を二枚ください。

請給我兩張《多啦A夢》的電影票。

⑦ お席はどの＿＿＿＿＿＿がよろしいですか。　　您想坐靠哪的位子。

⑧ ＿＿＿＿＿＿後のほうがいいんですが。　　盡量靠後面一點的。

⑨ 三時の映画は＿＿＿＿＿＿です。　　三點的那場票已經賣光了。

⑩ ポップコーンと＿＿＿＿＿＿のセットはいかがですか。

需要搭配爆米花及可樂的套餐嗎？

2. 請將下列的句子重組（請適時自行加入日文標點符號）。

① 大人／ください／チケット／を／の／二枚　　請給我兩張成人票。

➡ ＿＿＿＿＿＿＿＿＿＿＿＿＿＿＿＿＿＿＿＿＿＿

② か／大学生／あります／です／が／は／割引　我是大學生，請問可以打折嗎？

➡ ＿＿＿＿＿＿＿＿＿＿＿＿＿＿＿＿＿＿＿＿＿＿

③ ご提示／を／手帳／障がい者／ください　　　　　　　請出示殘障手冊。

➡ _____

④ 映画／は／レイトショー／何時／以降／ですか／の

午夜場的電影是幾點以後開始？

➡ _____

⑤ セット／ポテト／です／いくら／は／か　　　　　　　薯條套餐多少錢？

➡ _____

▲日本電影院的撕票口

電影院的相關單字表現

【電影院售票處】

❶ 映画館 電影院

❷ チケットカウンター 售票處

❸ ロープパーテーション 紅絨柱

❹ 仕切り 分場

❺ チケット 票

❻ 邦画 日本片

❼ 洋画 洋片

❽ 上映 上映

❾ Ｒ指定 電影分級

❿ スケジュール 電影時刻表

⓫ 保護者 監護人

⓬ 自動発券機 自動賣票機

⓭ 前売券 預售券

⓮ グッズ売り場 周邊商品販賣處

❸ スナック菓子 零食

❹ ブレッツェル 德國結

❺ スパイシーチキン 辣味炸雞

❻ コーラ 可樂

❼ ミネラルウォーター 礦泉水

❽ 塩 （爆米花口味）鹹的

❾ キャラメル （爆米花口味）焦糖口味

❿ ティッシュ 面紙

【電影零食】

❶ ホットドッグ 熱狗

❷ チュロス 吉拿棒

【放映廳設施】

❶ シアター　放映廳

❷ スクリーン　銀幕

❸ 座席（ざせき）　座椅、座位

❹ 座席番号（ざせきばんごう）　座位號碼

❺ ひじ掛け（か）　座椅扶手

❻ ドリンクホルダー　飲料架

❼ 非常口（ひじょうぐち）　緊急逃生門

❽ 音響（おんきょう）　聲響

❾ 予告編（よこくへん）　預告片

❿ 動画（どうが）　動畫

⓫ 映画（えいが）　電影

⓬ 字幕（じまく）　字幕

⓭ 試写（ししゃ）　試映會

【電影種類】

❶ アクション　動作片

❷ ホラー　恐怖片

❸ アニメーション　動漫片

❹ コメディ　喜劇片

❺ ドキュメンタリー映画（えいが）　紀錄片

❻ ドラマ　劇情片

❼ ファンタジー映画（えいが）　幻想片

❽ ミュージカル映画（えいが）　音樂片

❾ ミステリー映画（えいが）　懸疑片

❿ ロマンス　愛情片

⓫ ＳＦ映画（エスエフえいが）　科幻片

⓬ スポーツ　運動片

⓭ 戦争映画（せんそうえいが）　戰爭片

加強表現

❶ チケットの半券を切る（はんけん）（き）　撕票

❷ 盗撮を止めてください（とうさつ）（や）　請不要偷拍

❸ 携帯をマナーモードにする（けいたい）
請將手機調整為靜音

❹ 予告編を放映する（よこくへん）（ほうえい）　播放預告片

❺ ３Ｄメガネを掛ける（スリーディー）（か）　戴 3D 眼鏡

📖 文化專欄－日本的電影

　　電影院的日語是「映画館」，但有些人仍然稱「劇場」，那是因為日本的傳統文化，如「歌舞伎、人形浄瑠璃」等對日本的電影發展有著有莫大影響，所以至今仍習慣把電影院稱為「劇場」。

　　而在口語中，電影大方向有分為「洋画」和「邦画」兩種。「洋画」泛指歐美資本所拍攝出來的電影。而通常導演、演員為日籍，在日本以日語上映的電影則稱為「邦画」。

　　說到日本的電影歷史，最早一次的電影上映可以追溯到西元 1896 年 11 月，因此在日後 12 月 1 日便被制定為「映画の日（電影日）」的紀念日。而在那兩年後的 1898 年，淺野四郎因為率先拍攝了短片『化け地蔵（鬼魅地藏）』及『死人の蘇生（死人復活）』這兩片而成為日本史上的第一位導演。

　　在日本電影發展的全盛時期是約在 1960 年左右，當時有東映、東寶、松竹、日活、大映等多家大的電影公司，最高紀錄曾在 1960 年代製作了 547 部電影，但是自從 1953 年起電視機逐漸在民間的家庭中普及之後，電影事業便開始走向下坡，直到 1976 年角川春樹跨足電影製作，轉型以動漫為主流，才穩住了陣腳，於1977年上映的『宇宙戦艦ヤマト（大和宇宙戰艦）』甚至於創下了通宵播放的驚人紀錄。到了 1979 年，『銀河鉄道９９９（銀河鐵道 999）』得到當年度票房第一名，更創下了首次以動漫電影坐收最高票房的殊榮，也開啟動漫

▲日本的電影院

電影之先河。之後伴隨著長年不景氣的影響，售票亭前門口羅雀，電影院也一間間關門大吉。進入 2000 年千禧世代後，因網路的發達、第四台的普及等要因，更加對既有的電影文化產生重創。日本電影開始走入低潮，亦可惜至今一直都未見突破性的發展。

　　在日本看一場電影，成人票約 1,800 日元（合台幣約 500 元），學生票也要 1,500 日元（約 420 元左右），比台灣貴了一倍，的確不是便宜的消費。看電影時多數人會購買的爆米花加飲料套餐，單人份要 600 日元（180 台幣左右）。因物價的昂貴，造成年輕人開始都在網路上尋找免費的管道，或用租片等比較經濟的方式享受電影。另外，因日本的電影文化，保持安靜是基本禮儀，不像美國、印度，時而拍手叫好、時而大聲聲援，如此「獨樂樂，不如眾樂樂」的氛圍反而更為大和民族所詬病。因此更使得人們覺得，這樣不如在家裡看網路還來的自由自在又經濟實惠了。（此段票價為西元 2020 年資訊）

第12課
在餐飲店 飲食店で

落合：
すみません、メニューを見せてもらえますか。

店員：
はい、どうぞ。

落合：
「本日のおすすめ」は何ですか。

店員：
今日は唐揚げ定食です。

落合：
辛いですか。

店員：
いいえ、辛くはありません。

落合：
ではそれを一つお願いします。

店員：
飲み物はいかがですか。

落合：
コーヒーをお願いします。

店員：
ホットとアイスと、どちらにしますか。

落合：
ホットで食事の後にお願いします。

店員：
はい、ご注文を確認させていただきます。唐揚げ定食を一つ、ホットコーヒーを食後に。以上でよろしいですか。

落合：
はい、お願いします。

落合：
對不起，我可以看一下菜單嗎？

店員：
是的，請。

落合：
請問，「本日特餐」是什麼？

店員：
今天的是「炸雞定食」。

落合：
請問會辣嗎？

店員：
不，不會辣。

落合：
那麼請給我來一份。

店員：
附餐飲料要什麼呢？

落合：
請給我咖啡。

店員：
請問是要熱的還是冰的呢？

落合：
熱的，餐後上即可。

店員：
好的，跟您確認一下點菜的內容，您點的是一份炸雞定食，熱咖啡餐後上，對嗎？

落合：
是的。

150

必學單字表現

メニュー	菜單
本日（ほんじつ）	今天
おすすめ	主廚推薦（特餐）
辛い（から）	辣
飲み物（の・もの）	飲料
ホット	（飲料）熱的
アイス	（飲料）冰的
食後（しょく・ご）	餐後
後（あと）	…（之）後
確認（かく・にん）	確認
注文（ちゅう・もん）	點（餐）

與味覺相關的表現

甘い（あま）甜　酸っぱい（す）酸　塩辛い（しお・から）鹹

辛い（から）辣　渋い（しぶ）澀　苦い（にが）苦

會話重點

重點 1　AとBとどちらにしますか

詢問決定好是A還是B之中的某一個

這個句型用在二擇一的情況下。助詞「A とBと」中的「と」是和的意思，後面的「にします」則是表明決定之意。

コーヒーと紅茶（こうちゃ）とどちらにしますか。 咖啡和紅茶，您要點哪一個？

另有比較的用法，即「A 和 B，你覺得哪一個比較…」的句型時，「AとBと、どちらのほうが…ですか。」中「のほう」有時會被省略。

ホットとアイスとどちらのほうがいいですか。

熱的和冰的，哪一個比較好？

日本と韓国とどちらが違いですか。

日本（にほん）と韓国（かんこく）とどちらが遠（とお）いですか。

日本和韓國，哪一個比較遠？

重點 2　形容詞的否定與時態

肯定句（原形）　　　＋です。

否定句（去除詞尾い）＋くないです。

　　　（去除詞尾い）＋くありません。

過去式（去除詞尾い）＋かったです。

否定過去式（去除詞尾い）＋くなかったです。

　　　（去除詞尾い）＋くありませんでした。

中文的形容詞沒有時態，因此對學習者而言會比較不習慣，表示過去已經發生的形容詞要轉換成過去式，例如：

昨日（きのう）は寒（さむ）かったです。 昨天好冷。

美味（お・い）しかったです。 好好吃。

↪已經吃了才知道美味與否，故用過去式。

文法焦點

動詞使役形 的用法

> ＊「使役形」是用於「讓（某人）做（某事）」之意。動詞形態不同時，變化也不一樣。五段動詞時，將詞尾改成該段第一個假名，再加「せる」：

【う、つ、る】

買う ➡ 買わせる　讓…買　　待つ ➡ 待たせる　讓…等　　帰る ➡ 帰らせる　讓…回家

【ぬ、ぶ、む】

死ぬ ➡ 死なせる　讓…讀　　飛ぶ ➡ 飛ばせる　讓…飛　　飲む ➡ 飲ませる　讓…喝

【く、ぐ】

書く ➡ 書かせる　讓…寫　　嗅ぐ ➡ 嗅がせる　讓…聞

【す】

探す ➡ 探させる　讓…找

> ＊上、下一段動詞時，將詞尾「る」改成「させる」就行了。

【上一段動詞】

降りる ➡ 降りさせる　讓…下（車）

【下一段動詞】

食べる ➡ 食べさせる　讓…吃

> ＊カ行變格跟サ行變格動詞（不規則動詞）各只有一個，請特別記下。

【カ行變格】

来る ➡ 来させる　讓…來

【サ行變格】

する ➡ させる　讓…做

例 びっくりさせないでください。　　　　別嚇我。

⤷可指好的方面。

私にさせてください。　　　　讓我做吧！

　　接使役形的助詞一般用「に」。但本課句型「させて＋もらう（いただく）」這種使役形＋授受動詞的表現更加客氣的說法，即「請讓我…」的意思。

🦉 短會話練習 A

詢問菜單

これは何ですか。
這份是什麼料理？

これはカレーライスです。
這份是咖哩飯。

これはラーメンです。
這份是拉麵。

來客人數

何名様ですか。
請問有幾位？

二人です。
兩位。

三人です。
三位。

詢問份量

すみません、このサラダはどのぐらいの量ですか。
對不起，請問這份沙拉有多少量？

ちょうど一人前です。
剛好一人份。

二人前です。
有兩人份。

詢問內容

「本日のスープ」は何ですか。
「今日湯品」是什麼樣的口味的呢？

海鮮スープです
是海鮮湯。

カボチャスープです。
是南瓜湯。

單字

カレーライス 咖哩飯	ラーメン 拉麺	二人 兩位
一人 一位	サラダ 沙拉	量 量、（此作）份量
ちょうど 剛好	一人前 一人份	二人前 兩人份
スープ 湯	入る 放進	海鮮 海鮮
カボチャ 南瓜		

尚未上菜 1

すみません、注文したものが
まだ来ないんですが。
對不起，我點的料理還沒來。

ただ今確認します。
我現在馬上確認。

申し訳ございません、少々お
待ちください。
對不起，請稍等。

尚未上菜 2

すみません、さっき頼んだも
のはまだかかりますか。
對不起，剛點的菜還要多久？

チェックしてきます。
我去查一下。

申し訳ございません。
非常抱歉。

送錯菜

すみません、頼んだものと違
うみたいなんですが…
對不起，這份料理不是我點的…

すぐに確認してきます。
我馬上去確認。

申し訳ございません。
非常抱歉。

筷子掉了

あのー、お箸を落としてしま
ったんですが。
不好意思，我把筷子弄掉了。

ただ今持ってきます。
馬上去拿來。

取り替えます。
我換一雙給您。

單字

まだ 尚未	ただ今 立刻	頼む 點（菜）
チェック 檢查	すぐ 馬上	箸 筷子
落とす 掉落	取り替える 替換	

會話練習

1. 請將下列句子重組（請適時自行加入日文標點符號）。

① ませんか／すみません／見せて／を／メニュー／もらえ

對不起，我可以看一下菜單嗎？

➡ _____

② おすすめ／何です／の／は／か／本日　　　　請問，「今日特餐」是什麼？

➡ _____

③ と／ホット／に／と／します／アイス／か／どちら

請問是要熱的還是冰的呢？

➡ _____

④ させて／を／いただきます／ご注文／確認

好的，跟您確認一下點菜的內容。

➡ _____

⑤ 一つ／唐揚げ／で／よろしい／定食／を／ですか

一份炸雞定食就可以了嗎？

➡ _____

2. 請將下列的形容詞分別改成敬體的否定形、過去式及否定過去式。

① 酸っぱい _____　② 美味しい _____

③ 辛い _____　④ 面白い _____

3. 請聽音檔，並依下列中文用日語做回答練習。

① 我要喝咖啡（我要點咖啡）。　② 不、不辣。

③ 兩位。　④ 剛好一人份。

⑤ 是南瓜湯。

【早餐常見】

❶ ご飯 白飯

❷ 味噌汁 味噌湯

❸ 昆布 昆布、海帶

❹ 鮭の塩焼き 鹽烤鮭魚

❺ 漬物 醃菜

【居酒屋】

❶ おつまみ 下酒菜

❷ 串焼き 串燒

❸ 焼き鳥 燒雞肉串

❹ 枝豆 毛豆

❺ ビール 啤酒

❻ お酒 清酒

【炸物類】

❶ 天ぷら 炸物、天婦羅

❷ 天つゆ （炸物的）沾料

【壽司類】

❶ 寿司 壽司

❷ ネタ （壽司上面的）料

❸ 明太子 鮭魚卵

❹ 回転寿司 迴轉壽司

❺ 手巻き 手捲

【蓋飯類】

❶ 丼 蓋飯

❷ 天丼 炸物蓋飯

❸ うな丼 鰻魚蓋飯

❹ 親子丼 親子蓋飯

❺ かつ丼 豬肉蓋飯

❻ 牛丼 牛肉蓋飯

【麵類】

❶ そば 蕎麥麵

❷ 立ち食いそば （站著吃的）立食蕎麥

❸ うどん 烏龍麵

❹ きつねうどん 油豆腐烏龍麵

❺ ラーメン 拉麵

❻ トッピング （拉麵上的）食材

❼ かまぼこ 魚板

❽ チャーシュー 叉燒

❾ メンマ　乾筍

❿ ゆで玉子（たまご）　水煮蛋

【生魚片類】

❶ 刺身（さしみ）　生魚片

❷ 馬刺し（ばさ）　生馬肉片

【火鍋類】

❶ お鍋（なべ）　火鍋

❷ アンコウ鍋（なべ）　鱇魚鍋

【調味類】

❶ 七味唐辛子（しちみとうがらし）　日式紅辣椒粉

❷ 味醂（みりん）　味醂

【其他料理】

❶ お好み焼き（このや）　日式煎餅、大阪燒

❷ すき焼き（や）　壽喜燒

❸ 鉄板焼き（てっぱんや）　鐵板燒

❹ 精進料理（しょうじんりょうり）　素食料理

❺ 懐石料理（かいせきりょうり）　懷食料理

❻ ステーキ　牛排

❼ たこ焼き（や）　章魚燒

❽ 餃子（ぎょうざ）　鍋貼、煎餃

❾ たらば蟹（がに）　帝王蟹

❿ 伊勢海老（いせえび）　龍蝦

【餐具】

❶ 碗（わん）　碗

❷ 皿（さら）　盤子

❸ 箸（はし）　筷子

❹ 箸置き（はしお）　筷架

❺ レンゲ　（中式）湯匙

❻ スプーン　（西式）湯匙

❼ フォーク　叉子

❽ ステーキナイフ　牛排刀

❾ 爪楊枝（つまようじ）　牙籤

【料理方式】

❶ 炒める（いた）　炒、煎

❷ 煮る（に）　煮

❸ 煮込む（にこ）　燉

❹ 焼く（や）　烤

❺ 揚げる（あ）　炸

❻ 蒸す（む）　蒸

加強表現

❶ 箸（はし）でつかむ　用筷子夾

❷ スプーンですくう　用湯匙撈

❸ 皿（さら）に盛（も）る　裝到盤子上

❹ フォークで刺（さ）す　用叉子叉

❺ ステーキナイフで切（き）る　用牛排刀切

❻ 爪楊枝（つまようじ）で歯（は）の掃除（そうじ）をする　用牙籤剔牙

❼ コップに注（そそ）ぐ　倒入杯子

　　提到日本食的文化，至今對台灣人來說已並不陌生，目前基本的日本料理幾乎在台灣也可以吃得到，尤其近年來日本拉麵店如雨後春筍般開幕，居酒屋、日本料理店亦充斥台北街頭，令人覺得味蕾幸福無比。

1. 日本年菜的象徵

　　在台灣比較少見的是日本應節的料理，如過年（日本一般只過新曆年，而且是一月一號那天吃年夜飯）時吃的年菜稱為「おせち料理」，日本的年菜有數種象徵吉祥的固定菜色，其中常見的如下。

▲日本的年菜

　➡ 海老：蝦子。蝦子煮熟後，外觀呈現彎曲的身體及長長的鬚，或是其日文漢字中的「海老」，都有象徵「長壽」的吉祥意思。

　➡ 数の子：鯡魚卵。顧名思議是從鯡魚的卵巢取出來的。鯡魚的日語是「ニシン」，讓日本人聯想到「二親（雙親）」這個古詞。雙親的所產出來的大片魚卵，便成了象徵「多子多孫」的吉祥意思。

　➡ 伊達巻き：蛋魚卷。蛋魚卷的外觀是黃色的，中間有個旋渦狀。這個外型雷同於日本古時候的書籍的長相，故有象徵「智慧」的吉祥意，吃了後祈求能夠在學業上有出色的表現。

　➡ かまぼこ：魚板。日本的魚板外層的邊是粉紅色的，中心的部分是白色的，因是量角器的半圓形狀，它被聯想成新年磅礴而出的太陽。而邊的粉紅色被聯想到「可喜可賀、避邪」，中心的白色則被聯想到「聖潔」的吉祥之意。

　➡ 黒豆：黑豆。豆子的日語是「まめ」，與「孜孜不倦」同音。故吃黑豆有「能夠孜孜不倦地健康工作、生活下去」，相對的就是「祈求健康」的象徵。

2. 春分的吉祥食品

　　二月三日「節分（春分）」時，日本人會吃「恵方巻（海鮮壽司）」和「福豆（煎豆）」，其原因大致如下：

➡️　恵方巻：日文漢字裡的「恵方」兩字，指的是天干裡十個方位中最理想的方位。日本人會在這一天面對最佳的方位吃「恵方巻」，祈求家人平安健康、生意興隆。但是「恵方」每年都會改變，所以每年到時該朝著哪個方位吃，這點相當地講究。

▲恵方巻　　▲福豆

➡️　福豆：日本人會在「春分」這天，將「福豆」準備好，並進行灑豆儀式，口中念著「鬼は外、福は内（長角妖怪滾出去，福氣快進門）」，並在灑完豆之後，吃下跟自己歲數相同的豆子，旨在祈求消災解厄、身體健康之意。（註：「鬼」並不是指中文裡的鬼魂，而是日本想像中長著角，力大無窮的妖怪。為知名童話桃太郎中的反派，一般人應該不陌生。）

3. 立秋的吉祥食品

七月時的立秋稱之為「土用」，在習俗上日本人則會吃「うな重（鰻魚飯）」。

➡️　うな重：因為七月立秋前後，那一陣子的日本氣溫變化很大，一般的人身體容易疲倦，所以都習慣在這時候吃鰻魚飯進補。

▲鰻魚飯

4. 日本的用筷禮儀

▲日本人吃麵時會漱漱作響

日本的用筷禮儀是「右手持筷、左手扶筷，再交由右手拿筷」。吃飯時要保持安靜，唯有吃麵食的時候需發出「漱漱漱」的聲音，會讓人覺得麵食相當美味的感覺，這點可能跟一些早期的台灣用餐禮儀相左，不適應的人還是需要習慣一下。這是因為日本人有「麺が伸びないうちに食べる（在麵沒有變爛之前趕快吃）」、「香りを楽しむ（享受麵條香味）」的認知與習慣，覺得吃麵發出聲音是一種享受美味的表現，外國人倒是未必非要入境隨俗不可。

在超市 スーパーで

佐藤：

すみません、ヨーグルトはどこですか。

店員：

あそこのコーナーです。

佐藤：

この賞味期限はいつまでですか。

店員：

上に書いてあります。

佐藤：

開けてからどのぐらい持ちますか。

店員：

冷蔵庫で一週間ぐらいです。

佐藤：

これは宅配便でお願いしたいんですが。

店員：

はい、かしこまりました。送料は無料です。
うちのカードをお持ちですか。

佐藤：

いいえ、持っていません。

店員：

かしこまりました。レジでご清算ください。

佐藤：

對不起，請問優格在哪？

店員：

在那邊的櫃子上。

佐藤：

這個保存期限到什麼時候呢？

店員：

上面有寫。

佐藤：

開封後可以放多久呢？

店員：

冷藏的大概一個禮拜。

佐藤：

這個我想用宅配寄送。

店員：

是，明白了。我們免運費。請問您有我們的會員卡嗎？

佐藤：

沒有。

店員：

好的，我明白了。請到收銀機那結帳。

必學單字表現

ヨーグルト	優格
コーナー	櫃位、角落
賞味期限	保存期限、有效期限
まで	到…
上に	（東西）上面
開ける	開封、打開
冷蔵庫	冰箱
宅配便	宅配
送料	運費
無料	免費
うち	（我們）家
カード	卡片
レジ	收銀機、收銀台
清算	結帳

會話重點

重點 1 … てあります …著

「他動詞て形＋あります」通常用來表示①人為的目的動作變化狀態、②或變化的狀態。例如：

窓が開けてあります。 窗戶是開著的。

↳ 某人把窗戶打開了，一直持續這種狀態。

明日の試験のための勉強は、ちゃんとしてあります。 明天的考試，我有充分準備。

↳ 進行念書動作，變成有辦法應付考試的狀態。

重點 2 …ぐらい（くらい） 表示程度

「ぐらい（くらい）」接於名詞後，表示「大約（接近基準之下）」的意思；接在動詞原形、否定形及想要的「たい」之後時，表示達到了該程度。例如：

三時間ぐらいかかりました。 花了大約三小時左右。（快到 3 小時，不超過 3 小時）

泣きたいくらい語られたんです。 他想哭般地述説了一切。

另外個「ほど」也是類似的用法，也是「大約」的意思，是在超出基準之上。

三時間ほどかかりました。 花了大約 3 小時左右。（超過 3 小時多一點）

與食品保存相關的表現

常温保存 常温保存　　**冷蔵保存** 冷藏　　**冷凍保存** 冷凍

文法焦點

…てから _{的用法}

＊「動詞て形＋から」表示在做完某件事之後，再進行下一個動作，即「…之後，…」。在這個句型中，具有「必要性」的意思，即要完成後述的行為，就必須先完成前述的準備才行。

例 お風呂に入ってから出かけます。　　要洗完澡之後再出門。

よく考えてから決めなさい。　　要先考慮清楚後再做出決定。

＊另外還有「動詞過式去＋後」及「動詞過去式＋ら」的相似用法，均可表現「在做完…之後」的意思。但有一些差別是「動詞過式去＋後」單純客觀敘述時間經過的前後順序、而「動詞過去式＋ら」則帶有說話者主觀意識。

例 晩ごはんを食べた後、散歩に行きました。

在吃完晚飯之後，就去散步了。

↳ 晚餐之後，就去散步。單純是敘述時間經過的前後順序。

家に着いたら電話してください。

到家以後打通電話給我。

↳ 說話者對聽話者的要求，這句話有說話者的主觀想法在。

賽錢箱にお賽錢を投げてから、鈴の緒を揺らします。

將香油錢投入油錢箱之後，再搖綁鈴粗繩。

↳ 在日本的神社中一定要先投入香油錢，才能夠搖鈴稟告神明，步驟上有必須性。

🦉 短會話練習 A

詢問洗手間

この階にはトイレはありますか。
請問這層樓有洗手間嗎？

いいえ、このフロアにはありません。
這層樓沒有。

いいえ、二階にあります。
沒有，二樓才有。

賣場位置

すみません、果物売場はどこですか。
對不起，請問水果賣場在哪裡？

すぐ左にあります。
往左手邊馬上就看到了。

右にあります。
在右手邊。

早市確認

すみません、朝市は何時からですか。
請問早市從幾點開始？

朝8時からです。
從早上八點開始。

日曜日だけです。
只有星期天才有。

要餐具

お箸を二膳お願いします。
請給我兩雙筷子。

かしこまりました。
好的。

すみません、ご提供しておりません。
對不起，我們沒有提供。

單字

階 樓層	トイレ 廁所	フロア 樓層
果物 水果	売場 賣場	左 左邊
右 右邊	朝市 早市	日曜日 星期天
膳 （筷子一雙的單位）雙	提供 提供	

確認存貨

これは在庫がありますか。
這個還有庫存嗎？

はい、在庫があります。
有的，還有庫存。

いいえ、売り切れです。
沒有，賣光了。

要塑膠袋

レジ袋をもらえませんか。
能給我塑膠袋嗎？

一枚10円です。
一個 10 日元。

持参したら10円を値引きします。
自備的話，可以少算 10 日元。

請求微波食物

これを温めてください。お願いします。
麻煩幫我（微波）加熱。

はい、少々お待ちください。
好的，請稍等。

はい、すぐします。
是，馬上幫您處理。

刷卡付帳

クレジットカードが使えますか。
可以刷卡嗎？

いいえ、現金のみです。
不行，我們只收現金。

はい、どうぞ。
可以的。

單字

在庫	庫存	売り切れ	售光	レジ袋	塑膠袋
持参	自備	値引く	減價	温める	加熱
のみ	只有				

會話練習

1. 請聽音檔，並依下列的提示完成所有的句子。

しょうみ きげん　　　　　　　　　　　　　　　そうりょう　　　れいぞうこ　　　たくはいびん
賞味期限　　　ヨーグルト　　　送料　　　冷蔵庫　　　宅配便

❶ すみません、＿＿＿＿＿＿＿はどこですか。　　　　對不起，請問優格在哪裡？

❷ この＿＿＿＿＿＿はいつまでですか。　　　　請問這個保存期限到什麼時候？

❸ ＿＿＿＿＿＿で一週間ぐらいです。　　　　冷藏的大概一個禮拜。
　　　　　　　いっしゅうかん

❹ これは＿＿＿＿＿＿でお願いします。　　　　這個我想要用宅配寄送。
　　　　　　　　　　　　　　　ねが

❺ はい、かしこまりました。＿＿＿＿＿＿は無料です。
　　　　　　　　　　　　　　　　　　　　　　　　むりょう

　好的，我明白了。我們免運費。

2. 請將下列的句子重組（請適時自行加入日文標點符號）。

❶ トイレ／は／この／には／階／か／あります　　　請問這層樓有洗手間嗎？
　　　　　　　　　　　　かい

➡ ＿＿＿＿＿＿＿＿＿＿＿＿＿＿＿＿＿＿＿＿＿

❷ は／売場／どこ／すみません／果物／ですか
　　　うりば　　　　　　　　　　くだもの

不好意思，請問水果賣場在哪裡？

➡ ＿＿＿＿＿＿＿＿＿＿＿＿＿＿＿＿＿＿＿＿＿

❸ は／だけ／日曜日／です／朝市　　　　早市只有星期天才有。
　　　　　にちようび　　　あさいち

➡ ＿＿＿＿＿＿＿＿＿＿＿＿＿＿＿＿＿＿＿＿＿

❹ します／ください／を／お願い／温めて／これ　　　麻煩請幫我加熱。
　　　　　　　　　　　ねが　　あたた

➡ ＿＿＿＿＿＿＿＿＿＿＿＿＿＿＿＿＿＿＿＿＿

3. 請聽音檔，並依下列中文用日語做發問練習。

❶ 這個還有庫存嗎？　　　❷ 能給我塑膠袋嗎？

❸ 請給我兩雙筷子。　　　❹ 請問這層樓有洗手間嗎？

❺ 對不起，請問壽司賣場在哪裡？

【超市】

❶ 精肉売場（せいにくうりば）（去骨、去皮的）肉類賣場

❷ 惣菜売場（そうざいうりば）（現成煮好的）熟食賣場

❸ ドリンク売場（うりば）飲料賣場

❹ 買物かご（かいもの）購物籃

❺ カート 購物車

❻ 試食コーナー（ししょく）試吃區

❼ インスタント食品（しょくひん）速食食品

❽ 真空パック食品（しんくう）（しょくひん）真空包裝食品

❾ 冷蔵商品（れいぞうしょうひん）冷藏商品

❿ 冷凍商品（れいとうしょうひん）冷凍商品

⓫ 缶詰め（かんづめ）罐頭

⓬ 弁当（べんとう）便當

⓭ エコバッグ 環保袋

⓮ バーコード 條碼

⓯ バーコードリーダー 條碼掃描器

【肉類及海鮮】

❶ 豚肉（ぶたにく）豬肉

❷ ポーク 豬肉

❸ ロース 里肌肉

❹ ハム 火腿

❺ ソーセージ 香腸

❻ 牛肉（ぎゅうにく）牛肉

❼ ビーフ 牛肉

❽ 神戸牛（こうべぎゅう）神戶牛

❾ 但馬牛（たじまぎゅう）但馬牛

❿ サーロイン 沙朗牛肉

⓫ ランプ 牛後腿肉

⓬ 羊肉（ようにく）羊肉

⓭ マトン 羊肉

⓮ ラム 羔羊肉、小羊肉

⓯ 鶏肉（とりにく）雞肉

⓰ チキン 雞肉

⑰ **鶏胸肉**（とりむねにく） 雞胸肉

⑱ **鶏手羽**（とりてば） 雞翅膀

⑲ **鶏もも**（とり） 雞腿

⑳ **卵**（たまご） 雞蛋

㉑ **馬肉**（ばにく） 馬肉

㉒ **桜肉**（さくらにく） 馬肉

㉓ **魚**（さかな） 魚

㉔ **サバ** 鯖魚

㉕ **サンマ** 秋刀魚

㉖ **サケ** 鮭魚

㉗ **マグロ** 黒鮪魚

㉘ **アワビ** 鮑魚

㉙ **エビ** 蝦子

㉚ **カニ** 螃蟹

㉛ **イカ** 花枝、魷魚、烏賊

㉜ **タコ** 章魚

㉝ **ハマグリ** 蛤蜊

㉞ **ウニ** 海膽

㉟ **ナマコ** 海參

【蔬果】

❶ **林檎**（りんご） 蘋果

❷ **梨**（なし） 梨子

❸ **桃**（もも） 桃子

❹ **枇杷**（びわ） 枇杷

❺ **葡萄**（ぶどう） 葡萄

❻ **サクランボ** 櫻桃

❼ **柿**（かき） 柿子

❽ **みかん** 橘子

❾ **キウイ** 奇異果

❿ **レモン** 檸檬

⓫ **柚子**（ゆず） 日本柚

⓬ **スイカ** 西瓜

⓭ **イチゴ** 草莓

⓮ **マンゴ** 芒果

⓯ **パパイヤ** 木瓜

⓰ **ヤシ** 椰子

⓱ **メロン** 哈蜜瓜

⓲ **グアバ** 芭樂

167

⑲ パイナップル 鳳梨

⑳ オレンジ 柳橙

㉑ アボカド 酪梨

㉒ バナナ 香蕉

㉓ ドリアン 榴槤

㉔ パッションフルーツ 百香果

㉕ ドラゴンフルーツ 火龍果

㉖ トマト 番茄

㉗ ニラ 韮菜

㉘ ネギ 蔥

㉙ 玉ねぎ 洋蔥

㉚ セロリ 芹菜

㉛ トウモロコシ 玉黍蜀

㉜ キャベツ 高麗菜

㉝ 小松菜 小松菜

㉞ キクラゲ 木耳

㉟ 紫蘇 紫蘇

㊱ レタス 萵苣

㊲ パセリ 荷蘭芹

㊳ サツマイモ 番薯

㊴ ワカメ 海帶芽

㊵ キノコ 蘑菇

㊶ シイタケ 香菇

㊷ エノキタケ 金針菇

㊸ ピーマン 青椒

【麵包】

❶ パン 麵包

❷ メロンパン 菠蘿麵包

❸ カンパーニュ 法國鄉村麵包

❹ テーブルロール 可頌麵包

❺ バゲット 法國大麵包

❻ クロワッサン 牛角麵包

❼ ドーナツ 甜甜圈

❽ ケーキ 蛋糕

❾ マフィン 杯子蛋糕、瑪芬

❿ シフォンケーキ 戚風蛋糕

⓫ 食パン 白吐司

⓬ サンドイッチ 三明治

⓭ プリン 布丁

⓮ シュークリーム 泡芙

⓯ マカロン 馬卡龍

⓰ クッキー 餅乾

⓱ ピザ 披薩

文化專欄－日本的百元商店

日本近年來興起的「100円ショップ（百元商店）」深深帶動了庶民經濟，連國外觀光客也趨之若鶩，像尋寶似的在百元商店尋找自己所需的生活用品。

▲日本的百元商店－Seria

顧名思義，店內商品都以一百日元為統一價販售，「百元商店」因而得名。商品內容五花八門，有加工食品、化妝品、餐具、文具等可說食衣住行所需的東西一應俱全。現今則以「Daiso ダイソー（大創）」、「Seria セリア」、「Can☆Do キャンドゥ（肯多）」、「Watts ワッツ」這四大巨頭為市場的主流，所有的百元商店共有 5,500 間的店面，營業額總額更高達一年 5,500 億元的營收（2012 年資料）。

百元商店的構想最初來自於美國的「（美元）10 分商店」。日本按著相同的想法，在 1926 年，銷售的老字號高島屋便設立了「なんでも10銭均一売場（10 錢均一賣場）」，剛開始時只是流動式「花車」型的促銷手法（盛行於 1960 年代）。直到 1980 年才開始有固定店面，第一家店面是於 1985 年 3 月由松林明先生設立於愛知縣春日井市，也是現在百元商店的大老闆大創產業之最初發跡的由來。之後接二連三有同業加入，唯一的共同信念是「薄利多銷」，不斷開發新的低價產品，佔領市場。在泡沫經濟及反通膨（物價不升反降）的時代背景中異軍突起，保有良好業績，令人刮目相看。

▲日本的百元商店－Daiso（大創）

現代日本新的百元商店在進入 2010 年後，經營方針開始改變，走向不經原本傳統通路進貨，而是四處自行尋求低價商品，維持百元的販售。在此之餘，並更加往提升品質的經營方向邁進，甚至自創品牌、自設工廠製造。其中許多企劃商品，可能只進一次貨，下次就不見蹤跡，於是好用的商品，消費者幾乎是用囤積的方式購買，深怕下次再也買不到的心理反而更大大促進了業績的成長。以前，日貨總給人高不可攀的印象，但現在百元商店的東西（雖然大部分不是日本製造），因其製作的巧思，品管的控制，以及令人驚豔的低廉價格，儼然也成為所有國民日常生活的支柱，下次去日本時，別忘了去逛逛百元商店吧！

169

在3C賣場　家電量販店で

藤原：

すみません、このノートパソコンとそれは、どこが違いますか。

店員：

これは新しい機種です。それは去年のモデル商品です。

藤原：

分かりました。保証期間はどのぐらいですか。

店員：

1,000円プラスすれば、五年間保証します。

藤原：

普通は一年間ですか。

店員：

はい、そうです。自宅までお送りできますよ。

藤原：

いつ届きますか。不良品だったら返品できますか。

店員：

はい、一週間以内にお届けします。不良品だった場合、一週間以内にレシートと一緒に持ってきてください。代金をお返しします。

藤原：

分かりました。ありがとうございました。

藤原：

對不起，這款筆電跟那款有什麼不一樣？

店員：

這款新的機種，那款是去年的明星商品。

藤原：

了解了。那請問保固期有多久呢？

店員：

加購一千日元的話，可以保固五年。

藤原：

一般是保固一年嗎？

店員：

是的。另外有免費宅配到府。

藤原：

什麼時候能送到？如果是瑕疵品的話，可以退貨嗎？

店員：

可以的，一週以內帶收據過來，就可以退款。

藤原：

我知道了，謝謝。

必學單字表現

ノートパソコン	筆記型電腦
違う	不同
機種	機型
去年	去年
モデル	受歡迎的
保障期間	保證期
普通	一般（而言）
自宅	自家
送る	寄達
届く	收到
不良品	瑕疵品
返品	退貨
レシート	收據
代金	貨款
返す	退回

會話重點

重點1 …間 之間

「間」前接時間、地點、處所或其他人、事、物的名詞，用來表示「之間」的意思。

その日は15分間ほど演説する予定です。
那一天預定要進行 15 分鐘左右的演說。

会社間の連絡が大切です。 公司之間的連繫是很重要的。

重點2 …ことができます
可以（做）…

「ことができます」裡的「できます」是動詞「可以、能」，而這個句型大意則是「你可以做…（某件事）嗎？」的意思。

例如：

料金を支払ったら、使うことができます。 付了錢之後，便可以使用。

納豆を食べることができますか。 你能夠吃納豆嗎？

與操作的能力優劣相關的基本表現

上手 擅長　　下手 笨拙

★ 上手い　手巧、技術好

★ 拙い　笨拙、笨手笨腳

★ 熟達してる　熟練

★ 衰えてる　（技術）生疏掉

★ ベテラン　老鳥、資深人員

★ 新米　新手、新人

171

日語授受動詞 的用法

> *日語的基本授受動詞有三個，如後：「①あげる→差し上げる（尊敬語）
> 給（他人）」、「②くれる→くださる（尊敬語）　給（我）」、「③もらう→いただく（謙讓語）　得到」。注意在理解成中文時，「給予」的動詞
> 有兩個，一個是「給別人時用的「あげる」，一個則是「別人給我時用的
> 「くれる」，千萬別搞混嘍！

例 ① 私は坪井さんにチケットをあげます。　　我幫坪井先生買票。（我買票給坪井）

② 坪井さんは私にチケットをくれます。　　坪井先生幫我買票。（坪井買票給我）

③ 私は坪井さんからチケットをもらいます。

坪井先生幫我買票。（我從坪井先生那裡得到票）

↳ 但請勿硬翻成「我從坪井先生那裡得到票」，此句意思與①相同。當主詞調換時，授受動詞也必須
改變。

> *上述的三個授受動詞，也可以接在「動詞て形」之後。「❶動詞て形＋あげ
> る」是一種給予動作的概念，中文大體上多翻成「幫（某人）做（某事）」，
> 因為中文裡沒有「動作授受」的概念，只能說一般須想成「我來幫你做…」、
> 「我替你做…」等即可。

例 Ⓐ 私は友達に日本語を教えてあげます。　　我教朋友日語。

Ⓑ 私は友達に日本語を教えます。　　我教朋友日語。

↳ ⒶⒷ這兩句在意思上並無不同，但是Ⓐ用了「動詞て形＋あげる」的句型，多了一層「我幫他做了
這件事」的涵義，後者只是單純敘述。

て＋あげる

＊「❷動詞て形＋くれる」是幫忙做一個動作給話者或是與話者有密切關係的人，一般多譯為「請幫我（做）…」的意思。尊敬語時一般會用「ください」。

例 タクシーを呼んでください。　　　　　　　　請幫我叫計程車。

＊「❸動詞て形＋もらう（いただく）」，此句型則是指從某人那得到一個動作，一般主詞是「私（我）」，但通常會被省略。在此句型中，助詞「に」是給予動作的對象（沒特別強調時，通常是指談話對象）。

例 電話番号を教えてもらいたいんですね。　　我想跟你要電話號碼。
　　お金を貸してもらいたいんですが。　　　　我想跟你借個錢。
　　田中さんにこの文章を読んでいただきました。　我請田中小姐幫我唸了這篇文章。

　「施」與「受」兩者關係即是授受動詞內容，請學習者務必弄清楚主詞是誰，選擇授受動詞時才不易出錯，否則就整個意思是相反的了。

試用期間

これのお試し期間はどのぐらいですか。
這個東西的試用期是多長？

一週間です。
試用期是一個禮拜。

すみません、お試し期間は、ございません。
對不起，不提供試用。

詢問顏色

何色がありますか。
請問有幾種顏色？

三色あります。
有三種顏色。

シルバーだけです。
只有銀色的。

其他款式

もっと速いのはありませんか。
請問有速度更快嗎？

いいえ、これが一番速いです。
沒有，這個是最快的了。

はい、あります。
有的。

問插頭

コンセントは海外でそのまま使えますか。
插頭在國外可以直接使用嗎？

はい、大丈夫です。
可以的。

いいえ、コンセントは別売です。
沒有，要另外購買轉接頭。

註「コンセント」一詞具有「插頭、插座、轉接頭」等多義，故在上方的短會話中，雖然日語都是「コンセント」，但是一般人日本人之間在談的可以是指「万能コンセント（萬能插頭）、変換コンセント（轉接插頭）」等。

單字

試し	嘗試	何色	幾種顏色	三色	三種顏色
シルバー	銀色	速い	快速的	コンセント	插頭、插座、轉接頭
そのまま	直接	使える	可以試用	別売	另外販售

短會話練習 B

要求打折

割引してもらえないでしょうか。
能不能打折呢？

では一割引をいたします。
那我打九折給您！

すみません、価格が決まっています。
對不起，價格是固定的。

付現交涉

現金払いだと安くなりますか。
付現的話可以算便宜一點嗎？

10 % OFFです。
可以打九折。

いいえ、同じ値段です。
沒有，還是一樣的價格。

限定商品

これは限定モデルですか。
這個是限定款嗎？

はい、しかも最新モデルです。
是的，而且是最新款的。

いいえ、そうではありません。
不，不是。

詢問免稅

この免税手続はどこでしますか。
可以在哪裡辦理這項商品的免稅手續呢？

一階の事務室です。
請在一樓的辦公室辦理。

すぐここでできますよ。
這裡馬上就可以幫你處理呦。

單字

割引 打折	一割引 （注意數字越小，折扣越少）九折	価格 價格
現金払い 付現	値段 價錢	同じ 相同的
限定モデル 限定款	最新モデル 最新款	

1. 請聽音檔，並依下列的提示完成所有的句子。

あげます	保証期間	くれます	レシート
てください	もらいます	ノートパソコン	てあげましょう

❶ この＿＿＿＿＿＿とそれはどこが違いますか。　這款筆電和那款有什麼不同。

❷ ＿＿＿＿＿＿はどのぐらいですか。　　　　　　保固期是多久？

❸ ＿＿＿＿＿＿と一緒に持ってきてください。　請把收據一起帶來。

❹ 私は坪井さんにプレゼントを＿＿＿＿＿＿。　我給坪井先生禮物。

❺ 坪井さんは私にプレゼントを＿＿＿＿＿＿。　坪井先生給我禮物。

❻ 私は坪井さんからプレゼントを＿＿＿＿＿＿。　坪井先生給我禮物。

❼ 手伝っ＿＿＿＿＿＿か。　　　　　　　　　讓我幫忙吧！

❽ お金を貸し＿＿＿＿＿＿。　　　　　　　　請借我錢！

2. 請將下列的句子重組（請適時自行加入日文標點符號）。

❶ の／ですか／これ／は／どのぐらい／お試し／期間

這個東西的試用期是多長？

➡ ＿＿＿＿＿＿＿＿＿＿＿＿＿＿＿＿＿＿＿＿

❷ が／か／あります／だけ／シルバー／何色／です

請問有幾種顏色？只有銀色的。

➡ ＿＿＿＿＿＿＿＿＿＿＿＿＿＿＿＿＿＿＿＿

❸ 海外／コンセント／か／ます／で／使え／そのまま／は

插頭在國外可以直接使用嗎？

➡ ＿＿＿＿＿＿＿＿＿＿＿＿＿＿＿＿＿＿＿＿

❹ か／だと／安く／現金払い／なります　　　付現的話可以算便宜一點嗎？

➡ ＿＿＿＿＿＿＿＿＿＿＿＿＿＿＿＿＿＿＿＿

🦉 3C商品相關的單字表現

【一般用語】

❶ 防水（ぼうすい）防水

❷ 省エネ型（しょう・がた）省能源型、省電型

❸ バッテリー 電池

❹ プラグ 插頭

❺ コンセント 插頭、插座、轉接頭

❻ 電線（でんせん）電線

❼ 変圧器（へんあつき）變壓器

❽ 充電器（じゅうでんき）充電器

❾ マニュアル 使用手冊

【燈具】

❶ 照明器具（しょうめいきぐ）燈具

❷ 電球（でんきゅう）電燈泡

❸ 蛍光灯（けいこうとう）燈管

❹ デスクライト 檯燈

❺ シャンデリア 豪華吊燈

❻ 誘蛾灯（ゆうがとう）捕蚊燈

【控溫家電】

❶ ヒーター 電暖爐

❷ ストーブ 暖爐

❸ エアコン 空調

❹ 室外機（しつがいき）室外機

❺ ドライヤー 吹風機

❻ 扇風機（せんぷうき）電風扇

❼ 除湿器（じょしつき）除濕機

❽ 加湿器（かしつき）加濕機

【清潔家電】

❶ 掃除機（そうじき）吸塵器

❷ ロボット掃除機（そうじき）掃地機器人

❸ 洗濯機（せんたくき）洗衣機

❹ 乾燥機（かんそうき）烘乾機

❺ 空気清浄機（くうきせいじょうき）空氣清淨機

【廚房家電】

❶ 炊飯器 （すいはんき） 電鍋

❷ コーヒーメーカー 咖啡機

❸ ジューサーミキサー 果汁機

❹ 電気魔法瓶 （でんきまほうびん） 電熱水瓶

❺ 電子レンジ （でんし） 微波爐

❻ 電磁調理器 （でんじちょうりき） 電磁爐

❼ ＩＨクッキングヒーター （アイエッチ） IH 電磁爐

❽ 換気扇 （かんきせん） 抽風機

❾ オーブン 烤箱

❿ トースター 烤麵包機

【娛樂家電】

❶ 液晶テレビ （えきしょう） 液晶電視

❷ リモコン 搖控器

❸ ＤＶＤプレイヤー （ディーブイディー） DVD 播放器

❹ デスクトップパソコン 桌上型電腦

❺ スピーカー 音響

❻ ミニコンポ 迷你音響

❼ スマートフォン 智慧型手機

❽ カメラ 相機

❾ デジタルカメラ 數位相機

❿ ゲーム機 （き） 遊戯機

加強表現

❶ プラグをコンセントに挿す （さ）
將插頭插入插座

❷ コンセントからプラグを抜く （ぬ）
從插座將插頭拔起

❸ プラグがコンセントに合わない （あ）
插頭跟插座不合

❹ 電源を入れる （でんげん） （い） 打開電源

❺ 電源を消す （でんげん） （け） 關閉電源

❻ ボリュームを上げる （あ） 調高音量

❼ ボリュームを下げる （さ） 降低音量

❽ バッテリーを取り換える （と） （か） 換電池

❾ 電球が切れる （でんきゅう） （き） 電燈泡燒焦了

文化專欄－日本的家電量販店

▲日本的 3C 賣場

　　日本的「家電量販店」，指的是販賣除了電視、冰箱、電腦、音響等一般生活常用的電器產品之外，連手機、各種電器的周邊配備等小物件也琳瑯滿目的家電賣場。

　　東京秋葉原及大阪日本橋附近的電器街，是日本家電產品銷售據點的發祥地。以這兩地為中心，販售據點開始向外擴張，到了 1980 年代後期在東京的新宿、池袋車站附近開始出現了「照相機量販店」，而這種量販店到了 1990 年代後期更取代了電器街成為大型綜合電器產品的主流量販據點。由於這些店面擁有更多展示空間，且租金便宜、停車方便，加上邊際效應高（其他商店聚集而來），無形之中以量販店為中心構成巨大商城型態，尤其現在是 3C 時代，幾乎無人不接觸科技產品，因此市井小民自然常在休閒時前往量販店朝聖一番。

　　目前此業界的龍頭是「ヤマダ電機（山田電機）」，他們的交涉能力極強，可以批發到相當便宜的價格，完全走薄利多銷的路線（與百元商店有異曲同工之妙），而原本在日本的市場位居首位的「ベスト電器（BEST 電器）」，也受到山田電機的合併，成為其旗下子公司的一員。其他如「コジマ電気（小島電器）」也被國人旅日時常光顧的「ビックカメラ（Big Camera）」吸收成為子公司。在日本，風水常常會輪流轉，從電子業界的迅速迭興中便顯而易見。

在美髮沙龍 ヘアサロンで

ヘアスタイリスト：

　どんなヘアスタイルになさいますか。

佐藤：

　ちょっとパーマをあてたいんですが。

ヘアスタイリスト：

　カラーをしてみませんか。

佐藤：

　どんな色が私に似合うと思いますか。

ヘアスタイリスト：

　そうですね！ここにサンプルがあります。

佐藤：

　茶色系のほうがいいかもしれませんね。

ヘアスタイリスト：

　部分的に染めてもいいと思いますが。

佐藤：

　パーマはどんなスタイルのほうがいいと思いますか。

ヘアスタイリスト：

　ナチュラルパーマがおすすめです。

佐藤：

　では、ナチュラルパーマと部分的にカラーをお願いします。

ヘアスタイリスト：

　かしこまりました。まずシャンプーをしましょう。

美髮師：

　今天想要弄什麼樣的髮型呢？

佐藤：

　我想燙個頭髮試試看。

美髮師：

　要不要染染看頭髮嗎？

佐藤：

　你覺得我適合什麼顏色？

美髮師：

　這個嘛，這裡有髮色卡可以參考。

佐藤：

　也許棕色系不錯。

美髮師：

　不必全染，可以做一部分挑染也不錯。

佐藤：

　你覺得我燙什麼髮型好呢？

美髮師：

　我建議彈性燙。

佐藤：

　那就麻煩你幫我做彈性燙跟挑染。

美髮師：

　好的，那我們就先洗頭吧！

必學單字表現

ヘアスタイル	髮型
なさる	（する的尊敬語）做
パーマ	燙髮
カラー	染髮
してみる	做看看
似合う	適合
思う	覺得、想
サンプル	髮色卡
茶色系	棕色系
部分的	部分（挑染）
染める	染
スタイル	型
ナチュラルパーマ	自然彈性燙
シャンプー	洗髮
かもしれません	也許

會話重點

重點1 …と思います　我想（認為）…

「…と思います」是「我想（認為）…」的意思（通常主詞是「我」或「你」時，會被省略）。「と」是助詞，指示內容，類似引號的作用，提示「想」的內容，基本上用常體句子來接續。

将来先生になりたいと思います。
以後我想當老師。

明日は映画に行きたいと思います。
明天我想去看電影。

重點2 …かもしれません　也許…

「…かもしれません」是「也許…」的意思。用於表達有可能是前述的樣子，但不肯定。常體時是「…かもしれない」。

明日、先生が来ないかもしれません。
也許明天老師不會來。

そんな経験があるかもしれません。
也許有那樣的經驗。

上述兩個重點，由於日本人的表達往往比較含蓄，不會把話說死，所以即便在中文裡很肯定的事，日語的交談也常會加上這兩個句型強調是話者自己的想法或臆測。

與姿容相關的基本表現

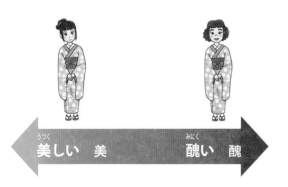

美しい　美　　醜い　醜

★ きれい　漂亮

★ 麗しい　（外形、精神的）美麗

★ 淑やか　高雅

★ 不細工　（面貌）難看

★ 地味　俗氣

★ 大まか　大剌剌的

…てもいい 的用法

＊「動詞て型＋てもいい」是指「可以…」，可以做某個動作的意思。敬體表現時加上「です」。

例 そのジュースを飲んでもいいです。　　可以喝那個飲料。

彼女に教えてもいいです。　　跟她講也沒有關係。

＊此外再加上「か」時，就變成了請求允許的句型表現，即向對方徵求同意，「可以…嗎？」

この本を借りてもいいですか。　　這本書可以借嗎？

部屋に入ってもいいですか。　　可以進去房間嗎？

タバコを吸ってもいいですか。　　可以抽菸嗎？

＊針對以上句型構成的問題句，如果要回覆「不可以…」的時候，則可用「…てはいけません」的句型。

部屋に入ってはいけません。　　不可以進入房間。

ここで寝てはいけません。　　不可以在這裡睡覺。

タバコを吸ってはいけません。　　不可以抽菸。

🦉 短會話練習 A

洗髮服務

> シャンプーをなさいますか。
> 你要洗頭嗎？

> はい、お願いします。
> 是的。

> はい、シャンプーとブローで
> お願いします。
> 是，洗頭加吹整。

等候時間

> あとどれぐらいかかりそうで
> すか。
> 還要多久呢？

> 今日はお客様が多くて、あと
> 一時間ぐらいです。
> 今天客人比較多，大概還要等一
> 個小時。

瀏海處理方式

> 前髪はどうしますか。
> 請問瀏海要怎麼處理呢？

> 下ろしたいです。
> 我想放下來。

> 眉毛が隠れるくらいにしてく
> ださい。
> 讓它差不多蓋住眉毛。

詢問預約

> 予約が必要ですか。
> 請問需要預約嗎？

> はい、必要です。
> 是的。

> いいえ、大丈夫です。
> 不用。

單字

單語	中文	單語	中文	單語	中文
ブロー	吹整	お客さま	客人	前髪	瀏海
下ろす	（頭髮）放下來	眉毛	眉毛	隠れる	蓋住

詢問剪髮

カットをお願いします。
我要剪頭髮。

全体的に二センチくらい切っていいですか。
全部都剪兩公分可以嗎？

かしこまりました。
我知道了。

任憑處置

あとはお任せします。
其他的你看著辦就行了。

はい、任せてください。
好的，那交給我就好。

えっ、本当にいいんですか。
真的這樣子沒關係嗎？

要求護髮

トリートメントをお願いします。
我要護髮。

予算はおいくらですか。
妳預算做多少錢的？

了解しました。
明白。

自備染髮劑

持参したヘアカラーを使ってほしいですが…
我有帶染髮劑來。

はい、施術料は2,000円です。
染髮（工本）費 2,000 日元。

五割引きさせていただきます。
那麼（染髮）有打五折。

單字

カット 剪髮	全体的 全部	センチ 公分
任せる 交給	本当 真的	トリートメント 護髮
予算 預算	持参 攜帶、帶來	ヘアカラー 染髮劑
施術料 工本費	割引 折扣	

會話練習

1. 請聽 MP3，並依下列的提示完成所有的句子。

サンプル　　ヘアスタイル　　ナチュラルパーマ　　似合う（にあ）　　部分的（ぶぶんてき）

① どんな＿＿＿＿＿＿になさいますか。　　　今天想要弄什麼樣的髮型呢？

② どんな色（いろ）が私（わたし）に＿＿＿＿＿＿と思（おも）いますか。　　你覺得我適合什麼顏色。

③ ここに＿＿＿＿＿＿があります。　　這裡有髮色卡（樣本）可以參考。

④ ＿＿＿＿＿＿に染（そ）めてもいいと思（おも）います。　　可以做一部分挑染也不錯。

⑤ ＿＿＿＿＿＿がおすすめです。　　我建議彈性燙。

2. 請聽 MP3，並做下列會話的回答練習。

① これを食（た）べてもいいですか。　　可以吃這個嗎？

➡ ＿＿＿＿＿＿＿＿＿＿＿＿＿＿＿＿＿（肯定式）

② テレビを見（み）てもいいですか。　　可以看電視嗎？

➡ ＿＿＿＿＿＿＿＿＿＿＿＿＿＿＿＿＿（肯定式）

③ お金（かね）を借（か）りてもいいですか。　　可以借（我）錢嗎？

➡ ＿＿＿＿＿＿＿＿＿＿＿＿＿＿＿＿＿（否定式）

④ ジュースを飲（の）んでいいですか。　　可以喝果汁嗎？

➡ ＿＿＿＿＿＿＿＿＿＿＿＿＿＿＿＿＿（肯定式）

⑤ タバコを吸（す）ってもいいですか。　　可以抽菸嗎？

➡ ＿＿＿＿＿＿＿＿＿＿＿＿＿＿＿＿＿（否定式）

3. 請將下列的句子重組（請適時自行加入日文標點符號）。

① を／なさい／シャンプー／か／ます　　　你要洗頭嗎？

➡ ＿＿＿＿＿＿＿＿＿＿＿＿＿＿＿＿＿

❷ 多くて／です／あと／が／一時間／お客様／ぐらい

今天客人比較多，大概還要等一個小時。

➡ _____

❸ 下ろしたい／前髪／です／は   我想把瀏海放下來。

➡ _____

❹ か／二／いい／に／全体的／センチ／切って／です／くらい

全部都剪兩公分可以嗎？

➡ _____

❺ ください／は／任せて／あと   其他的請交給我辦。

➡ _____

❻ 2,000円／です／は／施術料   染髮（工本）費 2,000 日元。

➡ _____

美容院相關的單字表現

【一般用語】

❶ 床屋 理髮廳

❷ フケ 頭皮屑

❸ 枝毛 分岔

❹ 睫毛 睫毛

❺ 頰髯 鬢角

❻ くせ毛 髮尾

❼ 三つ編み 打辮子

❽ つるつる 滑順、柔順

❾ 縮毛矯正 平板燙

❿ ヘアアレンジ 造型做髮

⓫ エアーウェーブ 燙捲

⓬ ベーシックパーマ 彈性燙

⑬ ハイライト 重點染

⑭ 前髪カット 剪瀏海

⑮ セット 設計

⑯ ストレート 燙直

⑰ パーマ 燙髪

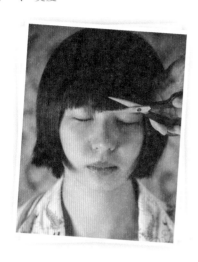

【髪色、髪型】

❶ 髪型 髪型

❷ 金髪 金髪

❸ 黒髪 黑髪

❹ 白髪、白髪 白髪

❺ ロングヘア 長髪

❻ ショートヘア 短髪

❼ ポニーテール 馬尾

❽ ボブヘア 鮑伯頭

❾ トランクスヘア 中分頭

❿ スキンヘッド 光頭

⓫ 丸刈り 平頭

⓬ アフロヘアー 爆炸頭

【護髪用具】

❶ パーマロッド 髪捲

❷ ドライヤー 吹風機

❸ はさみ 剪刀

❹ 櫛 梳子

❺ 鏡 鏡子

❻ タオル 毛巾

❼ ヘアカール 直髪器

❽ ヘアアイロン 電棒捲

❾ ヘアピン 髪夾

❿ ヘアクリップ 鯊魚夾

⓫ ヘアジェル 髪膠

⓬ ヘアスプレー 噴霧定型液

⓭ ヘアワックス 髪臘

⓮ ヘアムース 髪慕斯

⓯ シャンプー 洗髪精

⓰ ヘアコンディショナー 潤髪乳

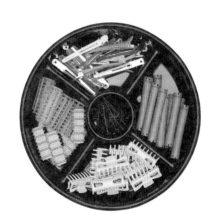

【美甲用語】

❶ ネイルサロン 美甲沙龍

❷ ネイルケア 美甲護理

❸ ハンドネイル 手指甲著色

❹ フットネイル 腳趾甲著色

❺ ハンドジェルネイル 水晶指甲

❻ ネイルアート 藝術指甲、指甲彩繪

❼ ハンドケア 護甲

❽ メンズネイル 男士修甲

❾ フットジェルネイル 腳趾水晶甲

❿ 爪切り 指甲刀

⓫ 爪やすり 修指甲刀

⓬ 除光液 去光水

加強表現

❶ 髪の毛がパサパサです 頭髮毛燥
❷ 白髪は根元から生えてくる
　髮根處長出了白髮
❸ シャンプー台に横になってください
　請躺到洗髮椅上面去

❹ ハゲる 變成禿頭、變禿
❺ 赤髪に染める 染紅髮
❻ 着付けを頼む 請求幫忙穿和服

文化專欄－日本的美容

　　回首三、四十年前的台灣美容院，牆壁上隨處可見貼著「松田聖子、山口百惠」等日本女星美照的海報，在當時那些是一種髮型時尚的代表。時至今日，雖然台灣的美容美髮業裡已見不著她們的蹤影，但是日式的美髮時尚對台灣仍然影響甚深，各髮廊多仍參考日本的髮型雜誌、標榜使用日本藥水等，日本的流行仍然在台灣美髮界裡屹立不搖。而實際上美髮、美容在日本的現況是如何呢？

　　日語中的「美容院」、「美容室」的詞，嚴格說來是指「美髮院（美髮沙龍）」，日本的美容產業高達一年 5 兆日元的規模（約台幣 1.8 兆）的產值，其中 2 兆元是來自護膚沙龍、化妝品的銷售等，數字每年仍持續上升中。全國的美容院有 24 萬間左右，共 50 萬人投入這個產業工作，如果再加上相關行業：理髮廳、護膚中心、除毛沙龍、美甲、瘦身等的

話，將近上百萬人口投身這項產業之中，知名化妝品的品牌資生堂公司，在日本的美容部職員便高達了一萬人之多，可見日本投入比頂上功夫及表皮功夫的產業之鉅。無怪乎走在東京街頭，四處可以看到許多整體搭配從頭到腳至配件首飾，高雅有品味又不庸俗，造型時尚又別具特色的日本女性，而這一切都要歸功於具有強調「人工雕琢美」的日本社會，她們從小在這個的世界中成長，自己也培養出美感的常識與感性。

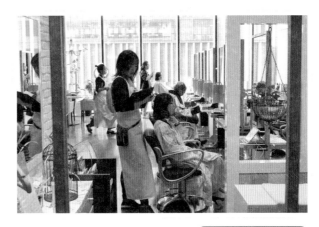
▲日本的美髮沙龍

　　但是日本美容院的收費究竟貴不貴呢？基本上在日本，上美容院一定是要剪、燙、染、護，做一些大消費才會特地去跑這一趟，燙髮從 6,000 日元～20,000 日元（約 1,500 台幣～6,000 台幣）都有，也有很走廉價路線的學生剪髮專門店，通常是 1,000 日元（300 台幣）左右可以搞定，便宜的店仕女們趨之若鶩，通常沒有預約排不進去；另外，在高檔的美容院裡，除了擁有便宜店家的服務之外，也許可以指定自己喜歡的美容師，也有機會享受長時間的專人服務，但羊毛終究出在羊身上，消費金額自然較高，消費範圍可說高低差距甚大。但日本的美容院雖然服務極佳，但上美容院這件事還是在台灣的女性略勝一籌。因為台灣女性可以動不動就去美容院洗個頭，花個一、兩百元享受一下他人服務的樂趣，這點絕對是台灣女性比較幸運的地方，在日本，價錢面可能就需要先好好地考量一下。但日本美容院還是有一強項之處，就是其技術材料多是日本當地製造，品質佳，可以安心使用。

▲日本美容院的穿和服服務

　　因生活文化之故，日本美容院有一項稱為「着付け」的服務是台灣所沒有的，也就是幫日本女性穿著和服（附加髮型整理）。因為真正的日本和服穿著是一件很費力的事，說實在一個人自己也很難達到，故當要出席重要場合需要正式著裝時，就會預約附近的美容院請求穿和服的服務，此時美容師就會客人從頭到腳，美輪美奐的打理一番。

在健身房 スポーツジムで

王：
落合さん、珍しいですね。トレーニングに来るなんて。

落合：
あ、王さん、こんにちは。いいえ、私はダイエットのためですよ。

王：
そうですか、パーソナルプログラムに入っていますか。

落合：
個人トレーナーをつけているんですか。いいえ、高いから。王さんはよく何を利用しますか。

王：
ここにある設備を利用するだけです。エアロバイクが一番好きです。

落合：
私はストレッチのあと、よくプールに行きます。

王：
へえー、水泳がお上手なんですか。知らなかったです。

落合：
いえいえ、まだまだです。

王：
落合小姐，真難得耶！會在健身房看到妳。

落合：
啊！王先生，你好。沒有啦，我是來減肥的。

王：
是喔，妳有沒有加入個人教學課程？

落合：
你是說那個有個人健康教練指導的方案嗎？沒有，那個太貴了。王先生你都做什麼訓練？

王：
我只是利用這裡的設備而已，我最愛騎健身腳踏車。

落合：
我大概做一下伸展操後，就常去泳池那游泳。

王：
是喔，我都不知道妳游泳那麼強。

落合：
沒有啦，游得不好，還差得遠呢！

必學單字表現

 會話重點

珍しい	稀奇、難得
トレーニング	訓練
ダイエット	減重、塑身
個人	個人
作る	作、製作
パーソナルプログラム	個人量身打造的課程
入る	加入
提案	提議
利用	利用、使用
設備	設備
エアロバイク	飛輪健身車
ストレッチ	伸展
プール	泳池
水泳	游泳
まだまだ	還早得很

重點1 …なんて 居然…

「なんて」是一個口語表現，表示對前述的內容感到意外吃驚或感慨。

朝11時まで寝たなんて、信じられないです。 居然能睡到早上11點，真令人難以置信。

夜にその辺りへ一人で行ったなんて、いい度胸だね。

晚上了居然敢一個人朝著那一帶去，真是勇氣可嘉。

重點2 いえいえ 不不…

此用法依後述內容，能表達出他人感謝、過獎時對該內容的謙遜回應。意思雖與「いいえ」相似，但「いいえ」表達出來的否定更加明確（說不就是不）。

いえいえ、社長のおかげです。
不不…，這是託社長的福。

いえいえ、そんなことはありません。
不不…，沒有這樣的事。

但若後接的內容是否定形時，請注意不要用在職場上，因為這樣依情況在聽話者的耳裡，可能會讓對方感覺到你很失禮。

 與強度、耐性相關的基本表現

強い 強	弱い 弱
★ 忍耐力が強い 耐力強	

楽 輕鬆	辛い 辛苦
★ 忍耐力が弱い 耐力弱	

文法焦點

から 的用法

> *「から」的用途廣泛。首先是表示出發點，即「從⋯」的意思。

(例) 明日から休みです。　　　　　　　　　明天起放假。

> *「から」與「まで」可構成一個非常常用的句型，表示出發點及目的地，即「從⋯到⋯（表示範圍）」的意思。

(例) 福岡から鹿児島まで、どのぐらいかかりますか。　　從台北到高雄要多久時間？

> *用於表示原因及理由。接續名詞時會變成「だから（敬體為ですから）」。

(例) 風邪だから学校を休みます。　　　　因為感冒的關係，向學校請假了。

> *可表示製作的原料，通常用於成品製造出來之後與原料差別很大的情況。

(例) 酒は米から作ります。　　　酒是用米釀製的。　　變成酒後，看不到米了。

> *可構成「からといって」的構型，用於表示原因及理由，後面常接一些程度誇大、或是發生了也無可奈何的內容。

(例) 寒いからといって登校しないのはだめでしょう。　　不能說是因為冷就不上學了。

> *「動詞て型＋から」為具有「必須性」，表示做完某個動作之後，再作下一個動作。此用法亦可以參考第13課的文法焦點。

(例) 勉強してから遊びます。　　　　讀完書後再玩。

👀 短會話練習 A

詢問費用

料金プランについて教えてもらいたいんですが。
我想詢問有關課程費用的問題。

月会費プランと都度利用プランがあります。
有月會費及每次使用費用兩種方案。

当店は回数券制度です。
我們是購買回數券的方式。

詢問月費

月会費プランはいくらですか。
月費怎麼算？

月二回まで3,000円です。
一個月兩次 3,000 日元。

フリーは10,000円です。
無限制的方案是一個月一萬日元。

詢問方案

都度利用プランはいくらですか。
單次的方案是多少錢呢？

一回2,000円です。
一次是 2,000 日元。

当店は会員制です。入会費は5,000円です。
我們是採會員制，入會費 5,000 日元。

如何入會

入会方法を教えてください。
要怎麼入會？

インターネットから申込んでください。
請從網站上申請。

ご本人確認書類を持ってきてください。
請攜帶身分證明文件過來。

單字

料金プラン　課程費用	月会費　月費	都度利用　按次算
当店　本店	回数券　回數票	フリー　無限制
会員制　會員制	入会費　入會費	入会方法　入會方法
込み　申請		

193

詢問參觀

施設見学ができますか。
可以參觀一下環境設備嗎？

朝九時から十二時までです。
可以，早上 9 點到 12 點開放參觀。

いいえ、できません。
對不起，不方便參觀。

詢問一對一教學

マンツーマンで教えてほしいですが。
我想要申請一對一的課程。

はい、月二回で10,000円です。
好的，一個月兩次，費用是一萬日元。

トレーナーによって価格が異なっています。
因健身教練的不同，費用也不一樣。

詢問健身

かっこよく筋肉をつけたいんです。どのプログラムがおすすめですか。
我想鍛練結實的肌肉，有什麼適當的課程可以介紹嗎？

はい、パーソナルプログラムです。
有的，有個人課程。

はい、マンツーマンプログラムです。
有的，有一對一的課程。

詢問瘦身

ダイエットのためのプログラムはありますか。
有減重的課程嗎？

はい、短期集中型のプログラムがあります。
有的，有短期集中型的課程。

基礎代謝をアップさせるプログラムがあります。
有提升基礎代謝的課程。

單字

施設 設備	見学 參觀	マンツーマン 一對一（教學）
トレーナー 健身教練	異なる 不同	かっこいい 很酷、很帥
筋肉 肌肉	つける 練成（肌肉）	プログラム 課程

會話練習

1. 請聽音檔，並依下列的提示完成所有的句子。

エアロバイク　　　パーソナルプログラム　　　トレーニング

ストレッチ　　　　ダイエット　　　　珍<ruby>めずら</ruby>しい

① ＿＿＿＿＿＿＿＿ですね。＿＿＿＿＿＿＿＿に来<ruby>き</ruby>たんですか。　　真難得耶！妳也來健身嗎？

② 私<ruby>わたし</ruby>は＿＿＿＿＿＿＿＿のためですよ。　　　　　　　　　　我是來減肥的。

③ ＿＿＿＿＿＿＿＿に入<ruby>はい</ruby>っていますか。　　　　　　　　有沒有加入個人教學課程？

④ 私<ruby>わたし</ruby>は＿＿＿＿＿＿＿＿が一番<ruby>いちばん</ruby>好<ruby>す</ruby>きです。　　　　　　我最愛騎健身腳踏車。

⑤ ＿＿＿＿＿＿＿＿のあと、よくプールへ行<ruby>い</ruby>きます。　　伸展完後，常去泳池那游泳。

2. 請聽音檔，並依下列中文用日語作發問練習。

① 月費是多少錢呢？

② 單次的方案是多少錢呢？

③ 要怎麼入會？

④ 請問可以參觀嗎？

⑤ 我想要申請一對一的課程。

3. 請將下列的句子重組。

① ため／あります／の／の／ダイエット／プログラム／は／か

有減重的課程嗎？

➡ ＿＿＿＿＿＿＿＿＿＿＿＿＿＿＿＿＿＿＿＿＿＿＿＿＿＿＿

② を／かっこよく／です／筋肉<ruby>きんにく</ruby>／つけたい　　　　　　我想鍛練結實的肌肉。

➡ ＿＿＿＿＿＿＿＿＿＿＿＿＿＿＿＿＿＿＿＿＿＿＿＿＿＿＿

③ ご本人<ruby>ほんにん</ruby>／きてください／持<ruby>も</ruby>って／を／書類<ruby>しょるい</ruby>／確認<ruby>かくにん</ruby>　　請攜帶身分證明文件過來。

➡ ＿＿＿＿＿＿＿＿＿＿＿＿＿＿＿＿＿＿＿＿＿＿＿＿＿＿＿

健身房的相關單字表現

【健身房運動】

❶ 腹筋運動（ふっきんうんどう）仰臥起坐

❷ 腕立て伏せ（うでたふ）伏地挺身

❸ ボクシング 拳擊

❹ 縄跳び（なわと）跳繩

❺ 重量挙げ（じゅうりょうあ）舉重

❻ ヨガ 瑜珈

❼ ピラティス 彼拉提斯

❽ スクワット 深蹲

❾ エアロビクス 有氧運動

❿ 水泳（すいえい）游泳

【健身器材與設備】

❶ バランスボール 平衡球

❷ ダンベル 啞鈴

❸ トレッドミル 跑步機

❹ ランニングマシン 跑步機

❺ ジョギングマシン 跑步機

❻ ルームランナー 室內跑步機

❼ クロストレーナー 交叉滑步訓練機

❽ ステアクライマー 有氧運動機

❾ エアロバイク 健身用腳踏車

❿ アブドミナル 肩部推舉機

⓫ アブクランチ 腹肌訓練椅

⓬ ロウアーバック 背部拉力訓練機

⓭ チェストプレス 胸部推舉機

⓮ ラットプルダウン 廣背肌訓練機

⓯ シャワールーム 淋浴間

⓰ サウナ 三溫暖房

⓱ スタジオ 韻律教室、舞蹈教室

加強表現

❶ お腹周りを引き締める（なかまわ・ひし）緊縮腹部

❷ お通じを改善する効果がある（つう・かいぜん・こうか）
改善排泄機能

❸ 腰痛の改善に効く（ようつう・かいぜん・き）有效改善腰痛

❹ ウォーミングアップをする
做熱身運動

❺ 筋肉を鍛える（きんにく・きた）鍛錬肌肉

❻ 美しいボディラインを手に入れる（うつく・てい）
打造美好曲線

文化專欄－日本的武道

　　在日本，中學以上學校的體育課跟台灣一樣，有各種球類、田徑方向的課程項目。不同的是，在這些課程項目裡，更有日本傳統武藝－「武道」的訓練課程。

　　「武道」一詞源自於「武士道」，其本質與其說是訓練運動技能，不如說是一種修身養性。在日本的「武道」的種類繁多，如：「柔道、空手道、合気道、剣道、相撲、弓道」等，這些武術都是講求心技如一，始乎禮、止乎禮，目的在磨練人格、鍛鍊心志、提高道德、尊重禮節，形成日本一種特殊的運動文化。

▲柔道

▲空手道

▲合氣道

▲劍道

▲相撲

▲弓道

　　西元 2000 年代之後，這些武術已經歸屬於日本文部科學省運動廳管轄，行政上隸屬於運動分類。自 2012 年起，日本中學體育課裡，男女生都要有必修武道及舞蹈，原則上必須從柔道、劍道、相撲中三選一修習，也有一些學校開放更多武道科目供學生選課。

　　在日本的關東地區，千葉縣有一座「香取神宮」，裡面供奉的主祭神「経津主神」為武道之神；另外在茨城縣的「鹿島神宮」也一樣是武術的神宮，裡頭的「タケミカヅチノオオカミ（鹿島大明神）」也一樣司掌武藝，這些都是歷史悠久，信徒絡繹不絕的神社。

▲千葉縣的香取神宮

在郵局　郵便局で

藤原：

これをＥＭＳで台湾まで送りたいんですが。

郵便局員：

はい、台湾宛ですと、5,000円ですね！

藤原：

もうちょっと安いのはありませんか。

郵便局員：

それでしたら、船便とＳＡＬ便があります。時間がかかりますけど。

藤原：

どのぐらいかかりますか。

郵便局員：

船便だと一ヶ月ぐらいで、ＳＡＬ便は一週間です。

藤原：

ＳＡＬ便というのは何ですか。

郵便局員：

それも航空便の一つですが、ＥＭＳより届くのが遅いです。ＥＭＳは外国に早く届く郵便サービスというものです。

藤原：

ＳＡＬ便だと来月着きますか。

郵便局員：

はい、着きますよ。

藤原：

這個郵件我想用國際快捷寄到台灣。

郵務員：

好的，到台灣是嗎？郵資是 5,000 日元。

藤原：

請問有再便宜一點的寄件方式嗎？

郵務員：

這樣的話，還有船運或陸空聯運，但是會比較花時間一點。

藤原：

請問大概要多久呢？

郵務員：

船運的話大概一個月，陸空聯運的話要一個禮拜。

藤原：

請問什麼是陸空聯運呢？

郵務員：

陸空聯運也是空運的一種，但是它會比國際快捷慢一點。國際快捷就是能快速寄外國郵件的郵政服務。

藤原：

陸空聯運的話，下個月到得了嗎？

郵務員：

可以，時間上會到。

必學單字表現

EMS （イーエムエス）	國際快捷（EMS）
送る （おく）	寄（送）
宛 （あて）	寄往、寄到
船便 （ふなびん）	船運
SAL便 （サルびん）	陸空聯運（SAL）
より	比…
遅い （おそ）	慢
サービス	服務
着く （つ）	到達

與物體外觀相關的表現

おお **大きい**　大　　ちい **小さい**　小

おも **重い**　重　　かる **軽い**　輕

あつ **厚い**　厚　　うす **薄い**　薄

會話重點

重點1　…だと（＝ですと）　要是…的話

「…だと」前接名詞，是「要是…的話」的意思。因是一種假設語氣，後面不可接「…てください」（表示請求）及「たい」（表示欲望）的句型。

あした ま あ
明日だと間に合わないかもしれません。
如果是明天的話，可能趕不上。

あんしん と
そのホテルだと安心して泊まれますよ。
如果是那間飯店的話，可以放心住。

重點2　…も　…也

「…も」表示前接的是某項相同的事物，即「也」的意思。亦有表示前述舉列事物讓說話者很驚訝的意思。

わたし ほん
それも私の本です。　那本也是我的書。

か し す
お菓子も好きですよ。
我也喜歡吃日式點心喲！

に かげつ やす と
二ヶ月も休みが取れました。
（驚訝）居然請了兩個月的休假！

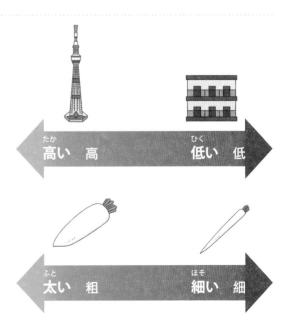

たか **高い**　高　　ひく **低い**　低

ふと **太い**　粗　　ほそ **細い**　細

というものです 的用法

> ＊「というものです」這個文法中若拆解開來，「という」可以說是「可謂是」，而「もの」指的是一種道理。意思這個句型在本課的意思中為表示前述事物並非只有自己這樣想，而是一般大眾都認知的一種常理，即「就是…、自然是…」的意思。常體的表現是「というものだ」。

例 しっかり勉強してちゃんと将来を考えることです。それが大学生というものです。

好好的念書並思考未來。大學生就應該是這樣子。

恋人と一緒に笑ったり、たまに拗ねたりするのが、幸せというものです。

跟情人一起開心地笑，偶爾鬧鬧脾氣，這就是一種幸福。

玉ねぎを刻むときに涙が出るのは、当たり前というものです。

切洋蔥的時候當然會流淚了！

> ＊此一文法的否定形為「というものではないです」。常體的表現是「というものではない」。

例 郵便を送るときに銀行に行くというものではないです。

寄郵件的時候，自然不是去銀行了。

主婦がいつも家事をするというものではないです。

家庭主婦自然不是只做家事。

これはイノシシの足跡としては大きすぎます。だから、イノシシの足跡というものではないです。

這個也太大了，自然不是野豬的腳印。

一方的に愛を捧げるのは恋愛というものではないと思います。

我認為只有單方面作出奉獻的愛，自然不能稱之為是戀愛。

短會話練習 A

抽號碼牌

すみません、整理券はどこで
もらいますか。
對不起，請問在哪裡抽號碼牌？

あそこの機械から。
請從那邊的機器抽。

整理券は要りませんよ。
不用抽號碼牌。

郵資詢問

すみません、台湾まで葉書を
送るには、いくらの切手を貼
ればいいですか。
不好意思，我要寄明信片到台灣
去，請問要貼多少錢的郵票？

世界中どこでも100円です。
寄全世界都是 100 日元。

はがきだと８0円です。
寄明信片是80日元。

寄掛號信

すみません、これを台湾まで
書留で送りたいんですが。
不好意思，這個我想用掛號寄到
台灣。

中身は何ですか。
請問裡面是什麼東西？

普通便ですか。速達便です
か。
你想要寄普掛？還是限掛？

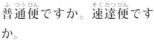

營業時間

すみません、窓口は何時まで
開いていますか。
對不起，請問窗口的業務辦理開
放到幾點？

郵便窓口は夜六時までです。
郵務窗口開到晚上六點。

貯金窓口は午後四時までで
す。
儲匯窗口開到下午四點。

單字

整理券 號碼牌	機械 機器	要る 需要
ポストカード 明信片	切手 郵票	貼る 貼
世界中 世界中	どこでも 哪裡	はがき 明信片
書留 掛號	中身 內容物	普通便 一般郵件
速達便 限時郵件	窓口 窗口	貯金 儲蓄

確認內容物品

_{なか} _{なに} _{はい}
中には何が入っていますか。
請問裡面裝了什麼？

_{ほん} _{くすり}
本と薬です。
書和藥品。

_{き けんぶつ} _{はい}
危険物は入っていません。
裡面沒有危險物品。

購買郵票

_{ひゃくえん} _{きって}
すみません、100円の切手を
_{さんまい} _{ごじゅうえん} _{きって} _{にまい}
三枚、50円の切手を二枚く
ださい。
對不起，我要買三張 100 日元及
兩張 50 日元的郵票。

_{ごうけいよんひゃくえん}
合計400円です。
總計 400 日元。

_{い じょう}
以上でよろしいですか。
這樣就好了嗎？

最晚寄出時間

_{あ さって} _{とど}
明後日までに届けたいんです
_だ _{ま あ}
が、いつまでに出せば間に合
うでしょうか。
我想請問若要後天寄到，最晚要
多久以前寄出才行？

_{ご ご さん じ}
午後三時までです。
下午三點以前必須寄出。

_{そくたつ} _{ま あ}
速達にしないと間に合いませ
ん。
這樣要用限時郵件才來得及。

要求重新寄送

_{とうじつ} _{さいはいたつ}
すみません、当日の再配達を
_{ねが}
お願いします。
對不起，方便請求當日再次投遞
嗎？

_{う つ} _{しゅうりょう}
受け付けは終了しました。
申請已經截止了。

_{りょうかい}
了解しました。
我明白了。

_{なか}中 裡面	_{ほん}本 書	_{くすり}薬 藥品
_{き けんぶつ}危険物 危險物品	_{こうけい}合計 總共	_{い じょう}以上 以上
_{そくたつ}速達 限時專送	_{とうじつ}当日 當天	_{さいはいたつ}再配達 再次投遞
_{う つ}受け付け 申請	_{しゅうりょう}終了 截止	

會話練習

1. 請聽音檔，並從下項的提示中，找到正確的詞彙並填入。

と　　で　　まで　　を　　ほう

① 台湾＿＿＿＿＿送りたいんですが。　　　　　　我想寄到台灣。

② 船便＿＿＿＿＿いくらですか。　　　　　　　　請問船運要多少錢？

③ 台湾宛です＿＿＿＿＿5,000円です。　　　　　寄到台灣要 5,000 日元。

④ 100円の切手＿＿＿＿＿三枚ください。　　　　三張 100 日元的郵票。

⑤ もうちょっと安い＿＿＿＿＿がいいです。　　　希望能算得更便宜一點。

2. 請聽 MP3，並依下列的單字完成所有的句子。

窓口　　危険物　　整理券　　再配達

① すみません、当日の＿＿＿＿＿をお願いします。

對不起，方便請求當日再次投遞嗎？

② 中に＿＿＿＿＿が入っていますか。　　　　　請問裡面有放危險物品嗎？

③ ＿＿＿＿＿は何時まで開いていますか。　　請問窗口的業務辦理開放到幾點？

④ すみません、＿＿＿＿＿をもらいたいんですけど。　　請問在哪裡抽號碼牌？

3. 請將下列的句子重組（請適時自行加入日文標點符號）。

① 台湾／いくら／切手／いい／ですか／まで／の／貼れば／を

寄到台灣要貼多少郵票？

➡ ＿＿＿＿＿＿＿＿＿＿＿＿＿＿＿＿＿＿＿＿

② まで／を／ですが／送りたいん／書留／台湾／これ／で

這個我想用掛號寄到台灣。

➡ ＿＿＿＿＿＿＿＿＿＿＿＿＿＿＿＿＿＿＿＿

郵局的相關單字表現

【郵政用語】

❶ 取扱窓口 <ruby>とりあつかいまどぐち</ruby> 業務窗口

❷ 郵便番号 <ruby>ゆうびんばんごう</ruby> 郵遞區號

❸ アドレス 地址

❹ 受取人 <ruby>うけとりにん</ruby> 收件人

❺ 差出人 <ruby>さしだしにん</ruby> 寄件人

❻ 郵便ポスト <ruby>ゆうびん</ruby> 郵筒

❼ 郵便局員 <ruby>ゆうびんきょくいん</ruby> 郵務員

❽ 郵便屋 <ruby>ゆうびんや</ruby> 郵差

【警告標語】

❶ 取扱注意 <ruby>とりあつかいちゅうい</ruby> 小心輕放

❷ 割れもの注意 <ruby>わ　　　　ちゅうい</ruby> 小心易碎

❸ 天地無用 <ruby>てんちむよう</ruby> 不可上下顛倒

❹ 折曲厳禁 <ruby>おりまげげんきん</ruby> 禁止彎折

❺ 水濡厳禁 <ruby>みずぬれげんきん</ruby> 保持乾燥

❻ 上積厳禁 <ruby>うわづみげんきん</ruby> 不可頂置

❼ 下積厳禁 <ruby>したづみげんきん</ruby> 禁止下壓

❽ この面を上に <ruby>めん　　うえ</ruby> 此面朝上

【郵務用品】

❶ 記入台 <ruby>きにゅうだい</ruby> 填寫桌

❷ ボールペン 原子筆

❸ マジック 麥克筆

❹ のり 漿糊

❺ ハサミ 剪刀

❻ 定規 <ruby>じょうぎ</ruby> 尺

❼ ガムテープ 封箱膠帶

❽ セロハンテープ （寬幅較小的）透明膠帶

❾ 透明テープ <ruby>とうめい</ruby> 透明膠帶

❿ プチプチ 氣泡紙

⓫ 古新聞 <ruby>ふるしんぶん</ruby> 舊報紙

⓬ ロープ 繩子

⓭ 老眼鏡 <ruby>ろうがんきょう</ruby> 老花眼鏡

⓮ 封筒 <ruby>ふうとう</ruby> 信封

⓯ 紙袋 <ruby>かみぶくろ</ruby> 紙袋

⓰ ダンボール 瓦楞紙箱

⓱ 酒用ダンボール <ruby>さけよう</ruby> 寄酒瓶用紙箱

⓲ 切手 <ruby>きって</ruby> 郵票

⓳ はがき 明信片

文化專欄－日本的郵局

「郵局」在現代社會的經濟中，已不再是以往單純販賣郵票、寄信、存錢的地方而已，它跨足了物流、保險、投資信託等跨國際性的事務。部分的業務與銀行重疊，在金融機構中佔有舉足輕重的地位。

日本的郵局稱為「日本郵政株式会社（Japan Post Lo.Ltd）」，簡稱「日本郵政」，與台灣郵局的綠色顯眼外觀有所不同的是，日本的郵局是醒目的紅字大招牌。在郵遞區號的標記是「〒」，大街小巷中隨地可見寫

▲日本的郵局

有「〒」記號的紅色郵筒，雖然現代人已鮮少寫信、寄信，都用手機連絡的多，但是廣告宣傳、物品寄送一般仍然是仰賴郵局。

▲郵局內辦理郵務的業務

西元 2007 年 10 月，日本將郵政民營化，原本的日本郵局與「ゆうちょ銀行（郵儲銀行）」、「かんぽ生命（簡保人壽保險）」業務整合，成立了一個同時承辦郵務、銀行、保險業務的「JP日本郵政グループ（日本郵政集團）」，而這擁有兩萬個郵局的「日本郵政（日本郵局）」是唯一沒有股票上市的公司。之後在西元 2008 年與「日本通運（日本通運，物流公司）」合組「JPexpress（日本快遞）」，可惜到了西元 2010 年，僅僅兩年的時間便宣告解散，隔年赤字亦高達 1185 億日元，經營陷入窘境，但後來改善經營之後，又逐漸好轉，於西元 2015 年，甚至以 6200 億日元買下澳洲最大家的物流公司，同時 23 年沒漲過價的郵資也在 2017 年一舉調整。

然而好景不常，西元 2019 年 7 月，旗下的「かんぽ生命（簡保人壽保險）」因發生九萬餘件的不當契約登上報紙頭條。這項負面新聞的肇因是由於在未考量顧客利益的前提下，不斷鼓勵客戶換約，結果造成顧客損失，致使業務日益複雜化的日本郵政形象大傷，曝露了大量的改善空間。

目前日本寄台灣的平信是 80 日元（不含稅），大約 25 元台幣左右，寄包裹則所費不貲，昂貴的運費，也使喜歡代購日本商品的國人，不得不有所節制。

第 18 課

在醫院　病院で

医者：

どうされましたか。

藤原：

昨日から寒気がするんです。頭痛がします。

医者：

のどの痛みはありますか。

藤原：

いいえ、吐き気がしますし、気分が悪いです。

医者：

食欲はどうですか。

藤原：

あまりありません。

医者：

鼻水は出ますか。

藤原：

はい、少し、時々めまいがします。

医者：

そうですね、風邪みたいですね。よく休んだら治りますよ。

藤原：

はい、分かりました。

醫生：
你哪裡不舒服？

藤原：
昨天開始有一點畏寒、頭痛。

醫生：
喉嚨會痛嗎？

藤原：
不會，不過想吐，而且很噁心。

醫生：
有食慾嗎？。

藤原：
不太有。

醫生：
有流鼻水嗎？

藤原：
有一點，而且有時會頭昏。

醫生：
我明白，看起來是感冒了，好好休息就會好了。

藤原：
好的，我知道了。

必學單字表現

どうされましたか。 ＝どうしましたか。 ＝どうなさいましたか。	させる、なさる都是する的敬語表現。（你怎麼了？）
寒気 （さむけ）	畏寒
頭痛 （ずつう）	頭痛
のど	喉嚨
痛み （いた）	（名詞）痛
吐き気 （はきけ）	想吐、噁心
気分 （きぶん）	心情
悪い （わる）	不好的、壞的
食欲 （しょくよく）	食慾
鼻水 （はなみず）	鼻水
ときどき	有時候
し	又…又…
めまい	頭昏
風邪 （かぜ）	感冒

會話重點

重點1 …がします

「します」是「做」的意思，一般助詞用「を」，表示做助詞前的動作（「する」的敬體）。

日本語の勉強をします。　學習日文。

本課助詞用「が」，即「～がします」，此是表示「有…的感覺」、「覺得…」的意思。

「頭痛がします。めまいがします。吐き気がします。寒気がします。」裡的「します」都是一樣的用法「覺得有…」的意思，和「～気がします」用法的意思類似。

寂しい気がします。　覺得很寂寞。

重點2 …みたい

「…みたい」是「好像…」的意思。本課接名詞後面，如果接續動詞時，通常要改成過去式來接續。

風邪を引いたみたいです。　好像感冒了。

財布を無くしたみたいです。　好像弄丟了錢包。

傘を忘れたみたいです。　好像丟了傘。

與身體狀況相關的表現

痛い（いた） 痛	気分が悪い（きぶん わる） 不舒服	快い（こころよ） 暢快、舒服

…し… 的用法

> * 「…し…」接續各詞性常體的句子當中，意思有二：①若後述的內容是話者主觀意志的敘述句時，則是表示為「原因、理由」的意思，本課會話中也使用這個意思；②當句子後述的內容是客觀的敘述句時，此時意為表示「事物的並列」。不過不管是哪一項解釋，在中文裡都等同「又…又…、既…既…」的句型。「…し…」也可以只出現一次作單項的列舉。

例 忙しいし、今回は行きません。　　　　　（因為）我很忙，這次我就不去了。

⤷ 句尾主訴自己不去的想法，此時的「し」意為「原因、理由」。

お金もあるし、時間もあるし、映画でも行きましょう。

（你）又有錢，又有閒，我們去看個電影吧！

⤷ 句尾話者主訴自己邀約聽者的想法，此時的「し」意為「原因、理由」。

面白かったし、席もすいていたし、この映画はよかったですね。

既好看、又沒什麼人，這次的電影真棒。

⤷ 句尾話者主訴對一場電影的優質評價，此時的「し」意為「原因、理由」。

先輩は仕事ができるし、ユーモアもあるし、それに女性からもすごくモテます。

前輩的工作能力好，人又幽默，而且相當地受到女性的喜好。

⤷ 句尾話者客觀表示前輩在受到女性的歡迎，此時的「し」意為「事物的並列」。

🦉 短會話練習 A

問看診時間

今日は診察していますか。何時までですか。
今天有看診嗎？看到幾點呢？

はい、8時までです。
有，看到8點。

いいえ、木曜日は休みです。
沒有，週四休診。

問保險卡

保険証を持っていないんですが、受診できますか。
我沒有帶保險卡，請問可以看診嗎？

はい、全部自費になりますが、よろしいでしょうか。
可以，但是就要全部自費。

すみません、受診できませんね。
抱歉，這樣不能看。

問等候時間

あのー、あとどのぐらいかかりますか。
請問…，還需要等多久呢？

あと30分ぐらいはかかると思いますが。
我想還要再30分鐘。

もうすぐです。
快好了。

詢問病名

何の病気でしょうか。
請問（我）是什麼病呢？

ただの風邪です。
只是感冒而已。

精密検査が必要です。
這要做更精密的檢查。

單字

診察 （醫生）看診、門診	木曜日 星期四	保険証 保險卡
受診 （病人）看診、門診	自費 自費	病気 病
ただ 只是	精密検査 精密檢查	

服藥時間

この薬はいつ飲みますか。
請問這個藥要何時吃？

一日三回、食後に飲んでください。
一天三次，三餐飯後服用。

朝、昼、晩と寝る前に飲んでください。
早、中、晚及睡前服用。

服藥方式

この薬はどういうふうに飲みますか。
請問這個藥要怎麼吃？

白い薬が2錠と青い薬が1錠です。
白色的藥兩顆和藍色的藥一顆。

このカプセルは毎日三錠飲んでください。
這個膠囊每天三顆。

詢問止痛藥

痛み止めの薬が欲しいんですが。
能不能給我一點止痛藥？

はい、三日分出します。
好的，這裡是三天份的量。

はい、痛いときに飲んでください。
好的，請在痛的時候服用。

詢問副作用

この薬は副作用はありませんか。
這個藥沒有副作用嗎？

多少、吐き気がします。
多少有一點，會有點想吐。

人によって違います。
會因人而異。

單字

飲みます　服用（藥）	食後　飯後	寝る前　睡前
どういうふうに　如何（服用）	錠　（量詞）錠	カプセル　膠囊
痛み止め　止痛	副作用　副作用	多少　多多少少
によって　根據…、依…		

會話練習

1. 請將下列的句子重組（請適時自行加入日文標點符號）。

① を／できますか／保険証^{ほけんしょう}／ですが／持^もって／受診^{じゅしん}／ん／いない

我沒有帶保險卡，請問可以看診嗎？

➡ _____

② まで／今日^{きょう}／は／ですか／いますか／して／何時^{なんじ}／診察^{しんさつ}

今天有看診嗎？看到幾點呢？

➡ _____

③ と／あと／思^{おも}いますが／３０分／は／ぐらい／かかる ^{さんじっぷん} 我想還要再30分鐘。

➡ _____

④ ください／一日^{いちにち}／飲^のんで／三回^{さんかい}／に／食後^{しょくご}   一天三次，三餐飯後服用。

➡ _____

⑤ 2錠^{にじょう}／1錠^{いちじょう}／白^{しろ}い／青^{あお}い／薬^{くすり}／薬^{くすり}／が／が／です／と

白色的藥兩顆和藍色的藥一顆。

➡ _____

2. 請聽 MP3，並依下列的單字或句子完成所有的句子。

吐^はき気^け　　鼻水^{はなみず}　　痛^{いた}み　　食欲^{しょくよく}　　寒気^{さむけ}

① 昨日^{きのう}から_____がするんです。　　昨天開始有一點畏寒。

② のどの_____がありますか。　　喉嚨會痛嗎？

③ _____がします。　　想吐。

④ _____はどうですか。　　食慾如何？

⑤ _____は出^でますか。　　有流鼻水嗎？

3. 請聽音檔，並依中文，用「⋯がします」的句型完成下列句子。

めまい 　　寒気（さむけ） 　　頭痛（ずつう） 　　吐き気（はけ）

❶ _____ 頭痛

❷ _____ 頭暈

❸ _____ 想吐

❹ _____ 怕冷

▲日本的診療所。「診療所（しんりょうじょ）」為日本醫療法規範中19床病床以下
規模的醫療單位，有「クリニック」或「医院（いいん）」等別稱。

醫院相關的單字表現

【基本用語】

❶ 病院 醫院

❷ クリニック、診療所 診療所

❸ カウンター 櫃台

❹ 受付 櫃台

❺ 診察室 診間

❻ ナースステーション 護理站

❼ 病室 病房

❽ 手術室 手術室

❾ ICU 加護病房

❿ 救急センター 急診室

⓫ 待合室 候診區

⓬ 医師 醫師

⓭ 看護師 護理師

⓮ 理学療法士 職能治療師

⓯ 作業療法士 物理治療師

⓰ 言語聴覚士 語言治療師

⓱ 臨床検査技師 醫檢師

⓲ 薬剤師 藥師

⓳ 放射線技師 放射師

⓴ ボランティア 志工

㉑ 患者 患者

㉒ 予約 掛號

㉓ 初診 初診

㉔ 再診 複診

㉕ 外来 回診

㉖ ばい菌 細菌

㉗ ウイルス 病毒

㉘ ワクチン 疫苗

213

【各科分類】

❶ 内科 (ないか) 內科

❷ 外科 (げか) 外科

❸ 耳鼻咽喉科 (じびいんこうか) 耳鼻喉科

❹ 皮膚科 (ひふか) 皮膚科

❺ 消化器内科 (しょうかきないか) 消化內科

❻ 脳神経外科 (のうしんけいげか) 腦神經外科

❼ 泌尿器科 (ひにょうきか) 泌尿科

❽ 産婦人科 (さんふじんか) 婦產科

❾ 小児科 (しょうにか) 小兒科

❿ 眼科 (がんか) 眼科

⓫ 歯科 (しか) 牙科

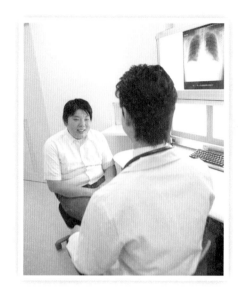

⓬ 麻酔科 (ますいか) 麻醉科

⓭ リハビリテーション科 (か) 復健科

【各種症状】

❶ 咳が出る (せき で) 咳嗽

❷ 痰が出る (たん で) 有痰

❸ 鼻水が出る (はなみず で) 流鼻水

❹ 鼻血が出る (はなぢ で) 流鼻血

❺ 喉が痛い (のど いた) 喉嚨痛

❻ 熱が出る (ねつ で) 發燒

❼ くしゃみが出る (で) 打噴嚏

❽ 吐く (は) 嘔吐

❾ 下痢 (げり) 拉肚子

❿ 痒い (かゆ) 癢

⓫ アレルギー 過敏

⓬ ぜんそく 氣喘

⓭ 口臭 (こうしゅう) 口臭

⓮ 息苦しい (いきぐる) 呼吸困難

⓯ 発疹 (ほっしん) 起疹子

⓰ にきび 青春痘

⑰ 浮腫み〔むくみ〕 浮腫

⑱ 凝っている〔こっている〕 酸（痛）

⑲ 疲れやすい〔つかれやすい〕 容易疲勞

⑳ 消化不良〔しょうかふりょう〕 消化不良

㉑ 食欲不振〔しょくよくふしん〕 食欲不振

㉒ 歯痛〔しつう〕 牙痛

㉓ 背中が痛い〔せなかがいたい〕 背痛

㉔ 腰痛〔ようつう〕 腰痛

㉕ 眼痛〔がんつう〕 眼睛痛

㉖ お腹が痛い〔おなかがいたい〕 肚子痛

㉗ ストレス 壓力

㉘ 便秘〔べんぴ〕 便秘

㉙ 食中毒〔しょくちゅうどく〕 食物中毒

㉚ やけど 燒傷

㉛ つわり 孕吐

㉜ 痔〔じ〕 痔瘡

㉝ ぎっくり腰になる〔ぎっくりごしになる〕 閃到腰

㉞ がんがんする 強烈抽痛

㉟ ちくちくする 刺痛

㊱ きりきりする 絞痛

㊲ ひりひりする 灼熱的痛感

㊳ ずきずきする 陣陣抽痛

【各種疾病】

❶ 脳震盪〔のうしんとう〕 腦震盪

❷ 脳卒中〔のうそっちゅう〕 腦中風

❸ うつ病〔うつびょう〕 憂鬱症

❹ 不眠症〔ふみんしょう〕 失眠症

❺ 花粉症〔かふんしょう〕 花粉症

❻ アレルギー性鼻炎〔アレルギーせいびえん〕 過敏性鼻炎

❼ 心筋梗塞〔しんきんこうそく〕 心肌梗塞

❽ リウマチ 風濕症

❾ 痛風〔つうふう〕 痛風

❿ 糖尿病〔とうにょうびょう〕 糖尿病

⓫ 高血圧〔こうけつあつ〕 高血壓

⓬ 貧血〔ひんけつ〕 貧血

⓭ 高脂血症〔こうしけつしょう〕 高血脂

⓮ 不妊症〔ふにんしょう〕 不孕症

⓯ 胃潰瘍〔いかいよう〕 胃潰瘍

⓰ 胃腸炎〔いちょうえん〕 腸胃炎

⓱ 虫垂炎〔ちゅうすいえん〕 盲腸炎

⓲ 胆石症〔たんせきしょう〕 膽結石

⓳ 魚の目〔うおのめ〕 雞眼

⑳ 結膜炎 （けつまくえん） 結膜炎

㉑ 近視 （きんし） 近視

㉒ 遠視 （えんし） 遠視

㉓ 白内障 （はくないしょう） 白內障

㉔ 緑内障 （りょくないしょう） 青光眼

㉕ 虫歯 （むしば） 蛀牙

㉖ 歯周病 （ししゅうびょう） 牙周病

㉗ 歯石 （しせき） 牙結石

㉘ 白血病 （はっけつびょう） 白血病

㉙ がん 癌症

㉚ エイズ 愛滋病

㉛ 骨折 （こっせつ） 骨折

㉜ 脱臼 （だっきゅう） 脱臼

【検査項目】

❶ レントゲン検査 （けんさ） X 光檢查

❷ エコー検査 （けんさ） 超音波檢查

❸ 心電図検査 （しんでんずけんさ） 心電圖檢查

❹ ＭＲＩ検査 （エムアールアイけんさ） ＭＲＩ電腦斷層檢查

❺ ＣＴ検査 （シーティーけんさ） ＣＴ檢查

❻ 血液検査 （けつえきけんさ） 驗血

❼ 尿検査 （にょうけんさ） 驗尿

❽ 便検査 （べんけんさ） 糞便檢查

❾ 人間ドック （にんげん） 健檢中心

【用品、治療】

❶ 聴診器 （ちょうしんき） 聽診器

❷ 舌圧子 （ぜつあつし） 壓舌板

❸ 注射器 （ちゅうしゃき） 針筒

❹ 絆創膏 （ばんそうこう） OK 繃

❺ 担架 （たんか） 擔架

❻ 松葉杖 （まつばづえ） 拐杖

❼ 車いす （くるま） 輪椅

❽ 注射 （ちゅうしゃ） 打針

❾ 点滴 （てんてき） 點滴

❿ 薬 （くすり） 藥

⓫ 介護 （かいご） 看護

⓬ 処方箋 （しょほうせん） 處方箋

⓭ 抗生物質 （こうせいぶっしつ） 抗生素

⓮ 避妊薬 （ひにんやく） 避孕藥

文化專欄－日本的醫療

　　根據世界衛生組織西元 2000 年的調查，日本醫療的效率性居世界第 10 名，西元 2012 年保健支出占 GDP 的 10.3% 左右，伴隨著高齡化社會及少子化影響，預計 2030 年就會再增加 0.3%，醫療財政將會是日本社會面臨的一大難題。根據西元 2011 年的調查，日本平均壽命約 83 歲左右，西元 2007 年度的調查結果，日本國民的平均健康壽命是 76 歲，而先進國平均壽命為 80 歲。

　　在日本，國民最顯見的三大死因（西元 2013 年資料）分別是：

1. 悪性新生物：即惡性腫瘤，也就是癌症。
2. 心血管疾患：即心血管疾病。
3. 脳血管疾患：即腦血管疾病。

　　日本的肥胖率則是世界最低，死亡率也相當低。然而相對於生理疾病，自殺率卻很高，可見在精神醫療制度上有待加強。

　　日本的官方醫療保險有「国民健康保険（國民健康保險。國保）」，原則上是要求全民強制性參加（當過了 75 歲以後則另外轉成「後期高齢者医療制度（後期高齢者醫療制度）」的保險，需自付額約 3% 左右的保險費。

▲日本的高齡化社會愈來愈明顯

　　醫療制度上，依人口計，日本的病床數屬世界第一；若以醫生的比例數量來看，以每千人為單位，最少的是東海地方，平均有 1.9 人；而最多的是四國地方約有 2.6 人左右。但以全國人口來看，每萬人平均僅有醫生數 21.4 人，與先進國家應有的平均值 27.1 人的醫生數量來看，可以說屬醫生明顯不足的狀態（一位醫師的平均護士比例卻很高）。

　　赴院看診方面，還有每人平均接受診療次數過多的「過剰医療（醫療過剩）」問題存在。在日本上醫院有句名言是：「三時間待ちの三分診療（等 3 小時卻只看診 3 分鐘）」，當然也是因為日本人也有小事便上醫院的習慣，才會造成這種預約門診的人數過多的現象發生。

在服飾店　洋服屋で

店員：

いらっしゃいませ！これらは入荷したばかりです。

佐藤：

こんにちは！すみません、これをちょっと見せてもらってもいいですか。

店員：

はい、少々お待ちください、ただいまお出しします。

佐藤：

すみません、試着してもいいですか。

店員：

かしこまりました、こちらへどうぞ。

佐藤：

ちょっと大きすぎますね、Ｍサイズはありますか。

店員：

確認してきますので、少々お待ちください。

（数分後…）

店員：

こちらはいかがですか。

佐藤：

ありがとうございます。もう少し小さいものはありませんか。

店員：

はい、こちらでよろしいですか。

佐藤：

はい、ちょうどいいです。

店員：

歡迎光臨！這一批是剛進貨的。

佐藤：

你好！不好意思，可以讓我看一下這件嗎？

店員：

好的，請稍等，我馬上拿出來給您。

佐藤：

不好意思，我可以試穿嗎？

店員：

可以的，這邊請。

佐藤：

這件有點太大了，請問有M號的嗎？

店員：

我去確認一下，請稍等。

（幾分鐘後…）

店員：

這件如何？

佐藤：

謝謝。有沒有更小號一點的？

店員：

好的，請問這件可以嗎？

佐藤：

可以，剛剛好。

必學單字表現

入荷 にゅうか	進貨
出す だ	拿出來
試着 しちゃく	試穿
…すぎ	過於…、太…
ちょうど	正好
ので	由於
いらっしゃいませ	歡迎光臨
ばかり	剛好

會話重點

重點1 …ばかり　總是…、老是…

「ばかり」是副助詞，依前方動詞的變化方式不同，表達出來的意思也不一樣。接て形時，是指「動作反覆進行」，翻成「總是…、老是…」的意思。如果是接在過去式則是「剛剛（做完某事）」。

彼は怒ってばかりです。
かれ　おこ
（て形）他老是愛生氣。

雨が降ったばかりです。
あめ　ふ
（過去式）雨才剛剛下過。

如果接在數量詞後，表示大約的分量。

1,000円ばかり貸してください。
せんえん　　　　　か
借我個 1,000 日元左右。

重點2 …すぎ　過於…、太…

「すぎ」是「過於…、太…」的意思，有兩種用法：

1. 接於時間、年齡之後，表示已經過了那個數目。
七時すぎに帰ります。　過七點後回家。
しちじ　　　かえ
四十すぎの男性です。　年過四十的男性。
よんじゅう　　だんせい

2. 接於動詞連用形後，表示超過該程度。
食べすぎです。　吃太多。
た
太りすぎです。　太胖了。
ふと

一定要會的穿著動詞表現

★着る 穿（上半身的衣服） き	セーターを着る 穿毛衣 き	シャツを着る 穿襯衫 き
	コートを着る 穿外套 き	
★穿く 穿（下半身的衣服） は	ズボンを穿く 穿長褲 は	スカートを穿く 穿裙子 は
★履く 穿（鞋類） は	靴を履く 穿鞋子 くつ　は	靴下を履く 穿襪子 くつした　は
★掛ける 戴（穿戴眼鏡） か	眼鏡を掛ける 戴眼鏡 めがね　か	
★締める 繫（領帶等） し	ネクタイを締める 繫領帶 し	ベルトを締める 繫腰帶 し
★被る 戴（帽子等） かぶ	帽子を被る 戴帽子 ぼうし　かぶ	
★着ける 戴（首飾等） つ	ピアスを着ける 戴耳環 つ	ネックレスを着ける 戴項鍊 つ
	腕時計を着ける 戴手錶 うでどけい　つ	

…ので 的用法

> ＊「ので」用於表示原因、理由等的意思。「ので」及普遍周知的「から」差別在於當使用「から」表述原因、理由時，帶有強烈的個人主張的主觀的語氣，而「ので」時表現的語氣則相對溫和，在理由面比較隱藏自己的主張，突顯出客觀的表述，為「由於」的意思。

例 風邪を引いたので、学校を休みました。　　由於感冒，所以就沒去學校。

用事があるので、失礼します。　　由於我還有事，所以先告辭了。

> ＊複習一下相同表示原因、理由的「から」。

例 忙しいから、邪魔しないでください。　　我很忙，別來煩我。

暗いから、こわいです。　　因為很暗，所以我很害怕。

> ＊複習一下以動詞「て形變化」相同表示原因、理由的「て」。（因為進行了前述動詞，因此發生後述的行為、情事。）

例 お腹が空いて、何か食べたいです。　　肚子好餓，想吃東西。

疲れて、すぐ寝たいんです。　　好累，馬上睡一覺。

　　總結：原則上依程度分的話，表示原因、理由的強度分別是「から＞ので＞て」。「から」最為強烈，「て」則為最弱。

短會話練習 A

詢問顏色

ほかの色はありますか。
有其他顏色嗎？

はい、三色あります。
有，有三種顏色。

いいえ、白だけです。
沒有，只有白的。

詢問價格

これはいくらですか。
這件多少錢？

セットで20,000円です。
一套 20,000 日元。

一枚5,000円です。
一件 5,000 日元。

討價還價

もうちょっと安くしてもらえないでしょうか。
能不能稍稍便宜一點？

すみません、まけることはできません。
抱歉，價格都是一樣的。

500円まけてあげましょう。
那少算 500 日元給你好了。

流行款式

このコーデはおしゃれですね。
這套穿搭好華麗呀！

もちろんでございます。こちらは今年の最新ファッションですから。
那是當然的。這邊的可是今年最新的流行款式。

はい、これはミラノの有名なデザイナーがデザインしたものです。
是的，這是米蘭知名的設計師所設計的。

單字

ほか　其他	三色　三種顏色	いくら　多少錢
セット　一套	まける　算便宜一點、少算	コーデ　（此作衣服的）搭配
おしゃれ　（穿著打扮）華麗、酷炫	ファッション　流行	ミラノ　（義大利的城市）米蘭
デザイナー　設計師	デザイン　設計	

試穿鞋子

この靴を履いてみてもいいですか。
我可以試穿一下這雙鞋嗎？

はい、どうぞ。
可以，請。

はい。サイズを探してみます。
可以，我找一下尺寸。

缺貨

まだ入ってきますか。
還會再進貨嗎？

あいにく在庫が切れていますが。
不巧剛好沒有庫存了。

来月また入荷をする予定です。
預計下個月會再進貨。

訂貨

これは取り寄せはできますか。
這個商品可以先訂，改天再取貨嗎？

はい、一週間ほどかかりますが。
可以，約要一個禮拜時間。

はい、連絡先をご記入ください。
可以，請填一下聯絡地址。

修改衣服

これをお直ししてもらえないでしょうか。
這個可以改一下嗎？

はい、料金が発生しますが。よろしいでしょうか。
可以，但要另外收費。要嗎？

はい、無料でやらせてもらいます。
是的，可以免費修改。

單字

靴 鞋子	履いてみる 試穿（鞋）	探す 找
あいにく 不巧	在庫 庫存	切れる 缺貨
取り寄せ 訂貨	ほど 左右	連絡先 聯絡地址
お直し 修改（衣服）	発生 產生、發生	無料 免費

會話練習

1. 請依中文意思，改成動詞的て形或常體過去式。

① 雨が（降る ⇒ ＿＿＿＿＿＿＿）ばかりです。　　　　剛下過雨。

② さっき（食べる ⇒ ＿＿＿＿＿＿＿）ばかりです。　　剛剛才吃過。

③ （食べる ⇒ ＿＿＿＿＿＿＿）ばかりです。　　　　　一直吃個不停。

④ （泣く ⇒ ＿＿＿＿＿＿＿）ばかりで、どうにもならないです。

老是哭也不能解決問題。

⑤ （入荷する ⇒ ＿＿＿＿＿＿＿）ばかりです。　　　（這個）剛進貨。

2. 請聽音檔，並依下列中文用日語做發問練習。

① 有其他顏色嗎？

② 能不能稍稍便宜一點？

③ 我可以試穿一下這雙鞋嗎？

④ 這個商品可以先訂，改天再取貨嗎？

⑤ 還會再進貨嗎？

3. 請將下列的句子重組（請適時自行加入日文標點符號）。

① すみません／いい／これ／ちょっと／見せて／ですか／もらって／を／も

不好意思，可以讓我看一下這件嗎？

➡ ＿＿＿＿＿＿＿＿＿＿＿＿＿＿＿＿＿＿＿＿＿＿＿

② ください／ただいま／少々／お出し／します／お待ち

請稍等，我馬上拿出來給您。

➡ ＿＿＿＿＿＿＿＿＿＿＿＿＿＿＿＿＿＿＿＿＿＿＿

③ 試着／すみません／いいですか／しても　　　　不好意思，我可以試穿嗎？

➡ ＿＿＿＿＿＿＿＿＿＿＿＿＿＿＿＿＿＿＿＿＿＿＿

【基本用語】

❶ 更衣室（こういしつ）更衣室

❷ 服（ふく）衣服

❸ ウエア 衣服

【外層衣物】

❶ 上着（うわぎ）外層的衣物

❷ 背広（せびろ）西裝

❸ スーツ 西裝

❹ チョッキ 西裝背心

❺ セーター 毛衣

❻ Tシャツ（ティー）T 恤

❼ ポロシャツ Polo 衫

❽ ワイシャツ 襯衫

❾ ブラウス 女用罩衫

❿ パーカー 連帽衫

⓫ ジャケット 外套

【布料】

❶ ウール 羊毛

❷ コットン 棉

❸ ナイロン 尼龍

❹ ニット 針織

【內層衣物】

❶ インナー 內搭

❷ 下着（したぎ）內衣、內層的衣物

❸ ブラジャー 胸罩

❹ パンツ 內褲

❺ T バック（ティー）丁字褲

❻ パジャマ 睡衣

⓬ コート 大衣

⓭ ダウンコート 羽絨大衣

⓮ レインコート 雨衣

⓯ 短パン（たん）短褲

⓰ スカート 裙子

⓱ ミニスカート 迷你裙

⓲ ズボン 長褲

⓳ オーバーオール 吊帶褲

⓴ ジーンズ 牛仔褲

㉑ ワンピース 連身洋裝

㉒ 着物（きもの）和服

【飾品】

❶ ブティック 精品店

❷ アクセサリー 飾品

❸ ボタン 鈕扣

❹ 帽子（ぼうし） 帽子

❺ マフラー 圍巾

❻ スカーフ 絲巾

❼ ベルト 皮帶

❽ ネクタイ 領帶

❾ 手袋（てぶくろ） 手套

❿ ヘアピン 髮夾

⓫ 鞄（かばん） 包包

⓬ 財布（さいふ） 錢包

⓭ リュックサック 背包

⓮ ネックレス 項錬

⓯ 指輪（ゆびわ） 戒指

⓰ 化粧品（けしょうひん） 化妝品

⓱ サングラス 太陽眼鏡

⓲ ブレスレット 手環

【運動用】

❶ スポーツウェア 運動衣

❷ ジャージ 運動服

❸ 水着（みずぎ） 泳裝

❹ 水泳キャップ（すいえい） 泳帽

❺ スイミングパンツ 泳褲

【鞋類】

❶ 靴下（くつした） 襪子

❷ タイツ 褲襪

❸ ストッキング 絲襪

❹ 靴（くつ） 鞋、鞋子

❺ サンダル 涼鞋

❻ スニーカー 運動鞋

❼ 革靴（かわぐつ） 皮鞋

❽ ハイヒール 高跟鞋

❾ ブーツ 靴子、馬靴

加強表現

❶ 袖（そで）に穴（あな）が空（あ）いている 袖子上破了一個洞

❷ 靴下（くつした）の穴（あな）を縫（ぬ）う 縫補襪子上的破洞

❸ ボタンが取（と）れる 釦子掉了

❹ ボタンが外（はず）れてる 釦子沒扣

❺ 布（ぬの）メジャーでスリーサイズを測（はか）る 用布尺量三圍

❻ ズボンの丈（たけ）が長（なが）すぎて、寸法直（すんぼうなお）しをしてもらいたいです 褲腳太長，請幫我改短

　　日本的和服樣式、著裝意義多元，相當複雜。一般正式服裝，稱為「着物（和服）」，基本要能夠分辨的有兩大種，如下：

▲振袖　　▲留袖　　▲色留袖

➡ 振袖：振袖它有著長長的袖擺，走路時擺動的袖口會散發出青春洋溢的熱情，布料上的使用各種繽紛的色彩及活潑的圖樣製作，故一般是未婚的年輕女性於各種正式場合的穿著。

➡ 留袖：留袖與振袖最明顯的不同，自然就是沒有那麼長長的袖擺，布料上以黑色為主配上高雅的圖樣，能凸顯出穿著者高貴的氣質，故一般是已婚的女性於各個擔綱主人的極正式場合穿著。但留袖不侷限於黑色，當採用其他單一色調的顏色時，則稱為「色留袖」。

　　另外依場合的不同，也有「訪問着、喪服、袴」等：

▲右側紫衣的女士為「訪問着」

➡ 訪問着：這種和服與「色留袖」乍看有點像，但最明顯的不同便是其左肩到左袖口有明顯地繡上花紋。服如其名，這種和服通常在出門社交、拜訪的時候穿著。一般比較沒有之前提到的留袖那麼正式，但也不失禮。可以在以朋友身分出席的婚禮上以及開學典禮、畢業典禮、參拜神社等較為需要禮儀的場合下穿著。

➡ 喪服：為日本人辦喪事所穿，一般是黑色為主配些許白色的色調。日式的喪服一般是往生者的家族所穿，但近年來愈來愈多人開始習慣穿西式的喪服。

➡ 袴：褲裙式的和服。最早因為在明治時代以後，女子開始可以接受教育，而當時的女性和服對於出入學校不是很方便，因此便於行動「袴」便開始普及。現在因制服又完全西化，故現今只剩常見於女學生穿著於畢業典禮之中。

▲喪服　　▲袴

日本女孩的一生當中有不少時間可以穿上傳統和服。例如：二十歲時的「成人式」，政府會在成人式這天邀請該地區滿二十歲的青年男女舉行一個成人儀式，在不成文的習慣之中，絕大多數的日本女孩都會穿著和服出席。另外在其他如：「畢業典禮、過年、參加婚禮、參加茶會、觀賞傳統藝能劇」等場合下，和服也都可以是讓她們彰顯出民族之美的絕佳時機。

如第 15 課曾說過的，要穿好一套和服並不容易，首先光是配件的種類及量就令人眼花撩亂，「①半襟（半領巾）」、「②帶（腰帶布）」、「③帶揚げ（腰帶上的裝飾布）」、「④帶締め（綁在腰帶布上的細繩）」、「⑤帶留め（腰繩上的裝飾品）」這些物品都點綴和服的重要配件。

其次，和服因季節的不同，布面上代表性的染色、花草圖騰也有所不同（與現代印花相異）。穿好和服後，美容師多半會幫忙將穿著者頭髮攏起，並戴上鮮艷的髮飾。這些艱鉅的任務，在日本的美容院裡都可以從頭到腳整套包辦，費用上大是約 10,000 日元不等（約 3,500 台幣左右）。另外，穿著和服時腳上通常穿的襪子是「⑥足袋」、鞋子通常會穿「⑦草履」。

如果真的好想穿和服，但是一個人又無法著裝，那麼到日本時就穿上簡易式的「浴衣」體驗一下。原則上在日式旅館裡，每間客房都會依人數放相當套量的浴衣給客人當睡衣穿。但是請注意，房間內的浴衣不是讓客人穿出去逛大街的，就這樣大喇喇的穿著外出的話會相當失禮。但是相信大家常常會在電影裡看到，荳蔻年華的青春少女穿著浴衣拿著團扇優雅地站在七、八月的煙火大會之中，那與前述的不同，是日本正式外出用的浴衣。喜歡的話也可以自己買一套，簡單讓自己整裝成一位浴衣美少女吧！

▲浴衣

在花店 花屋で

店員：いらっしゃいませ。こんにちは。

坪井：明日は母の日ですから、ちょっと母にお花を買ってあげたいんですが。

店員：はい、お母さんは喜んでくれますよ。ではカーネーションが一番相応しいのではないですか。

坪井：一輪でいくらですか。

店員：赤のは一輪で200円です。一束は五輪ぐらいで800円です。

坪井：では、一束をお願いします。

店員：はい、分かりました。

坪井：ほかに、友達の誕生日のためにも買ってあげたいんですが。

店員：ガールフレンドですか。ヒマワリがおすすめです。花言葉は「私はあなただけを見つめる」「愛慕」「崇拝」などですが。

坪井：ちょっと恥ずかしいですけど、お願いします。

店員：はい、ありがとうございます。配達サービスもありますが。

坪井：いいえ、結構です。そのまま持って帰ります。

店員：
歡迎光臨，您好。

坪井：
明天是母親節了，我想要買束花送給我的母親。

店員：
好的，令堂想必會相當開心，那麼相信康乃馨就是最適合的。

坪井：
請問一朵多少錢？

店員：
紅的一朵 200 日元，一束 5 朵是800 日元。

坪井：
那麼，請給我一束。

店員：
好的！我知道了。

坪井：
另外我還要買送給朋友祝福生日的花。

店員：
是女朋友嗎？那推薦送向日葵。花語是：「我眼裡只有妳」「愛慕」「崇拜」等意思。

坪井：
聽起來好害羞！但我還是要了。

店員：
好的！非常感謝。啊，我們也有免費配送服務喲！

坪井：
不用了，我這樣子送就好。

必學單字表現

母の日（はは の ひ）	母親節
喜ぶ（よろこぶ）	高興
カーネーション	康乃馨
相応しい（ふさわしい）	合適
一輪（いちりん）	（花的量詞）一朵
ガールフレンド	女朋友
花言葉（はなことば）	花語
ヒマワリ	向日葵
見つめる（みつめる）	凝視
愛慕（あいぼ）	愛慕
崇拝（すうはい）	崇拜
恥ずかしい（はずかしい）	害羞、丟臉

會話重點

重點1 よ 強調提醒的語助詞

「よ」是語助詞，使用時可以強調話者自己前述那句話的想法、主張及判斷。因為這個用語有好像自己比較有知識的語感在，所以不可以對長輩使用。

土曜日（どようび）は会社（かいしゃ）に行（い）きませんよ。
星期六不用去公司呀！

ᒻ 強調「星期六不用上班，何必問？」等語氣。

重點2 そのまま 原封不動

「そのまま」是「保持不動，照原樣」的意思。也可以只有「まま」接於動詞過去式之後，意思不變。

そのままにしないでください。
不要什麼都不做。

靴（くつ）を履（は）いたままで、部屋（へや）に入（はい）ってはいけません。 穿著鞋子不可以進入房間。

使（つか）ったままにしないでください。片（かた）づけてください。 不要用完後都不收。請整理好。

一定要會的顏色表現

黄色（きいろ） 黃色	金色（きんいろ） 金色	赤（あか） 紅色
ピンク 粉紅色	茶色（ちゃいろ） 褐色	紫（むらさき） 紫色
白（しろ） 白色	シルバー 銀色	黒（くろ） 黑色
グレー 灰色	ブルー、青（あお）い 藍色	ベージュ 米色
ネイビー 海軍藍	紺（こん） 深藍色	グリーン、緑（みどり） 綠色

…ために 的用法

> *「…ために」這個文法一般可以用於表示及「理由、原因」及「目的（為了）」的兩種意思。當用於「理由及原因」時，可以接續在名詞、動詞、形容詞、形容動詞之後，連接動詞及形容詞時與過式去作連接。

例 激しい雨が降ったために、駅が浸水しました。

（動詞）因為下了場大雨，所以車站淹水了。

伝染病のために、国境が封鎖されています。

（名詞）因為傳染病的緣由，封鎖國境了。

参加者が多かったために、あの日は誰が現場にいたか覚えていないです。

（形容詞）因為那天的參加者太多，所以我記不得有誰在場。

彼女がチャーミングなために、つい見つめてしまいました。

（形容動詞）因為她很有魅力，令我不自覺地盯著她看。

> *當「…ために」作「目的（為了）」的表現時，一般接續在名詞、動詞之後，連接動詞時與原形作連接，後敘的句子多為帶有想法、意志等的內容。

例 スペイン旅行に行くために、貯金しています。

（動詞）為了要去西班牙玩一趟，我現在正在存錢。

妻の誕生日のために、ショートケーキを買ってきました。

（名詞）為了妻子生日，我去買了草莓蛋糕。

> *因為「に」的存在依情況會讓語氣變得比較生硬感。所以也可以拿掉「に」，會變得更口語化。

例 激しい雨が降ったため、駅が浸水しました。

因為下了場大雨，所以車站淹水了。　ㄥ 意思一樣，但語氣聽起來不會那麼生硬。

短會話練習 A

購買花朵數

何本買いますか。
請問您要買幾枝？

一輪だけでいいです。
我只要買一朵就好。

一束ほしいです。
我想要買一束。

確認花種

これは何という花ですか。
這是什麼花？

これはヒマワリです。
這是向日葵。

これはユリです。
這是百合。

購買提示

バラを三本ください。
我要買 3 朵紅玫瑰。

どうぞお好きなのを選んでください。
好的，請您隨便挑。

すみません、白しか残っていません。
不好意思，只剩下白玫瑰了。

開花時間

あとどのくらい咲いていますか。
還要多久花才會開？

あと二日間ぐらいです。
大約再 2 天就會開了。

ちょっと寒いので、あと二、三日ぐらいでしょう。
天氣有點冷，所以應該大約要再 2 到 3 天才會開。

單字

何本 幾枝	輪 （一）朵	ユリ 百合花
バラ、ローズ （紅）玫瑰	選ぶ 選擇	咲く 開花
二日 2 天		

231

推薦花種

> どんな花が一番人気ですか。
> 請問哪一種花比較多人買？

> クチナシは旬の花です。
> 現在是梔子花的季節。

> 梅の花がおすすめです。
> 我推薦梅花。

其他服務

> フラワーアレンジメントはできますか。
> 可以幫我把花搭配一下嗎？

> 花束にしますか。
> 請問要做成一束嗎？

> かごにしますか。
> 請問要做成花籃嗎？

追加卡片

> ギフトカードをお願いしたいんですけど。
> 能附一張小禮卡嗎？

> はい、メッセージを承ります。
> 可以的，請問要寫什麼？

> プレゼントにしますか。
> 請問是送禮用的嗎？

其他服務

> 花束にリボンをつけてほしいのですが。
> 我希望你在花束上幫我綁上緞帶。

> はい。どんな形にいたしましょうか。
> 好的，請問想要綁成什麼形狀？

> はい。どんな色のがお好みですか。
> 請問您想要綁什麼顏色的呢？

單字

クチナシ　梔子花	旬　當季	梅　梅花
フラワーアレンジメント　搭配花樣	花束　花束	かご　籃子
ギフトカード　禮物卡片	メッセージ　訊息	承る　接受處理
リボン　緞帶	形　形狀	お好み　（尊敬語）喜好

會話練習

1. 請聽音檔，並依下列的提示完成所有的句子。

カーネーション　　配達サービス　　母の日　　相応しい　　喜びます

① 明日は＿＿＿＿＿＿＿ですから、お花を買いたいです。

　　明天是母親節了，我想要買束花送給我的母親。

② お母さんは＿＿＿＿＿＿＿よ。　　　　　　　　　好的，令堂想必會相當開心。

③ これが一番＿＿＿＿＿＿＿のではないですか。　那麼相信這個就是最適合的。

④ ＿＿＿＿＿＿＿が一番おすすめです。　　　　　我最推薦康乃馨。

⑤ ＿＿＿＿＿＿＿はありますか。　　　　　　　　有送貨到府的服務嗎？

2. 請將下列括弧內的動詞改成過去式。

① 靴を（履く：＿＿＿＿＿＿＿）ままで入らないでください。

　　不要穿著鞋進房間。

② （使う：＿＿＿＿＿＿＿）ままではだめです。片づけてください。

　　不可以用了不收，快整理好。

③ 彼が去って（いく：＿＿＿＿＿＿＿）ままなので、悲しいです。

　　他就這樣走了，真令人傷心。

④ 荷物を（置く：＿＿＿＿＿＿＿）ままでどっかへ行ってしまいました。

　　把行李放著後就不知去哪了？

3. 請依下列括弧內的中文量詞，填入相對應的日文量詞。

① お花を（一朵／一枝：＿＿＿／＿＿＿）ください。　我要一朵花。

② このシャツを（一件：＿＿＿＿＿＿＿）ください。　我要一件襯衫。

③ イヌが（一隻：＿＿＿＿＿＿＿）ほしいです。　　　我要一條狗。

④ りんごを（一個：＿＿＿＿＿＿＿）ください。　　　我要一個蘋果。

⑤ パソコンが（一台：＿＿＿＿＿＿＿）ほしいです。　我要一台電腦。

【植物的基本】

❶ 種_{たね} 種子

❷ 若芽_{わかめ} 嫩芽、新芽

❸ 茎_{くき} 莖

❹ 根_ね 根

❺ 葉_は 葉子

❻ 花_{はな} 花

❼ 花びら_{はな} 花瓣

❽ 蕾_{つぼみ} 花苞

❾ 花粉_{か ふん} 花粉

❿ 果実_{か じつ} 果實

⓫ 盆栽_{ぼんさい} 盆栽

⓬ 土_{つち} 土、土壤

⓭ 水をやる_{みず} 澆水

⓮ 花が咲く_{はな さ} 開花

⓯ 花が散る_{はな ち} （花）凋落

【各種花卉】

❶ バラ、ローズ 玫瑰花

❷ キク 菊花

❸ サクラ 櫻花

❹ モモノハナ 桃花

❺ ヒマワリ 向日葵

❻ ユリ 百合

❼ ラン 蘭花

❽ ウメ 梅花

❾ ボタン 牡丹花

❿ タンポポ 蒲公英

⓫ ハス 蓮花

⓬ チューリップ 鬱金香

⓭ ジプソフィラ 滿天星

⓮ アジサイ 紫陽花、繡球花

⓯ キキョウ 桔梗

⓰ ツツジ 杜鵑花

⑰ サンシキスミレ、サンショクスミレ

　　三色菫

⑱ ブーゲンビリア　九重葛

⑲ ランタナ　馬櫻丹

⑳ イチハツ　鳶尾花

㉑ ジャスミン　茉莉花

㉒ フタリシズカ　及己

㉓ オランダカイウ　海芋

㉔ キワタ　木棉花

㉕ クチナシ　梔子花

㉖ 藤_{ふじ}　藤花

㉗ 菜_なの花_{はな}　油菜花

㉘ アサガオ　牽牛花

㉙ ツバキ　山茶花

㉚ ナデシコ　瞿麥、石竹

㉛ ワスレナグサ　勿忘我

㉜ スイセン　水仙花

㉝ スズラン　鈴蘭

㉞ ヒヤシンス　風信子

㉟ ゲッカコウ　晚香玉

㊱ サンタンカ　仙丹花

㊲ アヤメ　溪蓀

㊳ ラベンダー　薫衣草

加強表現

❶ スタンド花_{ばな}にしてその店_{みせ}に届_{とど}けてください

　　請弄一個高架禮花，幫我送到那間店去

❷ 花束_{はなたば}を贈呈_{ぞうてい}する　獻花

❸ サクラはまだ咲_さいていない　櫻花還沒開

❹ 花_{はな}が咲_さいて散_ちる　花開花謝

❺ 花_{はな}にチョウチョウが止_とまっている

　　蝴蝶停在花上

❻ ハチが花_{はな}の蜜_{みつ}を集_{あつ}めている

　　蜜蜂正在採蜜

❼ 温室_{おんしつ}でしか栽培_{さいばい}できない花_{はな}

　　只有在溫室裡才能培育的花

❽ ゲッカビジンは一夜_{いちや}しか花_{はな}が咲_さかない

　　曇花一現

文化專欄－日本的花道

日本的花道可說極具日本文化的代表之一，花道的日語稱為「生け花」或「華道」。是一種以植物為主，並將各種植物透過精美的組合搭配而成完的一項觀賞藝術。這項藝術歷來常被簡單譯為「插花」。但與其說是單純的插花，不如說更強調的插花的過程中的求道精神。因此，「生け花」自古以來便有許多不同的流派，以各自不同的理念，在這門藝術上百家爭鳴。

▲日本的花道

花道的起源，最有利的說法是源自於佛教的獻花。在日本的平安朝時代（約莫中國的隋唐時代）便有單插一朵花的習俗，到了室町時代中期，京都的僧侶「池坊專慶」受武士之託前往插花，成品大受好評，於是自彼開始有池坊流（當時的僧侶大多住在池塘邊，故名「池坊」）的名稱出現。插花最古老的流派自然是「池坊流」，其與後來新興的「小原流」及

▲立花

「草月流」齊名為日本花道界的三大流派（在這之後的小型流派則還有三百多個以上）。「池坊流」持續發展，到了江戶中期確立了以「立花」為主流的較大型的插花型態，即當時分別名為「真、副、副請、真隱、見越、流枝、前置」等七根役枝（有象徵意義代表的枝幹）為主軸，所組合搭配出來的花藝表現。中間經過無數的流變，包括以更少役枝單獨突顯草木生長的生命之美的「生花（生花）」階段，「生け花」的呈現更趨向多元，時至今日已經發展至融合西式手法的「フラワーアレンジメント（花藝）」，除了插花本體之美，更插入各種配件，成為嶄新的花草組合。

註 「生け花」是花道，「生花（生花）」則是花道裡三大發展階段之一的插花方式。漢字相同但讀音不同，兩者為層次不同的事物，請勿誤解。

花道相當的講究季節感，因此花材的搭配上也有鉅細靡遺的規定，光以菊花為例，依季節的不同，便有春菊、夏菊、秋菊、寒菊等，採用時須必清楚分明。為了創造出作品最自然的調和感，植物生長狀態、枝葉的配色等，搭配時都必須慎重考量。

西元 2012 年，池坊流盛大舉行 550 年紀念大會，因日本社會整體的時代及背景等多層面的轉變，現代的花道轉為重視因空間不同及各種不同觀點下自由搭配的「自由花」及其他融合傳統的「立花」與「生花（生花）」的插花搭配方式，創造出屬於全新時代的新風格。

目前日本的花道教室，學費從單次 3,000～10,000 日元不等（含花材，約 1,000～3,500 台幣左右）。也有按月收費的，但需自備以上課用的物品：

➠ 花器：插花時用的底部容器。

➠ 劍山：插花時固定花枝的底針盤狀底座。

➠ 花材：插花時使用的植物，包括花、葉、樹枝等，亦包含指塑膠製的植物。

➠ 花ばさみ：插花時使用的專用剪刀。

▲立起的劍山

▲花道專用的用具

其中花材可好可壞，但基本上單價都不便宜，一小束搭配好的花，一般行情價大概是台幣 100～250 台幣左右。（本篇所提醒的金額部分，皆為西元 2020 年時的參考資料）

第21課

在警察局 交番で

落合：

すみません、スマホを落としたみたいなんですが。

警官：

ちょっと詳しく説明してもらえないでしょうか。

落合：

あのう、駅前のラーメン屋さんに置き忘れたかもしれません。友達と話しながら、つい…。

警官：

スマホの特徴を教えてください。

落合：

白いスマホで、ASUSというメーカーです。そして猫のストラップがついています。

警官：

まずは遺失届出書にご記入ください。「いつ、どこで、誰が、何を落としたか」をできるだけ細かく書いください。

落合：

はい、分かりました。

警官：

この受理番号はとても大切な番号なので、控えておいてください。遺失物が届けられたら、警察署に受け取りに来てください。あとは携帯電話会社に連絡して利用停止の手続きをしてください。

落合：

はい、分かりました。ありがとうございます。

落合：

對不起，我的智慧型手機掉了。

警察：

麻煩您詳細説明事發經過？

落合：

我可能忘在車站前的拉麵店內了，我一面在跟朋友講話，結果就…

警察：

您的手機有什麼特徵呢？

落合：

白色手機，ASUS 的牌子，上面有小貓的吊飾。

警察：

首先先填「失物招領表」，盡可能詳細寫上「時間、地點、是誰，還有掉了什麼」。

落合：

好的，我知道了。

警察：

這組受理號碼很重要，請您記牢。當失物找到的話，請到警察局來領取。還有請您要記得打電話到電信公司，跟他們辦理停話等手續。

落合：

好的，我明白了，謝謝您。

必學單字表現

落す	遺失
置き忘れる	忘在某處
ながら	一邊…、一邊…
メーカー	製造商
ストラップ	（手機等）吊飾
つく	附著
遺失届出書	失物招領表
細かい	細微
大切	重要
控える	記下、收好
受取	領取
利用停止	停止使用

會話重點

重點 1 まず 首先

日語在表示順序之初的用語，即「首先」。

今日はまず神社に行って、それからタラバガニを食べに行きます。

今天，首先我們會去神社，然後再去吃帝王蟹。

另有一個常用的「取りあえず」，中文也常譯作「首先」。但「まず」提示明確要做的事、流程；但「取りあえず」要做的事沒有明確性，總之先做某件事的意思。

取りあえずビールをください。 （還沒想清楚要點什麼，總之）首先給我一杯啤酒。

└ 指客人進了居酒屋後，還沒想清楚想要點什麼，總之先叫一杯啤酒再慢慢來的情境。

重點 2 （名詞）…に 表示目的

此為「に」的諸多用法中，表示行動目的的意思。通常後接「去、來」等動詞。

ラーメンを食べに行きます。 去吃拉麵。

スーパーに買い物に来ました。 來超市購物。

一定要會的安危等狀況表現

危険 危險　　**怪しい** 可疑　　**慌てる** 慌張

落ち着く 從容　　**ほっとする** 放心　　**安全** 安全

…ておく _{的用法}

> ＊這個文法中的「おく」本身也是一個「置^おく」的動詞，是「放置、設置」的意思。「おく」當接於動詞て形之後形成「…ておく」（撥音便時為「…でおく」）時，當作此當輔助動詞（記得這個時候只以平假名書寫，不寫漢字），有下述多項意義。

①表示保持動作、結果（本課為此一用法）：（做）好…

例 番号^{ばんごう}を控^{ひか}えておく。　　　　　　　　　　記好號碼。

②表示持續的狀態：繼續…、持續…

例 倉庫^{そうこ}にしまっておく。　　　　　　　　　繼續收在倉庫裡。
私^{わたし}のことを放^{ほう}っておいてください。　　　（你）別管我的事。

③表示預先準備好某事：先…

例 行^いく前^{まえ}に電話^{でんわ}しておく。　　　　　　　去之前先打個電話。
今度^{こんど}来^くる前^{まえ}にテキストを読^よんでおいてください。　下次來之前，先把課本預先讀過。

> ＊口語化的表現會變成「…とく」（撥音便時為「…どく」），意思是完全一樣的。

例 行^いく前^{まえ}に電話^{でんわ}しとく。　　　　　　　　去之前先打個電話。
今度^{こんど}来^くる前^{まえ}にテキストを読^よんどいてください。　下次來之前，先把課本預先讀過。

短會話練習 A

遺失錢包

財布を落としてしまいました。
我把錢包弄丟了。

どこで落としたんですか。
你是在哪裡弄丟的？

いつ落としたんですか。
是什麼時候弄丟的？

掉了傘

傘を忘れてしまいました。
我把傘給忘了。

どんな傘でしょうか。
請問是什麼樣的傘？

しばらくお待ちください。
請稍等。

說明特徵

黒いナイロンの鞄です。
黑色的尼龍包。

ファスナーがついていますか。
有拉錬嗎？

確認しますので、少々お待ちください。
我去確認一下，請稍等。

詢問遺失物品

現金10,000円とクレジットカードが入っています。
裡面有現金 10,000 日元和信用卡。

パスポートは入っていますか。
裡面有護照嗎？

ほかに何か入っていますか。
其他還有什麼東西在裡面嗎？

單字

財布 錢包	傘 雨傘	しばらく 暫時
ナイロン 尼龍	鞄 皮包	ファスナー 拉錬
現金 現金	パスポート 護照	ほかに 其他的

領取失物

すみません、ちょっと前に電話をして忘れ物を取りに来た者ですが…
不好意思，我剛有打電話來，要來領取失物的。

はい、こちらのもので間違いないでしょうか。
好的，請問是不是這個東西？

お名前をお願いします。
請問貴姓大名。

詢問失物 1

すみません、傘の忘れ物は届いていませんか。
請問有沒有一把傘送到這裡來呢？

青い傘ですか。
請問是藍色的傘嗎？

すみません、届いていませんが。
抱歉，沒有。

詢問失物 2

すみません、見つかったら知らせてもらえないでしょうか。
對不起，撿到後能不能通知我一下。

ホームページで調べられます。
您可以在（失物招領處的）網頁上查詢。

保管期間は三か月です。
保管期限是三個月。

撿到失物

すみません、誰か電車でこれを忘れたみたいなんですが。
對不起，好像有人在電車掉了這個。

どの電車か分かりますか。
知道是哪班電車嗎？

どの辺に乗っていましたか。
您是在哪上車的？

單字

預ける 寄放	間違い 弄錯	届く 送到、送達
見つかる 找到	ホームページ 網頁	調べる 查、調查
保管期間 保管期限	どの辺 （口語）哪邊、哪裡	

🦉 會話練習

1. 請聽音檔，並依下列的提示完成所有的句子。

ついて　　かもしれません　　おいて　　みたい　　できるだけ

① スマホを落とした＿＿＿＿＿なんです。　　　　　　　　我的智慧型手好像掉了。

② ラーメン屋さんに置き忘れた＿＿＿＿＿。　　　　　　　可能忘在拉麵店裡了。

③ ＿＿＿＿＿細かく書いてください。　　　　　　　　　　盡可能詳細地寫出來。

④ 受理番号を大事に控えて＿＿＿＿＿ください。　　　　　請將受理編號好好地收好。

⑤ ストラップが＿＿＿＿＿います。　　　　　　　　　　　有掛著手機吊飾。

2. 請聽音檔，並依下列中文用日語做回答練習。

① 掉在電車裡了。

② 是白色的智慧型手機。

③ 裡面有信用卡。

④ 是山手線。

⑤ 不，是紅色的傘。

3. 請將下列的句子重組（請適時自行加入日文標點符號）。

① です／黒い／鞄／ナイロン／の　　　　　　　　　　　黑色的尼龍包。

➡ ＿＿＿＿＿＿＿＿＿＿＿＿＿＿＿＿＿＿＿＿＿＿＿＿＿

② ちょっと／でしょうか／詳しく／して／もらえない／説明

能不能詳細說明一下。

➡ ＿＿＿＿＿＿＿＿＿＿＿＿＿＿＿＿＿＿＿＿＿＿＿＿＿

③ 届けられたら／ください／に／に／来て／受取／警察署

失物找到的話，請到警察局來領。

➡ ＿＿＿＿＿＿＿＿＿＿＿＿＿＿＿＿＿＿＿＿＿＿＿＿＿

【基本用語】

❶ 警視庁 警視廳
けいしちょう

❷ 科捜研 鑑識中心
かそうけん

❸ 警察署 警察局
けいさつしょ

❹ 交番 派出所
こうばん

❺ 駐在所 派駐所
ちゅうざいしょ

❻ 消防署 消防局
しょうぼうしょ

❼ 警察官 警察、警官
けいさつかん

❽ 交通警察 交通警察
こうつうけいさつ

❾ 私服警官 便衣警察
しふくけいかん

❿ お巡りさん （口語）警察
まわ

⓫ 刑事 刑警
けいじ

⓬ 警察犬 警犬
けいさつけん

⓭ 目撃者 目擊者
もくげきしゃ

⓮ 証人 證人
しょうにん

⓯ 被害者 被害人
ひがいしゃ

⓰ ハッカー （電腦及網路知識高超，並非一定用於做壞事的）駭客

⓱ 指名手配 通緝令
しめいてはい

⓲ アリバイ 不在場證明

【犯罪者及組織】

❶ 容疑者 嫌棄犯
ようぎしゃ

❷ 現行犯 現行犯
げんこうはん

❸ 犯人 犯人
はんにん

❹ スリ 扒手

❺ 泥棒 小偷
どろぼう

❻ 強盗 強盜
ごうとう

❼ やくざ 流氓

❽ 放火犯 縱火犯
ほうかはん

❾ 通り魔 （街上的）隨機殺人魔
とおま

❿ ストーカー 跟蹤狂

⓫ 痴漢 色狼
ちかん

⓬ クラッカー （網路惡意攻擊的）怪客、破壞者

⓭ 誘拐犯 綁匪
ゆうかいはん

⓮ 蛇頭 人蛇
じゃとう

⓯ 暴力団 幫派
ぼうりょくだん

⓰ ヤミ金 地下錢莊
きん

【警察公務】

❶ 捜査 　捜査

❷ 調べる 　調査

❸ 張り込む 　埋伏

❹ 逮捕 　逮捕

❺ 取り調べる 　審訊、問供

❻ 取締 　取締

❼ 飲酒検問 　酒測臨檢

❽ 鎮圧 　鎮壓

【警察装備】

❶ 手錠 　手銬

❷ 警棒 　警棒

❸ 拳銃 　手槍

❹ 警笛 　哨子

❺ 令状 　（捜索）票

❻ パトカー 　巡邏車

❼ 白バイ 　警用機車

❽ 自転車 　脚踏車

【犯行及物證】

❶ スピード違反 　超速

❷ 信号無視 　闖紅燈

❸ 盗む 　偷盗

❹ 空き巣 　闖空門

❺ 殺人 　殺人

❻ 放火 　縱火

❼ 誘拐 　綁架

❽ セクハラ 　性騒擾

❾ レイプ 　強姦

❿ 詐欺 　詐欺

⓫ 密輸 　走私

⓬ 密入国 　偷渡入境

⓭ 証拠 　證據

⓮ 麻薬 　毒品

⓯ 覚せい剤 　興奮劑

⓰ 密漁 　（魚類）盗獵

⓱ 密猟 　（鳥獸）盗獵

⓲ 未遂 　未遂

文化專欄－日本警察小常識

外國人在日本生活時，對警政的了解是生活中息息相關的重要一環，再加上日本許多精采的連續劇中，都會有與警察相關的角色。所以本篇簡單地了解一下日本的警察。首先，日本的警察制度始於何時？現今日本最早出現的警察制度是於明治時代的初期，依歐洲的警政制度為樣本而設計的，到了西元 1919 年（明治 7 年）1 月開始，正式設立「警視庁」，從此便開始了日本警察制度的序章。那麼，接著來了解在日本生活上會有所接觸到的警政單位究竟哪裡不同？

▲日本的警察

1. 日本的警政單位分級

➡ **警視庁**（警視廳）：為東京都的最高警政單位，警匪日劇中最常當作題材的單位，也可以說是日本最重要的警政龍頭。其最高長官稱為「警視総監」。

➡ **警察本部**（警察本部）：為東京都以外其他道府縣的最高警政單位。層級與警視廳相同，但因為不是首都的單位，實際地位上仍是警視廳較為被看重。其最高長官稱為「警察本部長」。

➡ **警察庁**（警察廳）：主掌警政系統裡文書行政的單位，故不負責偵查、追捕整治安勤務。主要負責統調全國各都道府縣之間警務的連結及等相關職務。

➡ **科学警察研究所**（科學警察研究所）：簡稱「科警研」，為警察廳的下屬單位，以科學的方式鑑識物證等協助警察偵辦案件。

➡ **国家公安委員会**（國家公安委員會）：各都道府縣都有，負責各警務系統的監督工作。

➡ **警察署**（警察署）：東京都警視廳及其他道府縣警察本部次級規模轄下的警政單位，警察署裡分很多不同的課，各司掌不同的警政業務。

➡ **交番**（交番）：位於都市地帶，屬於警察署轄下地域課設置的小型警務據點，也就是實際走入日本之後，在各地區最常見到有警察駐守，也是第一線服務市民的單位。

➡ **派出所**（派出所）：是交番在西元 1994 年（平成 6 年）以前的稱呼，兩者完同相同。中文的「派出所」也是受當時的日語影響的。

➡ **駐在所**（駐在所）：是在人口稀疏的地帶所設置的警務單位，通常裡面是 1、2 名警察「住」在駐在所內保護地區安全，警員的家屬也可以一起同住，這是和交番最大的不同之處。

2. 日本警察的階級

依照日本警察法，警查的職務依職權高低一般分為以下九種：

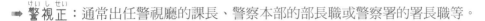

▲日本警方的警徽

⇒ **警視総監**<ruby>けいしそうかん</ruby>：為警視廳裡的最高長官。

⇒ **警視監**<ruby>けいしかん</ruby>：通常出任警視廳的部長職或警察本部的本部長職。

⇒ **警視長**<ruby>けいしちょう</ruby>：通常出任警察本部的部長職。

⇒ **警視正**<ruby>けいしせい</ruby>：通常出任警視廳的課長、警察本部的部長職或警察署的署長職等。

⇒ **警視**<ruby>けいし</ruby>：通常出任警視廳警察本部的課長職或警察署的署長、副署長職等。

⇒ **警部**<ruby>けいぶ</ruby>：通常出任警視廳的「**係長**<ruby>かかりちょう</ruby>（係長）」，警察本部的課長助理或警察署的課長職等。

⇒ **警部補**<ruby>けいぶほ</ruby>：通常出任警視廳的主任，警察本部或警察署的係長職等。

⇒ **巡査部長**<ruby>じゅんさぶちょう</ruby>：派駐在警察署裡的主任，輔助上級，管理交番裡的基層員警一職。

⇒ **巡査**<ruby>じゅんさ</ruby>：派駐在交番裡第一線服務市民的基層警員。資深的警員可稱為「**巡査長**<ruby>じゅんさちょう</ruby>」。

▲各種警察的裝備

通常穿著便服，在案發現場偵辦的刑警，總常是位於巡查部長到巡查這一段職權之間警官。而這些第一線的員警來說，通常他們在出外偵辦的時候身上通常都會帶著「**警察手帳**<ruby>けいさつてちょう</ruby>（警察身分證明手冊）」、「**手錠**<ruby>てじょう</ruby>（手銬）」、「**警棒**<ruby>けいぼう</ruby>（警棒）」、「**警笛**<ruby>けいてき</ruby>（警哨）」、「**拳銃**<ruby>けんじゅう</ruby>（手槍）」等裝備在身上。

3. 日本的警察人數

一般而言，日本約 23 萬 6 千人左右（職員有 3 萬 3 千人左右），所以在日本，平均1位警員就要保護 500 位國民的安全，因此人力上相當吃緊。

▲執行勤務的警察官

在日本，為什麼報警要打「110」？

日本在西元 1948 年（昭和 23 年）時，東京的緊急報案電話是「110」，可是當時在大阪、京都則都是「1110」，而名古屋是「1118」等…，因為各地報案電話不一致造成民眾使用上的困擾，因此官方決定在西元 1957 年（昭和 29 年）起，全國統一成「110」號，以便解決報案不同調的困擾。

由於當時是轉盤式的電話，在轉「1」時是最短的距離，而「0」是最長的距離。因撥盤時只要記得撥最短的兩轉及最長的一轉即可，這樣就比較不容易撥錯。

第22課

在飯店 ホテルで

王：

こんにちは、予約をしている王書宇と申します。チェックインをお願いします。

受付：

はい、かしこまりました。王様ですね！お一人様ですね。パスポートをお願いします。

王：

はい、そうです。これは私のパスポートです。

受付：

シングルの部屋で、禁煙でよろしいですか。

王：

部屋は変更できますか。

受付：

申し訳ございません。本日は満室ですので。

王：

分かりました。朝食は何時からですか。

受付：

朝七時から十時までです。一階のレストランでお願いします。

王：

インターネットは使えますか。

受付：

はい、無料です、パスワードはこちらです。お客様のカギです。エレベーターはあちらです。どうぞごゆっくり。

王：

你好，我叫王書宇，我有訂房。現在要入住。

櫃台：

好的，我知道了。請問是王先生嗎？請問您是一個人嗎？麻煩您借我一下護照。

王：

好的，這是我的護照。

櫃台：

請問單人的禁菸房，可以嗎？

王：

請問我可以換房間嗎？

櫃台：

抱歉，今天都客滿了？

王：

好吧！我知道了，請問早餐是幾點開始？

櫃台：

早餐是早上七點到十點，請在一樓的餐廳用餐。

王：

有網路可以使用嗎？

櫃台：

有的，我們有提供免費的網路，這是您的密碼。另外這是您的鑰匙，電梯在那邊，祝您住宿愉快。

必學單字表現

チェックイン	入住登記
一人（ひとり）	一個人
シングル	單人房
禁煙（きんえん）	禁菸
変更（へんこう）	換（房間）
満室（まんしつ）	客滿、滿房
朝食（ちょうしょく）	早飯
インターネット	網路
使える（つかえる）	能用
パスワード	密碼
エレベーター	電梯
カギ	鑰匙
ゆっくり	慢慢的

會話重點

重點1 …と申します （敝人）名為…

「申します」的原形是「申す」，這個動詞是「言う」的鄭重表現（丁寧語），常以「…と申します」的句型用於向別人表達自己的身分。此表現禮貌程度極高，故可以使用於商務、研討會等相當正式場合。

私は佐藤と申します。

（敝人名為是佐藤）我是佐藤。

重點2 どうぞごゆっくり 請慢慢地…

「どうぞ」是「請」。「ごゆっくり」是鄭重地表達「慢慢地…」。這句話是服務業的日語中常用來表達請客人慢慢享受各種服務的客套話。一般亦常聽到只簡說的「どうぞごゆっくり」。

どうぞごゆっくりお過ごしくださいませ。

請悠閒地渡過。

どうぞごゆっくりお召し上がりください。

請慢慢地享用（餐點）。

也有不少人將這句反過來以「ごゆっくりどうぞ」的方式表達。

一定要會的人數表達表現

一人（ひとり）	二人（ふたり）	三人（さんにん）	四人（よにん）	五人（ごにん）
一個人	兩個人	三個人	四個人	五個人
六人（ろくにん）	七人（しちにん）	八人（はちにん）	九人（きゅうにん）	十人（じゅうにん）
六個人	七個人	八個人	九個人	十個人

用日語在數人數時，除了「一人」跟「二人」之外，「人」都唸成「にん」；說哪一國人時的「人」唸「じん」：「日本人、アメリカ人」，請不要搞錯了。其他還有：如「しにん」是「死人」、「しじん」是「詩人」的意思。

文法焦點

から…まで… 的用法

> ＊在16課的文法焦點裡已經學過了「から…まで…（從…到…）」，可以指空間、時間等範圍的用法，本課簡單複習。

例 何から何までお世話になりました。　　全部都受您照顧。

お宅から学校までどのくらいかかりますか。　從你家到學校要花多久時間呢？

あの番組は何時から何時までですか。　那個節目是從幾點到幾點呢？

> ＊在16課時已學過「から」的意思。本課加強單獨使用「まで」的用法。除了「到…」之外，「まで」亦有許多意義。有「達到一個程度」的意思。

例 なぜそこまで人参が嫌いなんですか。

為什麼你那麼討厭紅蘿蔔呢？（為什麼你討厭紅蘿蔔到那個程度呢？）

> ＊「まで」亦有程度至高，「連…、甚至（是）」的意思。

例 子供まで私を疑っていますか。　難道連小孩子都在懷疑我嗎？

> ＊「まで」亦有達到最大程度的意思。

例 本当に納得できないなら、断るまでです。

如果真的不能接受的話，那就會拒絕。

ㄴ「拒絕」是最後的底線（不會再有超出拒絕的決定）。

> ＊「まで」可以後接「もない」，構成「…までもない」的句型，即為「沒有必要…」的意思。

例 そんなこと、話し合うまでもないです。

那樣的事，連討論的必要都沒有。

短會話練習 A

住房天數

何日ぐらいのご滞在ですか。
您打算住幾天？

三日間です。
3 天。

一泊だけです。
只住 1 天而已。

需要房型

どんな部屋をご希望ですか。
您想要什麼樣的房間呢？

眺めがいい部屋にしてもらえますか。
我想要景色好一點的房間。

浴槽が付いているのにしてください。
請給我有浴缸的房間。

早餐確認

朝食付きですか。
請問有附早餐嗎？

はい、付いています。
有，有附早餐。

いいえ、別料金です。
沒有，早餐要另外收費。

問網路

WI-FIは付いていますか。
請問有無線網路嗎？

はい、暗証番号はこちらです。
有，密碼在這裡。

いいえ、ロビーだけ使えます。
沒有，只有大廳可以用。

單字

滞在 停留	希望 喜愛（哪種房型）	眺め 景色
浴槽 浴缸	朝食 早飯	暗証番号 密碼
ロビー 大廳		

詢問晨喚

モーニングコールをお願いしたいんですが。
請問能麻煩您幫我設定 Morning call 嗎？

はい、何時がよろしいでしょうか。
是的，請問是幾點呢？

ご自分で設定をお願いします。
您可以自行設定。

叫計程車

タクシーを呼んでほしいんですが。
請問您能幫忙叫計程車嗎？

はい、少々お待ちください。
好的，請稍等。

はい、どこまででしょうか。
好的，請問要到哪裡？

寄放行李

荷物を預かってもらえますか。
請問我可以寄放一下行李嗎？

はい、何時にお戻りですか。
可以，請問您幾點回來。

はい、一点ですか。
可以，請問只有一件嗎？

需求房型

ダブルルームとツインルームがありますが。
我們有一個雙人床及兩個單人床的房型。

ダブルルームをお願いします。
那給我一張大床的。

ツインルームでお願いします。
那給我兩張小床的。

單字

モーニングコール	Morning call 服務		設定	設定
タクシー	計程車	呼ぶ　叫（車）	荷物	行李
預ける　寄放		戻る　回（飯店）	一点	一件
ダブルルーム　一張大床的雙人房		ツインルーム　兩張小床的雙人房		

會話練習

1. 請聽音檔，並依下列的提示完成所有的句子。

<ruby>満室<rt>まんしつ</rt></ruby>　　インターネット　　エレベーター　　<ruby>朝食<rt>ちょうしょく</rt></ruby>　　パスポート

① ＿＿＿＿＿＿＿＿＿は<ruby>使<rt>つか</rt></ruby>えますか。　　　　　　　　　請問能使用網際網路嗎？

② ＿＿＿＿＿＿＿＿＿はあちらです。どうぞ。　　　　　　　電梯在那裡，請！

③ <ruby>申<rt>もう</rt></ruby>し<ruby>訳<rt>わけ</rt></ruby>ございません、<ruby>本日<rt>ほんじつ</rt></ruby>は＿＿＿＿＿＿＿ですので。

　　實在萬分抱歉，今天已經客滿了。

④ <ruby>分<rt>わ</rt></ruby>かりました。＿＿＿＿＿＿＿＿は<ruby>何時<rt>なんじ</rt></ruby>からですか

　　我知道了，請問早餐從幾點開始？

⑤ ＿＿＿＿＿＿＿＿＿を<ruby>お願<rt>ねが</rt></ruby>いします。　　　　　　麻煩請給我您的護照。

2. 請聽音檔，並依下列中文用日語做回答練習。

① 要住三天。

② 有的，密碼在這裡。

③ 請給我有浴缸的房間。

④ 沒有，要另外收費。

⑤ 那我要一張大床的（房間）。

3. 請將下列的句子重組（請適時自行加入日文標點符號）。

① の／で／で／ですか／<ruby>禁煙<rt>きんえん</rt></ruby>／<ruby>部屋<rt>へや</rt></ruby>／シングル／よろしい

　　請問單人的禁菸房，可以嗎？

➡ ＿＿＿＿＿＿＿＿＿＿＿＿＿＿＿＿＿＿＿＿＿＿＿＿＿＿＿＿＿

② は／から／まで／<ruby>七時<rt>しちじ</rt></ruby>／<ruby>十時<rt>じゅうじ</rt></ruby>／です／<ruby>朝食<rt>ちょうしょく</rt></ruby>　　　　早餐是早上七點到十點。

➡ ＿＿＿＿＿＿＿＿＿＿＿＿＿＿＿＿＿＿＿＿＿＿＿＿＿＿＿＿＿

③ は／インターネット／です／こちら／です／無料（むりょう）／は／暗証番号（あんしょうばんごう）

有網路可以免費使用。密碼在這裡。

➡ _____

④ に／が／部屋（へや）／眺（なが）め／して／もらえますか／いい　我想要景色好一點的房間。

➡ _____

⑤ ですが／タクシー／ほしい／を／呼（よ）んで／ん　　　請問您能幫忙叫計程車嗎？

➡ _____

🦉 飯店相關的單字表現

【飯店類型】

❶ ホテル　飯店

❷ 民宿（みんしゅく）　民宿

❸ 旅館（りょかん）　日式旅館

❹ ユースホステル　青年旅館

❺ カプセルホテル　膠囊旅館

❻ ロボットホテル　機器人旅館

【飯店大廳】

❶ ロビー　大廳

❷ フロント　櫃檯、櫃檯人員

❸ ドアマン　門僮

❹ ベルボーイ　男行李員

❺ ベルガール　女行李員

❻ コンシェルジュ　大廳服務中心人員

❼ 宅配便（たくはいびん）サービスセンター　送府服務

❽ 送迎（そうげい）サービス　機場接送服務

❾ 荷物預（にもつあず）かりサービス　寄放行李服務

❿ ビジネスセンター　商業服務中心

⓫ インターネット接続（せつぞく）サービス

網路連接服務

⓬ ＡＴＭ（エーティーエム）コーナー　提款機（區）

⓭ 公衆電話（こうしゅうでんわ）　公共電話

⓮ リムジンバス

機場接送巴士

⓯ 宿泊（しゅくはく）プラン

住宿方案

【附設餐廳】

❶ シェフ　主廚

❷ バーテンダー　酒保

❸ ソムリエ　品酒師

❹ ウェイター　男服務生

❺ ウェイトレス　女服務生

❻ ビュッフェ　自助餐

【客房】

❶ ルームナンバー　房間號碼

❷ 鍵（かぎ）　鑰匙

❸ カードキー　鑰匙卡

❹ ハウスキーピング　房務人員

❺ 暖房（だんぼう）　暖氣

❻ テレビ　電視

❼ ミニ冷蔵庫（れいぞうこ）　小冰箱

❽ デラックスダブル　（一大床的）豪華雙人間

❾ スタンダードツイン　（兩張床的）標準雙人床

❿ タオル　毛巾

⓫ バスタオル　浴巾

⓬ ルームサービス　客房服務

⓭ ランドリーサービス　洗衣服務

⓮ マッサージサービス　按摩服務

【其他設施】

❶ 室内（しつない）プール　室內游泳池

❷ ジム　健身房

❸ レストラン　餐廳

❹ 結婚式場（けっこんしきじょう）　結婚會場

❺ 温泉（おんせん）　溫泉

加強表現

❶ チェックアウトお願（ねが）いします
　我要退房。

❷ 荷物（にもつ）を預（あず）けたいです　我要寄行李。

❸ 四泊五日（よんぱくいつか）です　總共是 5 天 4 夜。

❹ 葉書（はがき）を出（だ）していただきたいです
　我想請你們幫我寄發明信片。

❺ 部屋（へや）に電気（でんき）がないです
　房間裡沒有電。

❻ お湯（ゆ）が出（で）ないです　沒有熱水。

▲日式旅館內的女中正在替住客提供餐食

　　日本的服務業在世界上可說是數一數二，許多觀光客去到日本，對於整潔的街道、乾淨的市容無不留下深刻印象。若投宿在和風旅館，更對穿著和服的「女将さん（老闆娘）、仲居さん（女中）」及古樸的木造房子感到魅力無窮。

　　基本上日本的住宿，與世界一般大城市無異，有商務型飯店、觀光大飯店、小旅社、日式旅館、民宿、青年旅社等，價格自然有高有低。投宿的方案中以「一泊二食（住一晚並含晚餐及隔日早餐）」較為興盛，而此投宿模式中的約以價格介於日幣 10,000 元至 20,000 元之間的消費為最大主流方案，折合台幣約 3,000 至 7,000 元左右。

　　值得一提的是，日式旅館都是以人頭計費，而不是以房間計價的。計費上如果一間房兩人入住，則平均一人單價會比單人住宿更便宜一些，三人則更加優惠，以此類推。商務型飯店則是以單人房或雙人房計價，通常單人房是不允許兩人以上入住的。有些高級日式旅館，還必須給女中（帶位的那位）小費，而且為了避免失禮，記得小費不能給硬幣，這是基本常識。一般小費的行情是 2,000 日元左右，其他型態的飯店則沒有給小費的習慣。旅館內有印著旅館名稱的毛巾（不是浴巾），是可以讓住客自由免費帶回家的，其他物品則不能取走，否則變成偷竊行為了。有的旅館會販賣該處使用的沐浴精、大浴巾等，甚至還有獨有的伴手禮，可以在大廳旁的賣場購買。

　　為什麼日本的接待業總能令人賓至如歸，把客人照顧的無微不至呢？許多人可能會大吃一驚，因為在日本有透過一套 SOP 標準程序訓練業者。在日本還有所謂的「日本の宿おもてなし検定（日本住宿接待檢定考）」存在，一些飯店、旅館會以此檢定的內容作為練習員工的依據，有的甚至於會要求管理職人員必須考到證照。故無論是敬語的使用，待客之道的作法等都在這套禮儀檢定系統中範本可以參考，例如：

　　★必須走在客人左前方兩三步的位置，配合客人的步伐行走。

　　★出菜時要順便介紹食材的產地及烹調方式。

　　★端酒杯時，要握在三分之一以下的地方最為優雅。

　　…等內容，全部都有教戰守則。

▲「女将さん」的魅力可是台下十年功

　　可以想像每位身穿和服婀娜多姿的端莊女性，畢恭畢敬地帶領客人參觀設施，介紹房間時的不急不緩的專業態度等，都是在經過層層測考及實地的經驗累積後，才能展現出的頂級待客之道。

　　服務業所用的語言自然是相當優美又得體的敬語與謙讓語，例如：

➡ ご用件を承ります。　請問有什麼事？

➡ お飲み物はコーヒーまたは紅茶、どちらになさいますか？　飲料您是要咖啡還是紅茶？

➡ お忘れ物をなさいませんよう…　請不要忘了您隨身的物品。

➡ 本日はご来館くださいまして、誠にありがとうございます。　今天非常感謝光臨本店。

◀投宿日式旅館往往能體驗古色古香及賓至如歸的濃厚日本風味

　　如果是投宿在日本人開的民宿，不妨帶盒台灣的名產如鳳梨酥等伴手禮，送給老闆娘，相信他們的感受會相當不同，也許請你喝杯生啤酒也不一定。一方面禮尚往來，一方面也做做國民外交，應該會有個滿意的住宿經驗。日本人多不善英文，直接用基本的日語開口應對的話，對方也會少了幾許緊張的氣氛，態度變得親切了許多。

第23課

在旅遊景點 観光スポットで

佐藤：

すみません、ちょっと写真を撮っていただけませんか。

観光客：

はい、シャッターを押すだけでよろしいですか。

佐藤：

はい、ここを押すだけなんですけど、お願いします。

観光客：

はい、チーズ、いきますよ。あ、ちょっと確認したほうがいいかもしれませんね。

佐藤：

ありがとうございました。とてもきれいに撮れました。王さん、ここに来たことがありますか。

王：

いいえ、初めてです。大変素敵なところですね。紅葉がきれいですね。

佐藤：

そうですね。ここは紅葉で有名ですね。「奥入瀬渓流」という観光スポットです。

王：

へえー、聞いたことがありますよ。連れてきてくださってありがとうございました。また来たいですね。楽しかったです。

佐藤：

いつでもどうぞ。

佐藤：

對不起，能幫我們拍張照嗎？

觀光客：

好的，只要按快門就好了嗎？

佐藤：

是的，只要按這裡就可以了，麻煩妳了。

觀光客：

好的，説起…司（來…笑一個），要照了喔！啊！請妳確認一下照片比較保險。

佐藤：

感謝，拍得很好。王先生，請問你來過這裡嗎？。

王：

沒有，我是第一次來，這裡楓葉好美，好棒的地方。

佐藤：

沒錯，這裡是以楓葉著名，稱為「奥入瀬溪流」的觀光勝地。

王：

這就是「奥入瀬溪流」是嗎？我有聽過。謝謝你帶我過來，太開心了，希望下次還能再來！

佐藤：

想再來時隨時告訴我！

必學單字表現

撮る	拍（照）
シャッター	快門
押す	按
チーズ	起司、（照相時）笑一個
きれい	漂亮
初めて	首次、第一次
素敵	很棒
紅葉	楓葉
有名	有名、著名
スポット	景點
楽しい	開心
いつでも	隨時

會話重點

重點1 …たほうがいいです …的話比較好

這個句型裡的「ほう」是「（某）一方面」的意思，即話者在進行勸告決定做某事會比較好的意思。

若いうちにたくさん勉強したほうがいいです。 趁年輕時，最好多學習一點。

この本を読んだほうがいいです。
最好念這本書。

重點2 …たことがあります 曾經…

這個句型是表示有（做過）某事的經驗。與重點1相同，都必須以動詞過去式接續。否定形時是「…たことはありません」。即表示無此經驗，即「不曾…」。

東京へ行ったことがありますか。
（你）去過東京嗎？

彼と一度も話したことはありません。
跟他連一次話都不曾說過。

與喜、悲、季節相關的基本表現

楽しい 開心	嬉しい 高興	悲しい 傷心	切ない 悲痛

春 春、春季	夏 夏、夏季	秋 秋、秋季	冬 冬、冬季

★ 風 風　　★ そよ風 輕風、微風　★ 雨 雨　　★ にわか雨 雷陣雨

★ 雷 雷、電電　★ 波 海浪　　★ 雪 雪　　★ 雪解け 溶雪

259

文法焦點

接續動詞て形授受表現 的用法加強

> *我們在14課時曾經將日語的授受表現說明過。因為這個表現相當重要，中文母語者相當容易搞錯，故本課做重點加強。

例 （私はあなたに）写真を撮っていただけませんか。   能幫我們拍張照嗎？

> *「いただく」是「もらう」的謙讓語，故上述的句子是比較有禮貌的說法。而其可能形則分別是「いただける」（「もらえる」的謙讓語），為「能否…」之意。上面的例句表現省略了主詞「私（我）」。若是立場顛倒過來，以「あなた（你）」為主詞時，則要改成下述的表現。

例 （あなたは私に）写真を撮ってくださいませんか。   能請你幫我照張相嗎？

> *上述例句中使用的「くださる」是「くれる」的尊敬語，所以禮貌降低一點的話，也可以改成如下（意義不變）。

例 （あなたは私に）写真を撮ってくれませんか。   能幫我照張相嗎？

> *故比較以下四句的意思都是相同的，用「いただく」及「もらう」時，主詞者省略了「私（我）」；用「くださる」及「くれる」時，主詞則省略了「あなた（你）」。要多留意正在表達時，動詞後接的授受表現及未現身的主詞對應是否正確，另外用否定問句形式詢問，語氣又會更委婉一些。

Ⓐ チケットを買っていただけませんか。   你能幫我買票嗎？

Ⓑ チケットを買ってもらえませんか。   你能幫我買票嗎？

Ⓒ チケットを買ってくださいませんか。   你能幫我買票嗎？

Ⓓ チケットを買ってくれませんか。   你能幫我買票嗎？

以上四句以Ⓐ句最有禮貌，Ⓓ句的禮貌度最低，應用時請注意場合及談話對象。

短會話練習 A

門票價格

入場券は一枚いくらですか。
門票一張是多少錢？

一般は、一枚500円です。
成人票一張 500 日元。

無料です。
免費參觀。

詢問地圖

観光地図をもらってもいいですか。
可以要一張觀光地圖嗎？

はい、どうぞ。
可以，請拿。

すみません、これは有料です。
抱歉，這個是收費的。

閉館時間

すみません、この博物館は何時に閉館しますか。
抱歉，這間博物館幾點關門？

九時開館で、五時閉館です。
九點開館，五點閉館。

月曜日休館です。
週一是休息的。

旅遊經驗

今日が初めてですか。
今天是第一次來嗎？

はい、来たことはありません。
是的，我沒有來過。

いいえ、何回も来たことがあります。
不是，我來過好幾次了。

單字

入場券 門票	地図 地圖	有料 付費
開館 開始、開館	閉館 結束	休館 休息、休館
一般 （除了學生票之外的）成人票		

問輪椅

すみません、車椅子の貸し出しはありますか。
對不起，請問這裡有輪椅可以租用嗎？

はい、あちらへどうぞ。
有的，那邊請。

すみません、ご提供しておりません。
抱歉，我們沒有提供這項服務。

跟團還是自由行

ツアーですか。個人旅行ですか。
請問你是跟團還是自由行？

個人旅行です。
自由行。

家族旅行です。
家族旅行。

稱讚美景

ここは素敵ですね。
這裡好棒。

もちろん、観光スポットとして第一位ですよ。
那當然，這可是第一名的觀光景點呀。

ここは外国人に人気がありますよ。
這裡很受外國旅客歡迎喲。

引人注意

そちらを見てください。
請看那邊。

えっ！何かありますか。
咦！有什麼嗎？

わあ！きれいな鳥ですね。
哇！好漂亮的鳥呀！

單字

車椅子 輪椅	貸し出し 租借	提供 提供
ツアー 跟團	個人旅行 自由行	家族旅行 家族旅行
として 作為	人気がある 受歡迎	鳥 鳥

會話練習

1. 請聽音檔，並依下列的單字進行授受表現變化並完成所有的句子。

あげる　　いただく　　もらう　　くださる　　くれる

❶ この荷物を持って＿＿＿＿＿＿＿。　　請問能否幫我拿一下這個行李？

（禮貌說法，改成可能形的否定形疑問詞，主詞省略「我」）

❷ この荷物を持って＿＿＿＿＿＿＿。　　請問能否幫我拿一下這個行李？

（普通說法，改成可能形的否定形，主詞省略「我」）

❸ この荷物を持って＿＿＿＿＿＿＿。　　請問能否幫我拿一下這個行李？

（禮貌說法，改成否定形，主詞省略「你」）

❹ この荷物を持って＿＿＿＿＿＿＿。　　請問能否幫我拿一下這個行李？

（普通說法，改成否定形，主詞省略「你」）

❺ この荷物を持って＿＿＿＿＿＿＿。　　我幫你拿這個行李。

（以ます形作答。）

2. 請聽音檔，並依下列中文用日語作發問練習。

❶ 對不起，有語音導覽嗎？

❷ 請問這裡有輪椅可以租用嗎？

單字補充

音声ガイド　語音導覽

3. 請將下列的句子重組（請適時自行加入日文標點符號）。

❶ ですか／を／押す／シャッター／だけ／よろしい／で

只要按下快門就好了嗎？

➡ ＿＿＿＿＿＿＿＿＿＿＿＿＿＿＿＿＿＿＿＿＿＿＿＿

❷ ちょっと／かもしれません／いい／が／確認／ほう／した

你確認一下比較好！

➡ ＿＿＿＿＿＿＿＿＿＿＿＿＿＿＿＿＿＿＿＿＿＿＿＿

觀光景點的相關單字表現

【觀光地點】

❶ 山（やま） 山

❷ 海（うみ） 海

❸ 湖（みずうみ） 湖泊

❹ 滝（たき） 瀑布

❺ 運河（うんが） 運河

❻ 古跡（こせき） 古蹟

❼ 公園（こうえん） 公園

❽ 国立公園（こくりつこうえん）（日本中央直接管轄的）國立公園

❾ 国定公園（こくていこうえん）（日本各都道府縣管轄的）國定公園

❿ 城（しろ） 城堡

⓫ 堀（ほり） 護城河

⓬ 寺（てら） 寺廟

⓭ 神社（じんじゃ） 神社

⓮ 温泉（おんせん） 溫泉

⓯ 博物館（はくぶつかん） 博物館

⓰ 動物園（どうぶつえん） 動物園

⓱ 水族館（すいぞくかん）（展出水族的）水族館

⑱ 遊園地（ゆうえんち） 遊樂園

⑲ テーマパック 主題樂園

⑳ 文化会館（ぶんかかいかん）（藝術表演的）文化會館

㉑ ドラッグストア 藥妝店

㉒ デパート 百貨公司

㉓ ドラマのロケ地（ち） 連續劇知名景點

㉔ 観光牧場（かんこうぼくじょう） 觀光牧場

【觀光資源】

❶ 能（のう） 能劇

❷ 歌舞伎（かぶき） 歌舞伎

❸ 人形浄瑠璃（にんぎょうじょうるり） 人形淨瑠璃

❹ 花火大会（はなびたいかい） 煙火大會

❺ 屋形船（やかたぶね） 屋形船

❻ お祭り（まつり） 慶典

❼ 人力車（じんりきしゃ） 人力車

❽ 着付け体験（きつけたいけん） 換穿和服體驗

⑨ 神道（しんとう） 神道教

⑩ 鳥居（とりい） 鳥居

⑪ 御守り（おまもり） 護身符

⑫ 巫女（みこ） 巫女

⑬ 大仏（だいぶつ） 大佛

⑭ 鹿（しか） 鹿

⑮ お花見（はなみ） 賞花

⑯ 観覧車（かんらんしゃ） 摩天輪

⑰ 合掌造り（がっしょうづくり） （傳統三角屋）合掌造

⑱ 樹氷（じゅひょう） 樹冰

⑲ グルメ 美食

⑳ 限定品（げんていひん） 限定商品

【觀光行為】

❶ 水泳（すいえい） 游泳

❷ 見物（けんぶつ） 參觀

❸ ショッピング 血拼、購物

❹ 爆買い（ばくがい） 爆買

❺ スイカ割り（わり） （海邊）破西瓜遊戲

惹惱他人的行為

❶ 土足（どそく）のままで室内（しつない）に上（あ）がる
穿著鞋子進入室內

❷ 立（た）ちションをする 隨地小便

❸ ガヤガヤ騒（さわ）ぐ 大聲喧嘩

❹ 勝手（かって）に餌遣（えさや）りをする 任意餵食（動物）

❺ 過度（かど）な露出（ろしゅつ）で寺（てら）に入（はい）る
穿著暴露進入寺廟

❻ 子（こ）どもが走（はし）りまわったりして騒（さわ）ぐ
小孩子來回奔跑嬉鬧

日本常見的禁止標語

➡ 立入禁止（たちいりきんし） 禁止進入

➡ 落書き禁止（らくがききんし） 禁止塗鴉

➡ スケートボード禁止（きんし） 禁止蹓滑板

➡ Uターン禁止（ユーきんし） 禁止迴轉

➡ ポイ捨て禁止（すきんし） （隨手垃圾）禁止亂丟垃圾

➡ 飲食禁止（いんしょくきんし） 禁止飲食

➡ 撮影禁止（さつえいきんし） 禁止攝影

➡ 釣り禁止（つきんし） 禁止釣魚

➡ 駐車禁止（ちゅうしゃきんし） 禁止停車

➡ 不法投棄禁止（ふほうとうききんし） （大型廢棄物、家用垃圾）禁止棄置垃圾

文化專欄－日本的世界遺產聖地

　　迄今日本所登記立案的世界遺產共有 23 處之多，其中包括 4 件自然遺產及 19 件文化遺產。由於日本因街道乾淨、服務周到、空氣清新自然、物品精緻、交通便捷、食物美味等等優點都會令外國觀光客流連忘返，因此也是台灣國人在亞洲旅遊時的首選，唯二的缺點應該是物價稍貴以及英語服務不太靈光之外，幾乎找不到令人不悅之處。另外，日本也是少數治安良好的國家，多數的人民誠實勤奮，生活文化及無限的民族創意，紛紛成為許多外國人效仿的對象。以下將日本具代表性的世界遺產的前五名加以介紹：

1. 古都京都の文化財（古京都遺址）

　　古京都遺址是以京都為中心包括相當大範圍的寺社及古城的遺址所構成的世界遺產。

　　京都是日本平安時代的古都，約有八百年的歷史建都於此。古都的風情萬種，此處漂散著濃郁的和風氣息，其古色古香之氛圍最受外國遊客的歡迎。在此處，有德川家修築的「二条城」及台灣人最了解的「清水寺」等 16 座寺社因而榮登世界遺產。

▲京都的二條城

2. 厳島神社（嚴島神社）

▲嚴島神社的海中鳥居

　　嚴島神社位於廣島縣。其最顯著的特色便是朱紅醒目的大鳥居矗立在碧海青波之上，映照著蒼鬱的樹林及白浪滾滾的海面，莊嚴又絕美。目前的鳥居（神社的玄關大門）建於西元 1875 年，多次重建，一直是觀光客讚嘆不已的神祕美景。與「松島」、「天橋立」齊名為「日本三景」之一。

3. 姫路城（姬路城）

姬路城與「名古屋城」、「熊本城」齊名為
「日本三大名城」之一，因為外型像一隻姿態優美
舞動的白鷺鷥，所以也稱為「白鷺城（白鷺
城）」。三城首位的姬路城首建於西元 1333 年，
堪稱當時建築技術之極致，保存良好也令人欣慰
（特別是在二戰中沒有受到任何損毀，保存得完好
如初），城內的設計鮮少添加現代感，因此若想感
受歷史浪漫氣息的古城，姬路城亦是極佳的選擇。

▲姬路城

其與京都的「法隆寺」是日本最初（西元 1933 年）同步被登記為世界文化遺產。

▲白川鄉的合掌村

4. 白川鄉・五箇山の合掌造り集落
（白川鄉・五箇山的合掌建築聚落）

此遺產地跨歧阜縣及富山縣。合掌建築聚落的特色是家家
戶戶的房舍外觀具有傾斜角度極大的屋簷，遠看似乎像是人的
雙手合掌，因而有了「合掌建築」的名稱。然而這原本是為了
預防積雪深厚，應付當地嚴冬大雪而發展出其特色外觀的橫式
建築，發展至今卻亦因碩果僅存於幾個聚落，而儼然成為觀光
勝地。合掌建築的屋頂茅草必須30到40年左右更換一次，這麼
大的屋頂，因此修葺的工程浩大，故可想像昔日村民們在居住
上的辛勞與努力。

5. 知床（知床半島）

知床是位於北海道的東部的一個半島，與前
述所有文化遺產不同之處，在於它是一座自然遺
產。五十年前台灣流行翻唱日本的演歌，其中
《知床旅情》一曲也曾紅極一時，歌詞中出現的
「ハマナス（多花薔薇）」、「国後（國後
島）」、「白いかもめ（白色海鷗）」等，唱出
濃的半島之情。知床半島之大，有青翠的山脈地
形，亦可以看到流冰，其沿海地區孕育了豐富的
海陸生態系統的動植物，是許多稀有動植物的天
堂，自然保護體制管理完善也值得世界借鏡。

▲知床的流冰及成群的虎頭海雕

第24課

在百貨公司 デパートで

落合：

すみません、この靴はちょっときつすぎますので、もっと大きいサイズのはありませんか。

店員：

申し訳ございません。こちらに出ているだけとなっていますが。

落合：

つまり現品しかないんですか。

店員：

はい、取り寄せることができますが、いかがでしょうか。

落合：

ちょっと考えさせていただきます。

店員：

かしこまりました。

落合：

こちらはこの中でいちばん安いんですか。

店員：

はい、そうです。

落合：

では、これにします。プレゼントなので、包んでもらえますか。

店員：

かしこまりました。少々お待ちください。

落合：
對不起，這隻鞋有點緊，有尺寸更大的嗎？

店員：
相當抱歉，我們只剩架上的貨了。

落合：
也就是只剩現貨了嗎？

店員：
是的，或是我們也可以幫您訂貨，您需要嗎？

落合：
讓我考慮一下。

店員：
好的，我知道了。

落合：
這邊的是這裡面最便宜的嗎？

店員：
是的。

落合：
那我要這個，我要送人，請幫我包起來。

店員：
明白，請稍等。

🦉 必學單字表現

出でいる	展示出來的	現品	現貨
取り寄せる	先訂再取	包む	包裝

🦉 會話重點

重點1　ちょっと　稍微…、有點…；（引發他人注意時）喂…

「ちょっと」是學習日語初期就常聽到的一句話，當作副詞時，表示一丁點的程度的意思，也可以當作感嘆詞用，表示發話引發他人注意。

【副詞】

この料理はちょっと辛いですよ。　這道料理有一點辣。

後接否定形時，具有「不太能…、有點難…」的意思。

タイ語の文法はちょっと分からないから、ほかの方に聞いたほうがいいですよ。

因為我不太了解泰語的文法，你去問別人會比較好。

【感嘆詞】

ちょっと、こっちに来て。　喂！過來這裡。

重點2　〜しかない　只有…

「しかない」是「只有；除了…都沒有」的意思，與「だけ」及「のみ」同義。但しか後面一定要跟著否定，有強調的意味。

私は100円しかないです。　我只有100日元。

另可在「しか」前接「だけ」構成「だけしか」，則形成強調形，記得也是後面用否定。

その事を知っているのは彼だけしかいないです。　知道那件事的，只有他一個而已。

🦉 與鬆緊、身形相關的表現

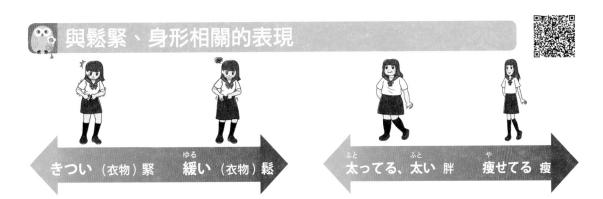

| きつい（衣物）緊 | 緩い（衣物）鬆 | 太ってる、太い 胖 | 痩せてる 痩 |

～（さ）せていただく _{的用法}

＊我們在 12 課時曾經學過使役形的表現，接著在本課繼續學習一個非常委婉且時有耳聞的日語表現，「（動詞）～させていただく」。這是「我來做…（某事）」的意思，直譯是「請讓我得到（做某事的機會）」就知道其敬意有多高了。前接動詞用使役形，可與（～させてください）意思相互替用。五段動詞是將詞尾改成 a 段音的假名再接「～せていただく」；上、下一段動詞是去除詞尾再接「～させていただく」；サ行変格改為「させていただく」、而カ行変格則改為「来させていただく」，請牢記。注意這是一個日語很常用，但是以母語為孤立語的中文下思考時很常忽略掉的表現，請多注意。

例 この荷物を持たせていただきます。 （五段動詞）請容我拿這個行李。

この駅で降りさせていただきます。 （上一段動詞）請容我在這一站下車。

窓を開けさせていただきます。 （下一段動詞）請容我開窗。

では、この絵を拝見させていただきます。 （サ行変格）那麼請容我觀看這幅畫。

来させていただきたいです。 （カ行変格）希望能容我前來。

＊「いただく」的比一般形「もらう」更禮貌的表現。

短會話練習 A

結帳

勘定をお願いします。
我要買單。

カードですか、現金ですか。
請問要刷卡還是付現？

一括でいいですか。
請問是一次付清的嗎？

折扣

今セールをやっていますか。
現在有在特價中嗎？

はい、全部2割引です。
是的，全部打八折。

はい、今週バーゲンをやっています。
是的，本週在換季特價中。

賣場指引

すみません、ここは電池を売っていますか。
對不起，請問這裡有在賣電池嗎？

レジの手前に置いてあります。
收銀機的前面有擺。

いいえ、当店では扱っていません。
沒有，我們（本店）沒有賣。

會員卡

すみません、会員カードをお持ちですか。
請問您有會員卡嗎？

いいえ、つくりたいんですが。
沒有，但我想辦一張。

はい、持っています。
是的，我有。

單字

勘定 買單	現金 付現	一括 （不分期）一次付清
分割 分期（支付）	セール 特價	バーゲン 拍賣大減價
電池 電池	レジ 收銀機	手前 前面
置く 放著	当店 本店	扱う 進貨、經手
つくる 製做、辦（卡）		

尋找樓層

すみません、紳士服は何階ですか。
對不起，男性服飾在幾樓？

三階にあります。
在 3 樓。

五階です。
5 樓。

問銷路最好

化粧水の中で一番売れているのはどれですか。
化妝水當中，哪個產品賣得最好？

これが一番人気があります。
這個賣得最好。

これが売り上げ第一位です。
這個是銷售冠軍。

問停車費

駐車料はどこで精算しますか。
停車費在哪邊付款？

レシートがあれば無料です。
有收據的話就能免費。

地下一階です。
在地下一樓。

問退貨

不良品だったらいつまでに返品すればいいですか。
如果商品有問題，多久前可以退貨？

一週間以内です。
一個星期內可以退。

すみません、バーゲン品は返品不可です。
不好意思，特價品是不可以退的。

單字

紳士服　男性服飾	化粧水　化妝水	売れる　販賣
売り上げ　銷售	駐車料　停車費	精算　計算
レシート　收據	返品　退貨	

會話練習

1. 請聽音檔，並依下列的動詞單字進行變化後完成所有的句子。

持<ruby>持<rt>も</rt></ruby>つ　　<ruby>読<rt>よ</rt></ruby>む　　<ruby>入<rt>い</rt></ruby>る　　やる

①<ruby>部屋<rt>へや</rt></ruby>に＿＿＿＿＿＿＿＿いただきます。　　　請容我進房間。

②この<ruby>荷物<rt>にもつ</rt></ruby>を＿＿＿＿＿＿＿いただきます。　　　請容我拿這個行李。

③この<ruby>仕事<rt>しごと</rt></ruby>を＿＿＿＿＿＿＿いただきます。　　　請容我做這份工作。

④この<ruby>本<rt>ほん</rt></ruby>を＿＿＿＿＿＿＿＿いただきます。　　　請容我讀這本書。

2. 請聽音檔，並依下列中文用日語做發問練習。

① 化妝水當中，哪個產品賣得最好？

② 現在有在特價中嗎？

③ 停車費在哪邊付款？

④ 請問這裡有在賣電池嗎？

⑤ 只剩現貨了嗎？

3. 請將下列的句子重組（請適時自行加入日文標點符號）。

① きつ／ます／この／<ruby>靴<rt>くつ</rt></ruby>／すぎ／ちょっと／は　　　這隻鞋有點緊。

➡ ＿＿＿＿＿＿＿＿＿＿＿＿＿＿＿＿＿＿＿＿＿＿＿＿

② が／<ruby>申<rt>もう</rt></ruby>し<ruby>訳<rt>わけ</rt></ruby>ございません／に／こちら／と／<ruby>出<rt>で</rt></ruby>ている／だけ／なっています　　　相當抱歉，我們只剩架上的貨了。

➡ ＿＿＿＿＿＿＿＿＿＿＿＿＿＿＿＿＿＿＿＿＿＿＿＿

③ でしょうか／が／ことが／<ruby>取<rt>と</rt></ruby>り<ruby>寄<rt>よ</rt></ruby>せる／できます／いかが

我們可以幫您訂貨，您需要嗎？

➡ ＿＿＿＿＿＿＿＿＿＿＿＿＿＿＿＿＿＿＿＿＿＿＿＿

【基本用語】

❶ 店員（てんいん）　店員、櫃姐

❷ 美容部員（びようぶいん）　專櫃美容師

❸ カウンター　專櫃、櫃位

❹ ロッカー　保險櫃

❺ ワゴンセール　（百貨公司的商品）花車

❻ ショッピングカート　購物車

❼ AED（エーイーディー）（自動体外式除細動器（じどうたいがいしきじょさいどうき））

　　自動體外心臟電擊去顫器

❽ エレベーター　電梯

❾ エスカレーター　手扶梯

❿ 案内所（あんないじょ）　服務中心

⓫ 公衆電話（こうしゅうでんわ）　公共電話

⓬ 喫煙所（きつえんじょ）　吸菸區

⓭ お勘定場（かんじょうば）　結帳台

⓮ トイレ　洗手間

⓯ ハートフル多機能トイレ（たきのう）　無障礙廁所

⓰ 授乳室（じゅにゅうしつ）　哺乳室

⓱ オムツ替（か）えベッド　尿布台

⓲ 水飲（みずの）み場（ば）　飲水台

【樓層名稱】

❶ レストラン街（がい）　美食街

❷ 催事場（さいじじょう）　特賣會會場

❸ 生活雑貨（せいかつざっか）　生活雜貨

❹ リビング　生活家飾

❺ おもちゃ　玩具

❻ 子供服（こどもふく）　孩童服飾

❼ 婦人服（ふじんふく）　女性服裝

❽ 化粧品（けしょうひん）　化妝品

❾ 呉服（ごふく）　和服

❿ 婦人（ふじん）ヤング　年輕少女服飾

⓫ 書籍（しょせき）　書籍

⓬ 特選（とくせん）ブティック　精品

⓭ ベーカリー　烤麵包店

⓮ 惣菜（そうざい）　熟食區

加強表現

❶ フロアーを間違った　弄錯了樓層

❷ 案内所で迷子のアナウンスを頼む
在服務台請求廣播找走失的孩子

❸ オムツ替えベッドでオムツを取り替える　在尿布台上換尿布

❹ AEDの使い方が分からない。
不知道 AED 如何使用。

❺ 税金還付の所を探している。
我在找退稅的地方。

❻ エレベーターガールがまだいるデパートは少なくなっている。
還有電梯小姐的百貨公司不多了。

🦉 文化專欄－日本的百貨公司

「高島屋」、「そごう（SOGO）」、「三越」…，這些日系的百貨公司進駐台灣已行之有年，對台灣的讀者來說並不陌生，基本上樓層的商品種類、商品排列方式、銷售方式等與日本都大同小異，只是日本的百貨公司數量更龐大，商品種類也更加琳瑯滿目。

百貨公司的日語是「デパート」，來自英文的「Department Store」，以前較早期時是用「百貨店」這個用語，一直到後來才改用西方的外來語稱呼。日本史上

▲日本的百貨公司

第一間百貨公司成立於西元 1904 年，名為「合名会社三井吳服店」，也就是今三越百貨的前身。剛開始時百貨公司所在的位置大部分都與電車車站共構或緊連，然後發展為連鎖型式，之後又在裡面引入超市進駐，形成現代百貨公司的雛型規模。

進入二十一世紀，西元 2000 年後的日本百貨業可說面臨了嚴冬時代。高齡化交錯少子化的社會，一般到百貨公司消費「高級品」的觀念已經日益稀薄。取而代之的，是大型量販店、百元商店、巨型商城的誕生，物廉價美是當今世上的主流王道，同樣的食品，在百貨公司竟然要比便利商店貴上好幾倍！？這些過往的優勢至今迫使消費者佇足不前等，且長久以來百貨公司只重視女性顧客群的經營方針也流失許多男性消費者，今後日本的百貨公司如何東山再起，則是日本未來此業界的一項嚴峻課題。

在學校 学校で

趙：

すみません、この授業についてお聞きしたいんですが、履修登録の受付はいつまでですか。

職員：

明日の午後4時までです。

趙：

その授業は誰でも受けられますか。

職員：

外国人留学生だけです。

趙：

毎週火曜日の2限目ですね。

職員：

そうです。ちなみに来週、先生は休講です。

趙：

そうですか、分かりました。単位は2単位ですね。

職員：

そうです。早めに学校のホームページから登録してください。

趙：

分かりました。ありがとうございます。

趙：

對不起，我想請教一下關於選修這門課的事。請問選修登記到什麼時候截止？

職員：

到明天下午四點為止。

趙：

請問（這門課）誰都可以選修嗎？

職員：

只限外藉留學生選修。

趙：

請問是每週二第二堂對吧？

職員：

是的。另外要説一聲，下禮拜老師停課。

趙：

我明白了。這門課是兩個學分對吧？

職員：

是的，請儘早上學校的官網上去登記選課。

趙：

我知道了，謝謝妳。

必學單字表現

授業（じゅぎょう）	課業
履修（りしゅう）	修課
受（う）ける	接受、（此作）修課
について	有關…
二限目（にげんめ）	第二堂課
ちなみに	還有…、此外…
休講（きゅうこう）	停課
単位（たんい）	學分
早（はや）めに	盡早
ホームページ	網頁

會話重點

重點1 お聞（き）きしたい　請容我詢問…

「お聞（き）きします」是發話者詢問的意思，原形是「聞（き）く」。此處套用了一個謙讓語的公式：「お＋動詞連用形（ます形）＋します」，表謙虛的用法，最常用的：

お願（ねが）いします。（願（ねが）う）　萬事拜託！

お話（はな）ししたいです。（話（はな）す）　我想跟您談談。

重點2 …目（め）　第…

當「目（め）」接於數詞的後方時，可以指定前方數字的序數。即「第…」的意思。

三日目（みっかめ）。　第三天。

六人目（ろくにんめ）。　第六個人。

三軒目（さんげんめ）の家（いえ）です。　第三間的房子。

日本各級學校等設施的説法

★ 小学校（しょうがっこう）　小學

★ 中学校（ちゅうがっこう）　中學

★ 高等学校（こうとうがっこう）（高校（こうこう））　高中

★ 専門学校（せんもんがっこう）　（分別有兩、三、四年制）專科學院

★ 短期大学（たんきだいがく）（短大（たんだい））　（高中畢業就讀兩年）短期大學

★ 大学（だいがく）　（四年制）大學

★ 大学院（だいがくいん）　研究院

★ 塾（じゅく）　（一對一或一對二）補習班

★ 予備校（よびこう）　（大班制）補習班

動詞可能形 的用法

＊動詞可能形是表達「能力、可能」的表現。依動詞的種類不同，表現的方式也略有不同。使用可能形時，助詞「を」要改成「が」。通常五段動詞的可能形，去除掉詞尾再接四段（e段）後再接「る」。

【五段動詞】

買う ➡ 買える　能買　　　　書く ➡ 書ける　能寫　　　　探す ➡ 探せる　能找

待つ ➡ 待てる　能等　　　　死ぬ ➡ 死ねる　能死　　　　飲む ➡ 飲める　能喝

帰る ➡ 帰れる　能回家　　　嗅ぐ ➡ 嗅げる　能聞　　　　飛ぶ ➡ 飛べる　能飛

例 日本語が話せますか。　　你會説日語嗎？

＊上、下一段動詞的可能形時，為「詞幹＋られる」，即將詞幹「る」去除後再接「られる」即可，相當容易。

【上一段動詞】　　　　　　　　　　　　　　　【下一段動詞】

着る ➡ 着られる　能穿　　　　　　　　　　　食べる ➡ 食べられる　能吃

例 刺身が食べられますか。　　你敢（能）吃生魚片嗎？

＊カ行變格跟サ行變格動詞（不規則動詞）各只有一個，分別請直接背下即可。

【カ行變格】　　　　　　　　　　　　　　　　【サ行變格】

来る ➡ 来られる　能穿　　　　　　　　　　　する ➡ できる　能做

例 明日来られますか。　　　　　　　　　　　明天能來嗎？

短會話練習 A

關於母校

出身校はどこですか。
你是哪個學校畢業的？

早稲田大学です。
（日本的）早稻田大學。

台北大学です。
（台灣的）台北大學。

年級確認

今大学の何年生ですか。
現在是大學幾年級？

一年生です。
一年級。

四年生です。
四年級。

就讀科系

何を専攻していますか。
你的主修是什麼？

日本語を専攻しています。
我主修日文。

経済学です。
經濟學。

宿舍

学生寮はありますか。
有學生宿舍嗎？

いいえ、ありませんが、有料
アパートを提供しています。
沒有，但有提供付費公寓。

はい、ありますよ。でも、申し
込まなければなりませんよ。
有的，需要申請。

 # 單字

出身校 畢業母校	**早稲田大学** （東京的）早稻田大學	**何年生** 幾年級
専攻 主修	**寮** 宿舍	**アパート** 公寓
申し込む 申請		

詢問校內餐廳

学食はおいしいですか。
校園餐廳的東西好吃嗎？

超おいしいです。
超級好吃。

まあまあです。
馬馬虎虎。

及格與否

藤原先生は厳しい方ですか。
藤原老師會很嚴格嗎？

よく学生さんを落とします。
會，常常當學生。

いいえ、優しいです。
不會，很寬大的。

期中期末考

中間試験はいつですか。
期中考試是什麼時候？

中間試験は来週です。期末試
験は一月です。
下禮拜是期中考，期末考是一月。

中間試験はないです。でも期
末レポートを提出しなればな
りません。
沒有期中考，但是必須交期末報
告。

問座位

座席が決まっていますか。
座位有固定嗎？

いいえ、決まっていません。
沒有，自由入座。

はい、名簿の順番通りです。
有，依點名單上順序坐。

單字

学食	校園餐廳	厳しい	嚴格的	優しい	溫柔的
方	「人」的尊稱	落とす	當（學生）	中間試験	期中考
期末試験	期末考	座席	座位	決まる	決定
名簿	點名單	順番	順序	…通り	同…

會話練習

1. 請聽音檔，並依下列提示的單字，選出正確的答案。

専攻（せんこう）　決まって（き）　出身校（しゅっしんこう）　学生寮（がくせいりょう）　何年生（なんねんせい）

① ＿＿＿＿＿＿はどこですか。　　　　你是哪個學校畢業的？

② 今大学（いまだいがく）の＿＿＿＿＿ですか。　　現在是大學幾年級？

③ 何（なに）を＿＿＿＿＿していますか。　　主修什麼？

④ ＿＿＿＿＿＿はありますか。　　　　有學生宿舍嗎？

⑤ 座席（ざせき）が＿＿＿＿＿いますか。　　座位有固定嗎？

2. 請將下列的句子重組（請適時自行加入日文標點符號）。

① の／ですか／まで／履修登録（りしゅうとうろく）／いつ／は／受付（うけつけ）　　修課登記到什麼時候截止？

➡ ＿＿＿＿＿＿＿＿＿＿＿＿＿＿＿＿＿＿＿

② です／ちなみ／は／に／先生（せんせい）／来週（らいしゅう）／休講（きゅうこう）　　還有，下禮拜老師停課。

➡ ＿＿＿＿＿＿＿＿＿＿＿＿＿＿＿＿＿＿＿

③ 早（はや）めに／から／ください／して／登録（とうろく）／の／ホームページ／学校（がっこう）

請盡早到學校網路上登記。

➡ ＿＿＿＿＿＿＿＿＿＿＿＿＿＿＿＿＿＿＿

3. 請將下列括弧中的動詞改成可能形的敬體用法。

① 日本語（にほんご）が＿＿＿＿＿。（話（はな）す）　　我會說日語。

② 明日（あした）＿＿＿＿＿か。（来（く）る）　　明天能來嗎？

③ 刺身（さしみ）が＿＿＿＿＿か。（食（た）べる）　　敢吃生魚片嗎？

④ 誰（だれ）も＿＿＿＿＿。（受（う）ける）　　誰都可以修（課）。

⑤ この鞄（かばん）はどこで＿＿＿＿＿か。（買（か）う）　　這個包在哪可以買到。

上課及世界相關的單字表現

【課堂基本用語】

❶ 起立、礼、着席 起立、敬禮、坐下

❷ 点呼を取ります 點名

❸ 始めましょう 開始上課

❹ 終わりましょう 上課結束

❺ 一緒に読んでください 一起唸

❻ もう一度言ってください 請再講一次

❼ 答えてください 請回答

❽ 復誦してください 請覆誦一次

❾ 覚えてください 請背起來

❿ いいです 很好

⓫ だめです 不行

⓬ 頑張ってください 再加油

⓭ 分かりますか 明白嗎？

⓮ 今日はここまで 今天到這裡

⓯ お疲れさまでした 辛苦了

⓰ さようなら 再見

【國名、地名】

❶ 日本 日本

❷ 台湾 台灣

❸ 香港 香港

❹ 中国 中國

❺ 韓国 韓國

❻ 北朝鮮 北韓

❼ ロシア 俄國

❽ シンガポール 新加坡

❾ マレーシア 馬來西亞

❿ タイ 泰國

⓫ インドネシア 印尼

⓬ ベトナム 越南

⓭ ラオス 寮國

⓮ カンボジア 柬埔寨

⓯ ミャンマー 緬甸

⓰ フィリピン 菲律賓

⓱ インド 印度

⑱ サウジアラビア　沙烏地阿拉伯

⑲ オーストラリア　澳洲

⑳ ニュージーランド　紐西蘭

㉑ フランス　法國

㉒ イギリス　英國

㉓ ドイツ　德國

㉔ オランダ　荷蘭

㉕ ギリシャ　希臘

㉖ イタリア　義大利

㉗ スペイン　西班牙

㉘ ポルトガル　葡萄牙

㉙ アメリカ　美國

㉚ カナダ　加拿大

㉛ ブラジル　巴西

㉜ アルゼンチン　阿根廷

㉝ メキシコ　墨西哥

㉞ エジプト　埃及

㉟ モロッコ　摩洛哥

㊱ ジャマイカ　牙買加

㊲ コートジボワール　象牙海岸

㊳ 南アフリカ　南非

【常用語言】

❶ 日本語　日語

❷ 中国語　中文

❸ 台湾語　台語

❹ 客家語　客語

❺ 広東語　粵語

❻ 韓国語　韓語

❼ ロシア語　俄語

❽ マレー語　馬來語

❾ インドネシア語　印尼語

❿ ベトナム語　越南語

⓫ タイ語　泰語

⓬ ラオス語　寮國語

⓭ クメール語　高棉語

⓮ ミャンマー語　緬甸語

⓯ タガログ語　塔加洛語

⓰ インド語　印度語

⓱ アラビア語　阿拉伯語

⓲ 英語　英語

⓳ フランス語　法語

⓴ ドイツ語　德語

㉑ オランダ語　荷蘭語

㉒ ギリシャ語　希臘語

㉓ イタリア語　義大利語

㉔ スペイン語　西班牙語

㉕ ポルトガル語　葡萄牙語

❶ 隣の客はよく柿食う客だ。　　隔壁的客人是經常吃柿子的客人

❷ お綾や親にお謝まり。　　向阿綾還有父母道歉。

文化專欄－日本的教育特色

　　日本的學制與台灣相同，也是（自小學到大學）6、3、3、4年制，唯一不同的是入學時間，日本是四月櫻花爛漫的季節，在粉紅的櫻樹下開學，頗具美感；而畢業則是在嚴冬的三月各奔前程。

　　「教育」的英文是「education」，日語則是「教育」。顧名思義是「一面教，一面培育」的宗旨，亞洲式的教育與西方教育比較之下，往往多被批評成「填鴨式教育」，西方教育重個人主義，學

▲在櫻花樹下新開學的日本學生

校不是以拿分數為目的，而是在開發孩童的潛能、才華與加強自信。亞洲教育包括日本，仍擺脫不掉進明星中、小學，考進一流大學則未來前途光明的制式思想。尤其日本從小重視團隊合作、協調性、一律平等，較不鼓勵個人主義及重視個別的差異性，這也是日本社會普遍的價值觀，結合企業要求的人格特質。日本教育的內容常被指出過於重視知識的灌輸，缺乏批判思考能力、創造力、人際溝通的能力。同時孩童幼小時採取自由政策，但隨著年齡增長、日趨嚴格，這點與歐美相反，且日本教育重視道德規範，認為教育的目的之一是維持社會秩序的重要手段。

　　從外國人角度綜觀日本高中以下的教育，有下列幾項吸引人之處：

　　① 學校的營養午餐美味豐富：營養午餐的日語是「給食」，一般是以在中學以下的學校為主實施，此制度的實施使得貧困家庭的孩童也能得到均衡的營養。

　　② 制服亮眼漂亮：歐美國家除了私立學校之外並沒有制服，有了制服規定，父母不必再多花治裝費，繡了名字的制服也不容易失竊。制服的日語是「制服」或是「ユニホーム」。但以學生來說，如照片中上課穿制服，在普遍

認知裡是「制服（せいふく）」；「ユニホーム」較為讓人聯想到運動團隊穿著的制服。

③ 打掃衛生的訓練：相較於歐美國家請專人打掃學校，日本的學生自小就要學習打掃環境、養成良好的衛生習慣。而學生每天必須要進行的這個打掃時間，在日語中則稱為「掃除（そうじ）（の）時間（じかん）」。

④ 才藝科目豐富：基礎教育除了基本的科目之外，更注重「音楽（おんがく）（音樂）」、「技術（ぎじゅつ）・家庭（かてい）（技術課類似台灣的工藝課，但教學內容包含更多與科學相關的課程內容；家庭課類近似家政課。男女共學）」、「保健体育（ほけんたいいく）（結合體育及健康教育）」、「美術（びじゅつ）（美術）」這四大科目的薰陶及栽培。

⑤ 社團活動頻繁：學校社團活動的日語是「部活（ぶかつ）」，約 70% 以上的國中與 50% 的高中生參加學校的相關社團（特別是運動社團），不僅促成學長姊與學弟妹間的交流，也養成良好課外活動的習慣。

如果談到缺點的話，大體上會有後述幾項：「①學費可能過高（大學文科一學期約 70~100 萬日元，約 2-30 萬台幣），②學長階級觀念強烈（易造成校園霸凌），③在校時間過長（週末、日也要到校練社團），④要求一律平等，缺乏個人特色」等等。

近幾十年來，中小學生自殺率的攀升高也令教育單位憂心不已。而中、小學的老師們也被公認是工作負擔過大的族群。

因為不僅是只有在學校的教學，老師們還要指導社團、協助繁多的學校活動，又要進行家庭訪問等，身心方面可說都遭受極大壓力，尤其在事事追求完美，家長吹毛求疵的日本教育環境下，中小學老師並不是一項輕鬆的工作。

第 26 課

在工廠　工場で

趙：

今日から研修をさせていただく、趙と申します。どうぞよろしくお願いします。

工場長：

山本と申します。趙さんのリーダーを担当しています。それでは早速始めましょう。まず私の仕事を見てもらいます。

趙：

はい、ここに立っていて見ればいいですか。

工場長：

はい、まずドアを開けて材料を入れます。入れたあと、ボタンが二つあるので、必ず両手で押してください。安全のためです。

趙：

はい。

工場長：

その後、ランプがついたらドアを開けて取り出してください。何か質問はありませんか。

趙：

もしランプがついていなかったらどうしますか。

工場長：

すぐ私か副リーダーに連絡してください。慣れるしかないですので、一緒にやってみましょう。

趙：

はい、分かりました。

趙：

今天開始實習，敝姓趙，請多指教。

廠長：

敝姓山本，是妳的領班，那麼我們馬上開始吧！首先請妳先看我怎麼做。

趙：

是，我站在這裡看可以嗎？

廠長：

是，首先打開門，把材料放進去，放進去之後，有兩個按鈕，為了安全起見，一定要兩手一起按。

趙：

好的。

廠長：

在燈亮起來了之後，把門打開再拿出來。這樣子有沒有不懂的地方？

趙：

如果燈沒有亮的話，該怎麼辦呢？

廠長：

那就馬上連絡我或副領班。這份工作也只能靠熟能生巧。我們一起試著做做看吧！

趙：

好的，我明白了。

必學單字表現

研修（けんしゅう）	實習、研修
リーダー	領班、領導人
担当（たんとう）	擔任
始める（はじめる）	開始
ドア	門
材料（ざいりょう）	材料
開ける（あける）	打開
入れる（いれる）	放入
あと	之後
ボタン	按鈕
必ず（かならず）	一定
両手（りょうて）	雙手
押す（おす）	按
ランプ	燈
つく	（此作燈）亮
取り出す（とりだす）	取出
副リーダー（ふくリーダー）	副領班
連絡（れんらく）	聯絡
慣れる（なれる）	習慣

會話重點

重點 1 …と申す（もう） 我是（叫）…

在日本出了社會後，「申す」的掌握就非常地重要，它雖然跟「言う（い）」是一樣的意思，但卻是禮貌升級版的用語，主要是針對陌生人、長輩，在拜訪機構、單位及商業面的溝通表達敬意，不可或缺的鄭重表現。

私（わたし）は田中（たなか）と申（もう）します。
我是田中。（敬意高）

重點 2 …てみる
…（做某動作）看看

「動詞て形＋みる」的句型，指嘗試地進行前述的動作。

このジュースを飲（の）んでみます。
我喝看看這種飲料。

夢（ゆめ）に向（む）かって頑張（がんば）ってみませんか。
你不朝你的夢想，試著努力前進看看嗎？

一緒（いっしょ）に勉強（べんきょう）してみましょう。
我們一起學習看看吧！

與速度相關的表現

速い（はや）快 ⟷ 遅い（おそ）慢、晚

★ 素早い（すばや） （動作、反應）快、俐落　★ 鈍い（のろ） （動作、反應）慢、遲鈍

★ クイック 快　★ スロー 慢

287

…になる 的用法

> *「なる」本身是「變成…、成為…」的意思，在日語的句型中，從本來的某一個狀況，後來轉變成為新的狀況時，就會用「…になる」的句型。這個句型也是中文較沒有的概念，依情況的不同，有時候中文不需要翻譯出來。只要多多學習，便能應用出自然的日語句型。

【形容詞的應用】形容詞去掉詞尾的い再加上く＋なる

今日は急に暑くなりましたね。　　　　　　今天突然變好熱。

【名詞、形容動詞的應用】名詞、形容動詞＋に＋なる

私は先生になりました。　　　　　　我當上了老師。

小鳥遊さんはきれいになりましたね。　　　小鳥遊小姐變漂亮了。

【動詞的應用】 動詞否定形去掉詞尾的い＋くなります

日本語が分からなくなりました。　　　　　日語變得都快不會了。

↳ 本來會，後來覺得愈來愈差。

> *簡單地再比較另一個學習者常會弄錯的「…となる」。原文法「…になる」指的是變化後的結果，而「…となる」則是變化後的樣態。在這兩個在日本人的思維中注意的重點是不一樣的，但是轉化中文後，往往不太會有太大的差別，但仍需注意。

アイスクリームが溶けて、液体になります。　　冰淇淋融化後變成液體。

アイスクリームが溶けて、液体となります。　　冰淇淋融化後變成液體狀。

↳ 前者的重點在於結果冰淇淋變成了液體；後者的重點則是在冰淇淋融化成液體狀的樣子。

短會話練習 A

加班狀況

> **よく残業しますか。**
> 經常要加班嗎？

> **たまには残業します。**
> 偶爾才要加班。

> **ときどき残業します。**
> 時常要加班。

獎金分配

> **ボーナスはありますか。**
> 有獎金嗎？

> **夏と冬の二回あります。**
> 有發年中及年終的兩次獎金。

> **一回だけです。**
> 只會發一次。

員工人數

> **従業員数はどのぐらいいますか。**
> 有多少工作人員？

> **約800人です。**
> 大約有800人左右。

> **だいたい1,000人ぐらいです。**
> 大約1,000人左右。

問生產品

> **主な製造品は何ですか。**
> 主要是製造什麼東西？

> **チョコレートなどの、お菓子です。**
> 巧克力等糖果點心。

> **ヨーグルトです。**
> 優格產品。

單字

残業 加班	**たまに** 偶而（後接は時是強調）	**ときどき** 有時、時常
ボーナス 獎金	**夏** 夏季、年中（獎金）	**冬** 冬季、年終（獎金）
従業員 工作人員	**約** 大約	**主な** 主要的
製造品 生產品	**チョコレート** 巧克力	**お菓子** 糖果餅乾、日式點心
ヨーグルト 優格		

維修經驗

車、機械などの整備について
経験はありますか。
有關於車子、機器等維修的經驗
嗎？

つまり、メンテナンスですね。
您是指維修方面嗎？

三年間の経験があります。
我有三年的經驗。

估價金額

この見積もり金額は、工場出
荷価格ですか。
這估價的金額是工廠出貨的價格
嗎？

はい、見積り書通りです。
是，如估價單所記。

いいえ、運賃はまだ計算に入
っていません。
不，還沒算上運費。

設備添補

この工場は新規設備の導入が
必要です。
這工廠有必要引進新的設備。

はい、検討中です。
是，正在考慮。

でも、予算がありません。
不，沒有預算。

工廠參觀

取引先の工場を見学してもい
いですか。
可以去參觀一下我們客戶的工廠
嗎？

はい、いつでも。どうぞ。
是的，隨時都歡迎。

無理でしょう。
恐怕不行的。

單字

整備 維護修理	メンテナンス 機器類的維修	経験 經驗
見積り 估價	見積り書 估價單	出荷 出貨
入荷 進貨	運賃 運費	計算 計算
新規設備 新的設備	導入 引進	検討中 考慮中
取引先 客戶	無理 不太可行	見学 參觀

會話練習

1. 請將下列括弧中的詞彙與「なる」做結合的練習。

① ＿＿＿＿＿＿＿＿＿なりました。（涼しい）　　　天氣變涼了。

② ＿＿＿＿＿＿＿＿＿なりましたね。（大きい）　　長大了不少。

③ 彼は＿＿＿＿＿＿＿＿＿なりました。（有名）　　他出名了。

④ わけが＿＿＿＿＿＿＿＿＿なりました。（分からない）　搞不懂了。

⑤ 教室が＿＿＿＿＿＿＿＿＿なりました。（静か）　　教室變得安靜了。

2. 請聽音檔，並依下列中文用日語做回答練習。

① 偶爾要加班。

② 有發年中及年終的兩次獎金。

③ （製造）車子。

④ 是的，這是估價單。

⑤ 是的，隨時都歡迎。

3. 請將下列的句子重組（請適時自行加入日文標點符號）。

① それでは／まず／始めましょう／見て／を／仕事／私の／もらいます／早速

我們馬上開始吧！首先請你先看我怎麼做。

➡ ＿＿＿＿＿＿＿＿＿＿＿＿＿＿＿＿＿＿＿＿＿＿＿＿＿＿＿＿＿＿＿＿＿＿

② いい／ここ／立って／見れば／いて／か／です／に　我站在這裡看可以嗎？

➡ ＿＿＿＿＿＿＿＿＿＿＿＿＿＿＿＿＿＿＿＿＿＿＿＿＿＿＿＿＿＿＿＿＿＿

③ を／を／入れます／開けて／材料／ドア　　　　　打開門，把材料放進去。

➡ ＿＿＿＿＿＿＿＿＿＿＿＿＿＿＿＿＿＿＿＿＿＿＿＿＿＿＿＿＿＿＿＿＿＿

④ が／で／押して／ボタン／両手／ので／ある／二つ／必ず／ください

有兩個按鈕，一定要兩手一起按。

➡ ＿＿＿＿＿＿＿＿＿＿＿＿＿＿＿＿＿＿＿＿＿＿＿＿＿＿＿＿＿＿＿＿＿＿

工廠相關的單字表現

【基本用語】

❶ 工場（こうじょう） 工廠

❷ 設備（せつび） 設備

❸ 機械（きかい） 機器

❹ ロボット 機器人

❺ コンベア 輸送帶

❻ 歯車（はぐるま） 齒輪

❼ スイッチ 開關

❽ 生産（せいさん）ライン 生產線

❾ 生産（せいさん） 生產

❿ 製造（せいぞう） 製造

⓫ 包装（ほうそう） 包裝

⓬ 梱包（こんぽう） 捆綁

⓭ 品質（ひんしつ） 品質

⓮ 倉庫（そうこ） 倉庫

⓯ フォークリフト 堆高機

⓰ トラック 卡車

⓱ コンテナ 貨櫃

⓲ 危（あぶ）ない 危險的

【工廠裝備】

❶ ヘルメット 安全帽

❷ 保護（ほご）メガネ 護目鏡

❸ マスク 口罩

❹ 手袋（てぶくろ） 手套

❺ 安全靴（あんぜんぐつ） 安全鞋

❻ 懐中電灯（かいちゅうでんとう） 手電筒

【相關原料】

❶ 鉄鋼（てっこう） 鋼鐵

❷ プラスチック 塑膠

❸ ガラス 玻璃

❹ 材木（ざいもく） 木材

❺ 紙（かみ） 紙

❻ パルプ 紙漿

❼ ゴム 橡膠

❽ セメント 水泥

❾ 金属（きんぞく） 金屬

文化專欄－參觀日本的工廠

　　到日本觀光時，除了欣賞大自然的美景、參觀莊嚴肅穆的神社佛寺，及享受泡湯之趣之外，其實還有一項比較不為人知的選擇，就是「參觀日本的工廠」。日本工廠開放參觀的不在少數，有些甚至可以親子同樂，有吃有玩，不僅可以增廣見聞，又能達到娛樂性的效果，可謂是一舉兩得，本篇簡單介紹幾間知名的工廠。

▲日清泡麵物館裡的泡麵展示

1. カップヌートルミュージアム横浜（横濱日清泡麵博物館）

　　此博物館位於神奈川縣橫濱市。著名的日清泡麵曾是許多日本人學生時代的必備糧食。參觀此工廠的一大賣點，便是可以體驗泡麵製作過程，做出自己喜好獨一無二的口味。工廠內的餐廳也可品嘗世界各國不同的麵食口味。

2. めんたいパーク大洗（大洗町明太子工廠）

　　此觀光工場位於茨城縣東茨城郡（大洗町）。「明太子」是一種魚卵食品，這間工廠一天可以生產五萬噸之多，從原料的浸漬、熟成、採量、塑形、包裝，生產的整個過程一覽無遺地呈現在觀光客們的面前，當然也可當場試吃。除此之外，還有明太子香腸，明太子燒賣等相關產品當場販售，對明太子有興趣的人千萬不要錯過。

3. マンズワイン勝沼ワイナリー（MANNS WINES勝沼葡萄酒釀造場）

　　此釀造場位於日本葡萄知名產地的山梨縣甲州市。因為是葡萄酒釀造場，所以一般是以成人為主要客群。這裡是日本葡萄酒的代表廠商所提供的工廠，除了紅酒之外，更有提供果汁、飲料等30多種飲品任君試飲。其中地底下的酒窖是參觀重點之一。（在日本，未滿20歲請勿飲酒；飲酒過量，有害健康）

4. キリンビール横浜工場（麒麟啤酒橫濱工廠）

　　此工廠位於神奈川縣橫濱市。大人們童心未泯的話，不妨去參觀一下麒麟啤酒工廠，參與並學習「一番搾り（初搾）」啤酒的奧秘，對成人們來說，喝生啤酒暢快一下當然是一定要的啦！（在日本，未滿20歲請勿飲酒；飲酒過量，有害健康）

▲麒麟啤酒橫濱工廠

第27課

應徵打工 アルバイトの面接で

（王がアルバイト先に電話でお問い合わせをする）

王：

もしもし、あ、すみません。インターネットの募集広告を拝見し、電話をさせていただきました。

受付：

はい、履歴書を持って、明日九時に直接当店にお越しください。

王：

はい。分かりました。

受付：

では、明日の九時にお待ちしております。

王：

はい。それでは失礼いたします。

（王がアルバイト先で面接を受ける）

王：

すみません、本日九時に面接をしていただく王と申します。どうぞよろしくお願いします。

面接官：

はい、どうぞお掛けください。このような飲食店のアルバイトの経験はありますか。

王：

はい、台湾のマクドナルドでアルバイトをしたことがあります。一度日本のマクドナルドで働いてみたいと思っていました。

（王書宇打電話跟徵人處詢問）

王：喂！啊，不好意思，我看了網路上的徵人廣告，所以打了電話過來。

櫃台：是的，勞駕您先準備好履歷表，明天九點時直接過來本店一趟。

王：好的！我知道了。

櫃台：那麼，明天的九點時等候您的到來。

王：好的！那我就不好意思先掛電話了。

（王書宇抵達面試地點）

王：不好意思，我是今天九點有預約面試的人，敝姓王，請多多指教。

面試官：好的，請坐。請問您有在這種餐飲業打工過的經驗嗎？

王：是的，我曾在台灣的麥當勞打過工，所以我想在日本的麥當勞打一次工試試看。

面接官：
来日してどれぐらいですか。

王：
半年です。昼は語学学校で勉強しています。

面接官：
そうですか。連絡先を書いてください。またこちらから連絡します。

面試官：請問您來日本多久了呢？

王：我來半年了，白天在語言學校裡念書。

面試官：這樣啊，那請幫我留一下您的聯絡地址，之後我再聯繫您。

必學單字表現

募集広告	徵人廣告
拝見する	（看的謙讓語）拜見
履歴書	履歷表
用意	準備
直接	直接
当店	本店
越す	（尊敬語）來、去
面接	面試
掛ける	坐
アルバイト	打工
マクドナルド	麥當勞
マック	（簡稱）麥當勞
働く	工作
来日	來到日本
連絡先	聯絡地址

會話重點

重點 よう（好像）的其他用法

「よう」是「好像」的意思，除了在第10課已經提到的用法之外，這裡再介紹下列幾種用法，①接動詞連用形後面，成為複合語。②接於名詞後面，成為複合語。

①彼の喜びようは、口では言えないくらいすごかった。 他高興的樣貌已經難以言喻了。

②ゼリーのようなもの物です。 像果凍般的東西。

如果「よう」的後接名詞時加「な」；當後接形容詞及動詞時，則是加「に」。

母のような優しい人になりたいです。 想成為像媽媽一樣那麼溫柔的人。

このようにしてください。 照這樣做。

當「よう」作為助動詞時，即為「ましょう（一起…吧！）」的常體。

家を出ましょう＝家を出よう 出門去吧！

「ようとする」是正想做（某事）…之意，例：

家を出ようとするところに電話がかかってきた。 正想要出門時，電話來了。

與潔淨程度相關的表現

きれい 乾淨　汚い 髒、骯髒

整ってる 整齊　散らかってる 凌亂

文法焦點

尊敬語 及 謙讓語 的用法

> ＊日語中有一套尊敬語與謙讓語的系統。尊敬語是在用語中提升對方的地位，對長輩及需要尊敬的人使用，一般的動詞可套用下列公式。

【尊敬語】

① 公式：お＋動詞連用形（ます形）＋になります

使う ➡ 使い ➡ お使いになりますか　　　您使用了嗎？

探す ➡ 探し ➡ お探しになります　　　您找尋

聞く ➡ 聞き ➡ お聞きになります　　　您問

② 公式：お＋動詞連用形（ます形）＋ください　**請您…**

越す ➡ 越し ➡ お越しください　　　請您過來一趟。

待つ ➡ 待ち ➡ お待ちください　　　請您稍作等候。

③ 公式：ご＋漢字動名詞＋ください　**請您…**

了承 ➡ ご了承ください　　　請您理解。

　　另有少數的一些動詞（通常是常用的動詞），在尊敬語表達時不套公式，必須改用另一個完全不同的詞彙，請死背下來。

食べる ➡ 召し上がる　　　　　　　　　您享用（吃）

見る ➡ ご覧になる　　　　　　　　　您過目

行く、来る ➡ いらっしゃる　　　　　你去、你來

する ➡ なさる　　　　　　　　　　　你做

言う ➡ おっしゃる　　　　　　　　　您說

> ＊另一種則是謙讓語，用於自謙，即降低自我身分地位的表現。用「いたします」時更加讓對方感到自己的謙卑。

【謙讓語】

お＋動詞連用形（ます形）＋します（いたします）

願う ➡ 願い ➡ お願いします　　　　我拜託

話す ➡ 話し ➡ お話しします　　　　我說

聞く ➡ 聞き ➡ お聞きいたします　　我問

　　另有少數的一些動詞（通常是常用的動詞），在謙讓語表達時不套公式，必須改用另一個完全不同的詞彙，請死背下來。

食べる ➡ いただく　　　　　　　　　我享用（吃）

見る ➡ 拝見する　　　　　　　　　　我看、我拜見

行く、来る ➡ 参る　　　　　　　　　我去、我前來

する ➡ いたす　　　　　　　　　　　我做

読む ➡ 拝読する　　　　　　　　　　我拜讀

言う ➡ 申す　　　　　　　　　　　　我叫做

詢問徵人

まだ募集をされていますか。
還有在徵人嗎？

はい、明日ご来店ください。
是，明天請來店裡一趟。

いいえ、もう締め切りました。
不，已經截止了。

詢問相關的經驗

関連した仕事の経験はありますか。
有相關的工作經驗嗎？

はい、多少あります。
是的，多少有一些。

いいえ、ありません。
不，沒有。

詢問休假出勤

土、日も出勤できますか。
週六、週日也能上班嗎？

はい、大丈夫です。
是的，沒問題。

いいえ、無理です。すみません。
抱歉，會有困難。

出勤時段

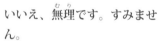

時間帯はいつ頃、都合がいいですか。
您哪個時段方便工作呢？

朝八時から午後四時までです。
早上八點到下午四點可以。

いつでも大丈夫です。
我什麼時段都可以。

單字

来店 到店裡來、來店	締め切り 截止	関連 相關
多少 多多少少	初めて 第一次	土、日 週六及週日
時間帯 時段	都合がいい 方便	

短會話練習 B

可出勤日

勤務できる曜日はいつですか。
星期幾可以上班？

土日祝日以外です。
週六、日及例假日以外（都可以）。

土、日だけです。
只有週六及週日。

確認時薪

時給はいくらですか。
時薪是多少錢？

時給は1,000円です。
每小時1,000日元。

1,000円です。それに交通費も全額支給されます。
1,000日元。此外，車馬費也全額支付。

詢問工作內容

仕事の内容は何ですか。
工作內容是什麼？

ハンバーガーを作ることです。
做漢堡。

レジと清掃です。
打收銀機和清潔工作。

工作髮型要求

黒髪でないといけませんか。
一定要黑頭髮（不可染髮）嗎？

はい、そして前髪が落ちないようにしてください。
是的，還有瀏海不能放下來。

長い髪はちゃんと結んでください。
長頭髮要綁起來。

單字

勤務 工作	祝日 國定假日	時給 時薪
全額 全額	支給 支付	ハンバーガー 漢堡
レジ 收銀機	清掃 打掃、清潔	黒髪 黑頭髮
前髪 瀏海	落ちる （物體）垂落	結ぶ 綁起來

1. 請將下列括弧中的詞彙改成謙讓語做練習。

❶ はい、＿＿＿＿＿＿＿。（食べる）　　好，我開動了。

❷ 手紙を＿＿＿＿＿＿＿。（見た）　　請容我拜讀。

❸ 明日＿＿＿＿＿＿＿。（行く）　　明日我將前往。

❹ 私は王と＿＿＿＿＿＿＿。（言う）　　敝姓王。

❺ ＿＿＿＿＿＿＿たいです。（話す）　　我想要與您談論。

2. 請聽音檔，並依下列中文用日語做回答練習。

❶ 有，我有在台灣的餐飲店打工過。

❷ 是的，沒問題（星期六、日我可以上班）。

❸ 我只有星期六、日可以上班。

❹ 1,000 日元。

❺ 做漢堡。

3. 請將下列的句子重組（請適時自行加入日文標點符號）。

❶ 九時／王／と／申します／を／に／の／面接／いただく／して

我是有今天九點有預約面試的人，敝姓王。

➡ ＿＿＿＿＿＿＿＿＿＿＿＿＿＿＿＿＿＿

❷ アルバイト／は／ありますか／このような／の／飲食店／経験／の

請問您有在這種餐飲業打工過的經驗嗎？

➡ ＿＿＿＿＿＿＿＿＿＿＿＿＿＿＿＿＿＿

❸ みたい／と思います／働いて／で／日本／マクドナルド／の

我想在日本的麥當勞打工試試看。

➡ ＿＿＿＿＿＿＿＿＿＿＿＿＿＿＿＿＿＿

求職及人事相關的單字

【基本求職用語】

❶ 就活 就職活動

❷ 求人情報 徵人資訊

❸ 応募 前來應徵

❹ 第一印象 第一印象

❺ 自己PR 自我介紹

❻ 人柄 人品

❼ キャリア 經歷

❽ スキル 技能

❾ アピール 表明、表述

❿ 真面目 認真

⓫ 前向き 積極向上

⓬ 責任感が強い 責任感強

⓭ 粘り強い 抗壓性高

⓮ 長所 長處、優點

⓯ 短所 短處、缺點

⓰ 月給 月薪

⓱ 年収 年收

⓲ 業種 業種

⓳ 勤務先 工作地點

⓴ 将来の夢 將來的理想

㉑ 選考 考選

㉒ 採用 採用

㉓ 検討 評估

㉔ 新卒 （大學剛畢業）新鮮人

㉕ マザコン 媽寶

【常用人事用語】

❶ 就職 就職

❷ 内定 內定

❸ 派遣 派遣

❹ 新人 （工作的）新人

❺ 出勤 上班

❻ 残業 加班

❼ 退勤 下班

❽ 休みを取る 請假

❾ 無断欠勤 曠職

❿ 転勤 轉調

⓫ 休日 假日

⓬ 振替休日 補休

⓭ 転職 轉職

⓮ 退職 離職

⓯ クビになる 被炒魷魚

⓰ 定年退職 退休

⓱ 辞職 辭職

⓲ ヘッドハンティング 獵人頭

➡ 自己紹介をお願いします。 請自我介紹。

➡ 職務経歴を教えてください。 請描述一下您的工作經歷。

➡ 前職の退職理由は何ですか。 請問離職的原因是什麼？

➡ 当社を志望した理由は何ですか。 請問您應徵本公司的理由是？

➡ 長所、短所を教えてください。 請説明一下自己的優缺點。

➡ 希望の年収は。 請問您期待的年收入是多少？

➡ 大きな失敗をしたことはありますか。 有過什麼失敗的經驗嗎？

➡ ブランクがありますがどうしてですか。 為什麼中間有一段時間沒有工作？

➡ ブランクの間は何をしていましたか。 在您沒有工作的期間，您都做了些什麼？

➡ 転職回数が多いようですが、それはなぜですか。 您似乎常常換工作，該理由是？

➡ どんな時に仕事のやりがいを感じますか。 您什麼時候覺得工作有成就感？

🦉 文化專欄－日商企業面試時這樣大NG

　　前往日商企業接受面試時，大致上都有一些必問的公式問題（如上述的內容），應答時必須格外小心一些容易 NG 的答案，畢竟台日間的文化仍有差異，思考方式與價值觀仍是有相當的分歧。

　　離職理由：「加班太多」、「跟老闆不合」都給人一種負面印象，當然要避免過於誠實。最好是積極正向的，例如：「想拓寬新視野」。另外，像「之前公司無法學到新東西」之類以強調並非自己的問題的話，會讓人覺得你一切都歸罪於前公司，在新公司的面試官的耳中，會覺得有一天公司會成為你不滿時的代罪羔羊，也是不妥。

　　應徵動機：NG 前五名的回答是：①「想再多學東西」（本公司不是學校）、②「待遇福利佳」（你只看到錢）、③「錄用我準沒錯」（你是誰呀？）、④「離家近」（懶惰鬼）、⑤「看到貴公司簡介很嚮往」（原來是根本沒準備）。

　　關於自己的優缺點：這個題目主要是希望能客觀自我分析，藉此了解應徵者的個性，觀察是否與職場契合，多數的面試官一直想聽到面試者所具體「標準答案」參考如下：

缺點	優點
我が強い（自我太強）	リーダーシップ（領導能力）
世話焼き（喜歡照顧人）	コミュニケーション力（溝通能力）
流されやすい（容易隨聲附和）	協調性（協調能力）
優柔不断（優柔寡斷）	柔軟性（有彈性空間）
あきらめが悪い（不容易放棄）	忍耐力（忍耐能力）
神経質（神經質）	几帳面（認真型）
理屈っぽい（愛說道理）	論理的（有邏輯）

（資料來源：tenshoku.mynavi.jp 網站筆者簡單整理）

　　注意到了嗎？這個參考列表的詭異性，也就是巧妙的把自己的優缺點用一體兩面的方式呈現，互相不矛盾的前提之下，看似缺點的地方，從另一個角度解讀，就成為一個優點。解釋時，技巧性地先說明缺點，然後換一個說法引出自己的長處，如此一來，多半的面試官便會產生負面印象被沖洗掉的感覺，而留下對自己印象好的一面。

◀在日商企業面試時常見要有的穿著

　　大部分日商公司面試時，服裝儀容都要注意，如女生的鞋子不能露腳趾（穿包鞋的低跟），黑頭髮、長髮束起來，穿有領的襯衫等，所以日本大學生在畢業前都會準備一套「求職服」（百貨公司到了畢業季便會推出整套優惠方案），黑色西裝（褲、裙）、白襯衫、黑色皮鞋、黑色手提公事包，如果在電車上看到這樣打扮的年輕人，八九不離十，就是面試去了。

第28課

在女僕咖啡廳 メイドカフェで

王：
坪井さん、日本のメイドカフェへ行ったことがありますか。それはどういうところですか。

坪井：
それはメイドのコスプレをしている女の子がいる喫茶店です。面白いですよ。行ってみましょうか。

王：
どこにありますか。

坪井：
秋葉原にありますよ。アイドル、アニメ、フィギュア、サブカルの聖域と呼ばれる秋葉原です。

王：
へえー、面白そうですね。あのう、チャットレディも聞いたことがあるんですが。

坪井：
はい、よく知っていますね。それはチャットルームで働いている女性のことですね。チャットレディと何でも話すことができます。私も行ってみたいです。

王：
個室で話せるなら安心ですね。周りを気にせずに、ご飯を食べながら楽しめますね！

坪井：
まさか王さんはご飯を食べに行くためではないですよね。

王：
你去過日本的「女僕咖啡廳」嗎？那是什麼樣的地方？

坪井：
那是女孩子打扮成女僕模樣的咖啡廳，很好玩的，去看看吧！

王：
在哪裡有呢？

坪井：
在秋葉原呦。號稱偶像、動漫、公仔、次文化聖地的秋葉原就有。

王：
哇，好像真的很好玩，那你聽過「聊天小姐」嗎？

坪井：
哈哈，你真內行耶！那是指在聊天室裡工作的女性，和「聊天小姐」天南地北都可以聊，我也想去看看。

王：
在包廂裡交談令人放心，不必在意四周，還可以邊吃邊聊，真開心。

坪井：
莫非你是為了吃才去的嗎？

必學單字表現

メイドカフェ	女僕咖啡廳
コスプレ	角色扮演
面白い	有趣的
フィギュア	公仔
サブカル	次文化
聖域	聖地
呼ぶ	叫做
チャットレディ	聊天小姐
チャットルーム	聊天室
個室	包廂
周り	四周
気にする	在意
まさか	莫非、難道

 ## 會話重點

重點1 …動詞未然形＋ずに 不…（的狀態下），做…

「ずに」前接動詞未然形，表示「在未進行前述的狀態下，做了後述的動作」的意思。口語時有時候會省略「に」。「する」時會變成「せずに」。

父は新聞を見ずに、出かけていきました。
爸爸沒讀報紙就外出了。

あらら、勉強せずに遊びに行くのはよくないんじゃない？
哎呀！沒有念書就跑去玩，這樣不太好吧？

重點2 …ながら 一邊…、一邊…

「ながら」前面要接動詞連用形（ます形），表前、後述的動作的並列進行，即「一邊…、一邊…」的意思。

スマホを見ながら歩かないでください。
不要一邊玩手機，一邊走路。

テレビを見ながらごはんを食べます。
一邊看電視，一邊吃飯。

第28課 在女僕咖啡廳

女僕咖啡館裡常會聽到的用語

★ 可愛い　可愛
★ 萌え　好萌
★ ご主人様　（來店的男客人）主人
★ お嬢様　（來店的女客人）小姐
★ お帰りなさいませ　（歡迎光臨）您回來啦
★ お出かけ　（客人離開）您外出
★ 永遠の17歳　（女僕不透露年齡）是永遠的17歲
★ 魔法　魔法
★ 絶対領域　絕對領域
★ 卒業　（女僕離職）畢業

★ 秘密の花園　（美稱）洗手間、廁所
★ 猫耳　貓耳
★ メイド長　（店長）女僕長

305

…そうだ 的用法

> ＊「そうだ」是一個樣態助動詞，有兩種用法，分別是可分為樣態助動詞，表示「好像」的意思；另一種則是傳聞助動詞，表示「聽說」的意思，用法上常常令人搞混，千萬不要弄錯了。

【當樣態助動詞使用時公式如下】

① 動詞連用形＋そうだ
② 形容詞去除詞尾い＋そうだ
③ 形容動詞＋そうだ

① 仕事はうまくいきそうですか。　　　　工作好像是很順利的樣子嗎？

② このプリンは美味しそうです。　　　　這個布丁好像很好吃的樣子。

③ 静かそうなところです。　　　　　　　看起來好像是很安靜的地方。

【當傳聞助動詞使用時公式如下】

① 動詞原形＋そうだ
② 形容詞原形＋そうだ
③ 形容動詞＋だ＋そうだ
④ 名詞＋だ＋そうだ

① 明日は松川さんが休むそうです。　　　聽説明天松川小姐請假。

② インドは暑いそうです。　　　　　　　聽説印度很熱呢！

③ その町は賑やかだそうです。　　　　　聽説那座小鎮是相當熱鬧的。

④ 彼はアメリカ出身だそうです。　　　　聽説他是美國人。

短會話練習 A

到店目的

> メイドカフェで何をしますか。
> 在女僕咖啡廳都做些什麼呢？

> 休憩したり本を読んだりします。
> 休息啊！或是讀書！

> メイドとおしゃべりしたりします。
> 和女僕聊天。

詢問女性到店

> 女性もメイドカフェに行ってもいいですか。
> 女性也可以去女僕咖啡廳嗎？

> 大歓迎ですよ。
> 相當歡迎呦。

> お客様の半数が女性ですよ。
> 一半以上的客人都是女性呢！

詢問攜帶孩童

> 子連れでもいいですか。
> 帶小孩去也可以嗎？

> もちろんです。
> 當然可以。

> 構いません。
> 沒關係的。

關於抽菸

> 店内は禁煙ですか。
> 請問店裡是禁菸的嗎？

> はい、禁煙です。
> 是的，（店裡）禁止吸菸。

> いいえ、喫煙でもOKです。
> 不，要抽菸等也是可以的。

單字

休憩 休息	たり～たり～します 又…又…	おしゃべり 談話聊天
すべて 所有	半数 一半	子連れ 帶小孩
店内 店裡	構いません 沒關係	喫煙 抽菸

店內禮儀

メイドカフェのマナーを教えてください。
女僕咖啡廳內要注意什麼禮儀呢？

メイドさんをナンパしてはいけません。
不可以搭訕女僕。

私生活を聞いてはいけません。
不可以打探（女僕的）私生活。

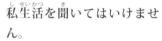

為何到店

なぜメイドカフェに行きたいんですか。
你為何想去女僕咖啡廳呢？

「オタク」文化を知りたいですから。
因為我想了解「御宅族」的文化。

行ったことはありませんから。
因為我沒有去過。

喜歡的理由

メイドカフェのどこがお好きですか。
喜歡女僕咖啡廳的什麼地方？

可愛いメイドさんが好きです。
有可愛的女僕。

オリジナルなメニューが好きです。
有專屬的菜單。

問秋葉原

「アキバ」ってどんな街ですか。
「秋葉原」是個什麼樣的地方？

電気街です。
是電器產品街。

アイドルの街です。
是偶像集中地。

單字

マナー	禮儀	ナンパ	搭訕	私生活	私生活
なぜ	為什麼	オタク文化	御宅族文化	オリジナル	專屬、獨創
メニュー	菜單	アキバ	（地名）秋葉原的暱稱	街	街道
電気街	電器產品街	アイドル	偶像	って＝という	叫做…

1. 請聽音檔，並依下列提示的單字，選出正確的答案（依樣態、傳聞的公式變化）。

美味しい　　寒い　　できる　　高い　　暑い

① このケーキは＿＿＿＿＿＿＿です。　　這份蛋糕好像很好吃。

② この店は＿＿＿＿＿＿＿です。　　聽說這間店好像很貴。

③ 明日は＿＿＿＿＿＿＿です。　　明天好像會很冷。

④ 仕事は＿＿＿＿＿＿＿です。　　好像能把工作做得很好。

⑤ インドは＿＿＿＿＿＿＿です。　　聽說印度很熱。

2. 請聽音檔，並依下列中文用日語作回答練習。

① 休息啊！或是讀書！

② 當然可以。

③ 是的，（店裡）禁止吸菸。

④ 不可以搭訕女僕。

⑤ 是電器產品街。

3. 請將下列的句子重組。

① そう／面白／チャットレディ／が／こと／ありますか／聞いた／です／も／ね／あのう　　好像真的很好玩，那你聽過「聊天小姐」嗎？

→＿＿＿＿＿＿＿＿＿＿＿＿＿＿＿＿＿＿＿＿＿＿＿

② こと／です／それは／チャットルーム／女性／の／働いている／で

那是指在聊天室裡工作的女性。

→＿＿＿＿＿＿＿＿＿＿＿＿＿＿＿＿＿＿＿＿＿＿＿

③ を／楽しめます／周り／気に／食べながら／せずに／ご飯／ね／を

不必在意四周，還可以邊吃飯邊聊天真舒服。

→＿＿＿＿＿＿＿＿＿＿＿＿＿＿＿＿＿＿＿＿＿＿＿

❶ 若者（わかもの） 年輕人

❷ アイドル 偶像

❸ 大道芸人（だいどうげいにん） 街頭藝人

❹ ゲリラライブ 快閃表演

❺ カラオケ屋（や） 卡拉OK店

❻ J-POP（ジェーポップ） J-POP

❼ 動画（どうが） 動畫

❽ アニメ 動漫

❾ コミック 漫畫

❿ キャラクター 卡通人物

⓫ 架空（かくう） 虛構、虛擬

⑫ ロリータ 蘿莉

⑬ ロリコン 蘿莉控

⑭ 執事喫茶（しつじきっさ） 執事咖啡廳

⑮ 腐女子（ふじょし） 腐女子

⑯ BL（ビーエル） BL

⑰ フィギュア 公仔

⑱ 漫画（まんが） 漫畫

⑲ 同人誌（どうじんし） 同人誌

⑳ ゲームセンター 遊戲中心

㉑ ゲーム機（き） 遊戲機

㉒ 生活雑貨（せいかつざっか） 生活百貨

㉓ イベントキャンペーン 宣傳活動

㉔ 激安（げきやす） 超便宜

㉕ UFO（ユーフォー）キャッチャー 夾娃娃機

㉖ ガチャガチャ、カプセルトイマシーン 扭蛋機

㉗ トレーディングカード 遊戲王卡

㉘ プラモデル 模型

加強表現

❶ メイドさんとゲームをする
跟女僕玩遊戲

❷ 猫耳（ねこみみ）を被（かぶ）る 戴上貓耳

❸ メイドさんを褒（ほ）める 誇讚女僕

❹ メイドさんがステージで踊（おど）る
女僕在舞台上跳舞

❺ 恥（は）ずかしくてメイドさんをチラッと見（み）る
感到害羞，所以只偷瞄女僕

❻ メイドさんと一緒（いっしょ）に記念写真（きねんしゃしん）を撮（と）りたい
想跟女僕一起拍攝紀念照片

❼ ケチャップでオムライスにお絵（え）かきをする
用番茄醬在蛋包飯上畫可愛圖案

文化專欄－日本的次文化

「次文化」在英文是「Subculture」，日語是「サブカルチャー」，簡稱「サブカル」，這是個相對於「高文化」的稱呼。那麼何謂「高文化」呢？高文化一般是指較主流的文化項目，例如：「如文學、美術、音樂、戲劇」等，而次文化則是像「動漫」等不太會被當作正經論文研究題目的對象。在日本，漫畫向來被歸為次文化項目，這點當然令漫畫迷相當不服氣，所以現在次文化的定義多指：「在社會中較異於主流的人們，所擁有的獨特文化」，

▲日本的次文化

在日本人的社會中，次文化的風氣漸漸盛行，成為一種大眾文化，甚至成為研究領域之後，「媒體文化」不知不覺中也歸屬在次文化之內。

西元 1980 年代的日本次文化，可說是全盛期時代，比現在二十一世紀所指的次文化項目還要更多，包括了「動畫、漫畫、電遊、SF、迪斯可、街頭時尚、成人影片」等等項目，有一個共通現象是稍嫌「不良」，白話一點就是有點「違反善良風俗」的感覺。而進入了西元 1990 年代，次文化在此時產生了最大的變革，即是漫畫與動畫結合，有了「動漫」文化，漫畫拍成動畫片，動畫又變成小說作品，進而也替「オタク（御宅族）」文化的發展推波助瀾。

▲紫式部的古典名著《源式物語》也曾以漫畫面貌問世

隨著「御宅族」文化的興起，個人興趣、喜好開始進入了細分化的領域，形成小眾族群如雨後春筍不斷冒出，打破既有的「多數人即主流」的價值觀。其中有趣的現象是，這些小眾相反的帶動了原本高文化中較冷門的科別，如「古典文學、考古學」等，以知識面而言，古典、考古都是高深莫測的學問領域，但在次文化中，也許會成為一個很潮的主題，於是主流文化與次文化有了曖昧的交集後，主流文化藉由次文化呈現方式注入了新生命，甚至出現魚幫水，水幫魚的奇特現象。

本來「次文化」的概念是個別主觀意識而形成的一種理念，被稱為「顔が見える文化（看得見個人色彩的文化）」。而現在網路普及，次文化反而成為一種「顔が見えない文化（看不到個人表情的文化）」，這也是另類的一種進化現象。

過元旦新年　元日に

王：
明けましておめでとうございます。

佐藤：
明けましておめでとうございます。

王：
日本のお正月は初めてなんです。

佐藤：
そうですか。日本には長くいるのに、ではいろいろ教えてあげましょうか。

王：
よろしくお願いいたします。

佐藤：
まず大晦日に年越しそばを食べて、そしてお寺に行って、除夜の鐘を聞きます。人込みが嫌いな人は、大晦日を家で『紅白歌合戦』でも見ながら過ごします。

王：
なるほど。分かりました。ありがとうございます。お母様が作ってくださった年越しそばは、美味しいですね。ところで、お年玉をあげなくてもいいんですか。

佐藤：
お年玉は未成年の者だけです。なお、元日に神社やお寺に参拝に行くことを「初詣」と言います。

王：
恭喜恭喜。

佐藤：
新年快樂。

王：
我第一次在日本過年！

佐藤：
是喔！都在日本這麼久了（還是第一次！），那麼我來細說端詳吧！

王：
那就請多指教。

佐藤：
首先是十二月三十一日（大晦日），會吃「過年蕎麥麵」，然後去寺廟聽「除夕鐘聲」。不喜歡人擠人的人，這天就在家裡看《紅白歌合戰》之類的電視節目渡過。

王：
是這樣呀！我知道了，謝謝！除夕夜您的母親做來招待我的過年蕎麥麵，真是美味。對了，不必給紅包嗎？

佐藤：
紅包只有未成年人才有得拿喔！還有，元旦那天去神社或寺廟參拜的話叫做「初詣」。

王：
おせち料理はいついただきますか。

佐藤：
本当に食べ物ばかり考えていますね！うちでは元日の昼にいただきます。あとお屠蘇を飲みながらお雑煮もいただきます。

王：
へえー、楽しみですね。

王：
那什麼時候吃年菜啊？

佐藤：
你真的只想到吃耶！我們家是元旦中午吃，此外還有喝屠蘇酒，吃雜煮（煮麻糬）等。

王：
哇！好期待。

必學單字表現

明けまして	新年（到）
お正月	過年
いろいろ	許許多多
大晦日	（陽曆的十二月三十一日）大晦日
年越しそば	過年蕎麥麵
除夜	除夕
お年玉	紅包、壓歲錢
初詣	元旦到神社參拜
おせち料理	年菜
ばかり	光是
お屠蘇	屠蘇酒
お雑煮	（用蔬菜、雞肉、麻糬煮成的料理）雜煮

會話重點

重點1 なお　此外…、還有…、尚猶…

此副詞用於描述一件情事裡，仍未曾改變，或有其他附加的事項。

一日を過ごしたとしても、イヌはなお、そこで待っています。
即使過了一天，那隻狗還是在一直在那裡等待。

明日は普段着できてください。なお、ハイヒールを履かないようにしてください。　明天請穿一般便服來。此外，記得不要穿高根鞋喲！

重點2 …でも　例舉的基準

指前述是一項例舉的基準，其之前提及的名詞通常只是後述動作所觸及的同性質的選項之一。亦有「即使是…」的意思。

ロシア語でも勉強しませんか。
要不要學習俄語或是其他的呢？

↳ 俄語只是一項舉例，更暗示有其他的學習選項。

初心者でも間違わない文法問題ですよ。
這個可是剛入門的人也不會弄錯的文法問題喲。

313

…のに 的用法

> ＊「…のに」是逆接的表現，連接兩個意思對立的子句，即用於原本話者認知的是某一種狀況，結果卻是完全不一樣的狀況時的逆接。因此，帶有不服氣或很意外的語感，通常中文可相當於「雖然…但…、明明…卻…」。但依句子的情況，也能不翻譯出來。

【形容詞的應用】 原形＋なのに

安_{やす}いのに美味_{おい}しいです。

雖然很便宜，可是還不錯吃。

【名詞、形容動詞的應用】 名詞及形容動詞詞幹＋なのに

つまらない芸能人_{げいのうじん}なのに売_うれています。

明明就是個很無趣的藝人，卻相當爆紅。

きれいなのに彼氏_{かれし}がいません。

明明長得就很漂亮，卻沒有男朋友。

【動詞的應用】 過去式或原形＋のに

ダイエットしてるのに、全然痩_{ぜんぜんや}せないんです。

明明就一直在瘦身，卻完全沒有瘦下來的跡象。

一生懸命勉強_{いっしょうけんめいべんきょう}したのに合格_{ごうかく}できなかった。

那麼拼命用功了，卻沒有及格。

さっき言_いったのに！聞_きいていなかったんですね！

不是才剛説過，都沒有在聽。

短會話練習 A

新年日期

日本の新年はいつですか。
日本的新年是什麼時候？

明治から西暦の一月一日となりました。
從明治時代開始便定為西元的一月一日。

元日から三日までです。
從元日一號開始到三號。

新年擺飾

何を飾りますか。
要擺什麼嗎？

門松やしめ飾りです。
要擺門松或結上注連飾品。

鏡餅などです。
要擺鏡餅之類的。

相關差異

元旦と元日はどう違いますか。
元旦與元日有什麼差別？

元日は一月一日の意味です。
元日是指一月一號。

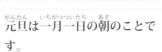

元旦は一月一日の朝のことです。
元旦指一月一號的早上。

可否打掃

元日は掃除してはいけませんか。
一號那天不可以打掃嗎？

はい、福を掃き出してしまうからだと言われています。
是的，據說打掃會把福氣掃出門。

掃除は大晦日のうちに終わらせてください。
請在大晦日那天就先打掃完畢吧！

單字

新年 新年	飾る 裝飾	門松 門松
しめ飾り 注連飾品、結繩飾品	鏡餅 （過年麻糬餅）鏡餅	元旦 一號早上
元日 一月一日	掃除 打掃	福 福氣
掃き出す 掃地出門	うち 之中	

詢問年菜

おせち料理は何が入っていますか。
年菜裡面包含什麼？

かまぼこや、黒豆や数の子などです。
有魚板、黑豆、魚卵等等。

焼き物、煮物、酢の物などです。
有烤的、煮的、還有醋醃型的食品。

問雜煮

お雑煮とは何ですか。
什麼是雜煮？

野菜や鶏肉やもちなどで作ったものです。
用蔬菜、雞肉、麻糬、煮成的年菜料理。

問初夢

初夢とは何ですか。
什麼是初夢？

一般的に正月の二日の夜に見る夢です。
一般而言是正月二號夜裡所做的夢。

「一富士二鷹三茄子」の夢を見ると縁起がいいと言われています。
如果夢見「一、富士山，二、老鷹，三、茄子」的話，據説都是好兆頭。

問紅包

お年玉のことを教えてください。
請告訴我有關壓歲錢的事。

年少者や自分より地位の低い人にあげるお金のことですよ。
都是給年少者或比自己地位低的人。

相場は2,000円から10,000円までです。
行情是2,000日元至10,000日元左右。

単字

かまぼこ 魚板	黒豆 黑豆	数の子 魚卵
焼き物 烤物	煮物 煮的東西	酢の物 醋醃的東西
初夢 （新年時期，通常是二號做的）初夢		茄子 茄子
縁起 兆頭、預兆	低い 低下的	相場 行情

會話練習

1. 請聽音檔，並依下列提示的單字，選出正確的答案。

　初夢〔はつゆめ〕　　お雑煮〔ぞうに〕　　門松〔かどまつ〕　　お年玉〔としだま〕　　元日〔がんじつ〕

① ＿＿＿＿＿＿＿は何〔なん〕ですか。　　　　門松是什麼？

② ＿＿＿＿＿＿＿は何〔なん〕ですか。　　　　雜煮是什麼？

③ ＿＿＿＿＿＿＿は何〔なん〕ですか。　　　　紅包是什麼？

④ ＿＿＿＿＿＿＿は何〔なん〕ですか。　　　　元日是什麼？

⑤ ＿＿＿＿＿＿＿は何〔なん〕ですか。　　　　初夢是什麼？

2. 請將下列的句子重組。

① 過ごします〔す〕／を／が／でも／で／は／見ながら〔み〕／行かない〔い〕／な／『紅白歌合戦〔こうはく・うたがっせん〕』／人〔ひと〕／嫌い〔きらい〕／テレビ／お寺〔てら〕／に／家〔いえ〕／人込み〔ひとごみ〕／大晦日〔おおみそか〕

不喜歡人擠人的人，這天就在家裡看《紅白歌合戰》之類的電視節目渡過。

→ ＿＿＿＿＿＿＿＿＿＿＿＿＿＿＿＿＿＿＿＿＿＿＿

② に／や／に／に／を／と／言います〔い〕／「初詣〔はつもうで〕」／行くこと〔い〕／元日〔がんじつ〕／神社〔じんじゃ〕／お寺〔てら〕／参拝〔さんぱい〕

元旦那天去神社或寺廟參拜的話叫做「初詣」。

→ ＿＿＿＿＿＿＿＿＿＿＿＿＿＿＿＿＿＿＿＿＿＿＿

③ いつ／いただきます／は／おせち料理〔りょうり〕／か

什麼時候吃年菜呀？

→ ＿＿＿＿＿＿＿＿＿＿＿＿＿＿＿＿＿＿＿＿＿＿＿

④ あと／飲みながら〔の〕／を／も／いただきます／屠蘇〔とそ〕／雑煮〔ぞうに〕

此外還有喝屠蘇酒，吃雜煮（煮麻糬）。

→ ＿＿＿＿＿＿＿＿＿＿＿＿＿＿＿＿＿＿＿＿＿＿＿

日本的節日名稱

【國定假日】

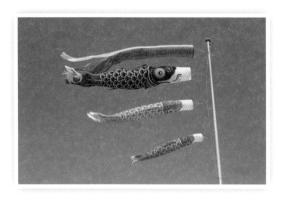

❶ 元日 (がんじつ) 元旦

❷ 成人の日 (せいじん ひ) 成人日

❸ 建国記念の日 (けんこく き ねん ひ) 建國建立日

❹ 天皇誕生日 (てんのうたんじょう び) 天皇誕辰紀念日

❺ 春分の日 (しゅんぶん ひ) 春分之日

❻ 昭和の日 (しょう わ ひ) 昭和之日

❼ 憲法記念日 (けんぽう き ねん び) 憲法紀念日

❽ みどりの日 (ひ) 綠色之日

❾ こどもの日 (ひ) 兒童節

❿ 海の日 (うみ ひ) 海之日

⓫ スポーツの日 (ひ) 體育節

⓬ 山の日 (やま ひ) 山之日

⓭ 敬老の日 (けいろう ひ) 敬老節

⓮ 秋分の日 (しゅうぶん ひ) 秋分之日

⓯ 文化の日 (ぶん か ひ) 文化之日

⓰ 勤労感謝の日 (きんろうかんしゃ ひ) 勤勞感謝之日

【五節句】

❶ 人日の節句 (じんじつ せっく) 人日節

❷ 上巳の節句 (じょう し せっく) 上巳節

❸ 端午の節句 (たん ご せっく) 端午節

❹ 七夕の節句 (たなばた せっく) 七夕節

❺ 重陽の節句 (ちょうよう せっく) 重陽節

【其他行事】

❶ 節分 (せつぶん) 節分

❷ ひな祭り (まつ) 女兒節

❸ 花見 (はな み) 賞櫻

❹ 七夕 (たなばた) 七夕

❺ 中元 (ちゅうげん) 中元

❻ お盆 (ぼん) 盂蘭盆節

❼ 月見 (つき み) 賞月

❽ 紅葉狩り (もみじ が) 賞楓

❾ 七五三 (しち ご さん) （孩童3歲、男孩5歲、女孩7歲時的祈福儀式） 七五三

❿ 冬至 (とう じ) 冬至

【其他節日】

❶ バレンタインデー　情人節

❷ ホワイトバレンタインデー　白色情人節

❸ 忍者の日　忍者日

恭賀新年的吉祥用語

➡ **笑門来福**　常歡笑的人會幸福　　　　➡ **迎春万歳**　新春萬壽無疆

➡ **新春万歳**　新年萬事如意　　　　　　➡ **長楽万年**　萬年幸福喜樂

日本過年時，有寫賀年卡的習慣，通常是年底 12 月 25 日前統一用橡皮筋綁著郵寄（很多張一起寄的時候），郵差會等到元旦那天統一送到收件人手中，新年收到新春賀年卡討個吉祥的開始。而賀年卡的標準寫法是：

明けましておめでとうございます。

昨年は大変お世話になりました。

本年も皆様のご多幸をお祈りも申し上げます。

今後ともよろしくお願いも申し上げます。

令和〇〇年

文化專欄－日本的元旦新年

　　日本與台灣不同，自明治時代起就採用西曆，因此過年也普遍只過新曆年，也就是台灣的元旦，一月一號。

　　在日本，一般過年的習俗會寫「年賀状（賀年卡）」（自行印刷或送印）與親友相互問候，一般於年底（12 月）的時候開始撰寫。隨著時代的演進，現在也有只透過手機的方式賀年。

　　日本人會在除夕夜（陽曆的 12 月 31 日）時吃「年越しそば（過年蕎麥麵）」，這項習

俗基本上像台灣人有守歲的觀念一樣，但台灣守觀概念是祈禱父母長壽，而日本則是祈求一年的平安健康。

▲日本的過年蕎麥麵

到了新年，日本家家戶戶會有一項裝置重頭戲的擺飾，那便是擺在玄關處上的「門松（門松）」。什麼是門松呢？門松各家長相不同，但是大同小異的都是三根削半尖的竹子再加上一些植物等裝飾，因為日本人相信福神是會降臨在枝頭上，如果沒有門松，福神就無處落腳，福氣就到不了家裡，將影響一整年的家運，所以大家都會放。除了門松之外，也會裝上「しめ飾り（草繩結的飾品；注連裝飾）」，此舉也是為了希望新的一年得趨吉避凶之效。

▲日本的過年注連裝飾

▲左邊是鏡餅，右邊是門松

另外，日本人從新年開始，一般會在家中的客廳或神壇放置一個，木台上有兩個大小重疊且加些裝飾的的麻糬餅，這個叫做「鏡餅（鏡餅）」。鏡餅象徵日月（或陰陽），通常放到1月中旬之後，全家就會進行所謂「鏡開き」，也就是把鏡餅煮來享用。

12月31日的夜晚，有些日本人特別去佛寺聽「除夜の鐘（除夕鐘聲）」，在佛寺裡，僧人會敲響108聲，這108聲代表著人世間的108種煩惱，聽完後便可去除這些煩惱。吃完過年蕎麥麵後，年輕人就會趁夜摸黑去「初詣（初詣）」，去神社參拜，搶在「元旦（元旦）」（即零時）去搶頭香（日本神社無插香習慣），只是搶個大早討個吉利，再則去看日出，跟台灣一樣，看一年的第一個旭日東昇，祈禱一年健康順利，1月1日起才會開始吃「おせち料理（年菜）」，原則上年菜會吃到1月3日，讓主婦們可以好好休息一下。

▲日本的年菜（更多的年菜說明可見第十二課文化說明）

另外「雜煮（雜煮）」，也是過年的料理。這是用蔬菜、雞肉加麻糬去煮的料理。至於說到「お年玉（壓歲錢）」，日本給紅包的習俗不像台灣那麼興盛，大概只有高中生以下年紀的少年人才有機會拿到，行情約一般是 2,000 日元左右。

▲日本的過年雜煮

台灣的春節，鞭炮聲震耳欲聾，恭賀的聲響不絕於耳，大人、小孩穿新衣戴新帽的的喜悅溢於言表，但相對之下，日本的新年是非常寧靜安詳的，除了神社會湧入驚人的人潮之外，普遍也很少見小孩在外玩耍（也許是日本少子化之故）的畫面，互相走春拜年一般恐怕也只有鄉下比較常見，初二一大早去搶百貨公司的「福袋（福袋）」，可是重要的例行公事之一。以往的福袋多是百貨公司趁機大清倉，所以民眾們總是興緻缺缺。由於福袋如果不是真的物超所值的話，便很容易滯銷，於是近幾十年來，業者開始讓福袋的內容物真的具有價值感，甚至於推出限量的福袋，結果反而成為最受老少婦孺歡迎的新年福利。因此，與當初相比，福袋變得不再是清倉的商業手法，而成為真正名符其實的「福袋」了。

▲日本元旦時去神社參拜稱為「初詣（はつもうで）」。
神社、寺廟都是日本每逢過年最容易出現萬人空巷場景的地方

在結婚會場　結婚式場で

趙：
本当におめでたいですね。

坪井：
そうですね。王さんと佐藤さんはやっと一緒になったんです。

趙：
日本での結婚式は大変でしょう。

坪井：
そうですね！式場や、料理や、引出物ギフトなどものすごくお金がかかりますね。

趙：
いくらぐらいするんですか。

坪井：
従来ならば少なくとも300万円以上でしょう。まあ祝儀をもらえば、すこしは助かりますが。

趙：
へえー、今格安結婚式があるでしょう。披露宴とか新婚旅行もけっこう安くできると聞きましたが。

坪井：
いくら安くても100万円は必要でしょう。

趙：
へえー、坪井さんはいくらの貯金がありますか。

坪井：
え、それは失礼ではないですか。

趙：
真是可喜可賀。

坪井：
是啊！小王跟佐藤小姐終於走在一起了。

趙：
在日本的結婚典禮很花錢吧？。

坪井：
是啊！會場、菜餚、回贈的禮物等等，都所費不貲。

趙：
大概要花多少呢？

坪井：
以往到現在，至少也都要300萬日元以上吧！不過收了紅包，多少會有些減輕開銷。

趙：
是喔，現在有優惠結婚方案？據說不論是喜宴或是渡蜜月也都能變得很便宜……

坪井：
再怎麼便宜也要100萬日元吧！

趙：
喔！那坪井先生你有存款嗎？

坪井：
喂！妳這樣問，很沒禮貌喔！

必學單字表現

おめでたい	值得慶賀的、可喜可賀的
結婚式 けっこんしき	結婚典禮
式場 しきじょう	會場
引出物ギフト ひきでもの	回贈的禮品
ものすごい	非常
従来 じゅうらい	向來、以往至今
祝儀 しゅうぎ	禮金、紅包
助かる たす	得到幫助、得救
格安 かくやす	特惠價、廉價
披露宴 ひろうえん	喜酒、喜宴
新婚旅行 しんこんりょこう	蜜月旅行
貯金 ちょきん	儲蓄、存款
やっと	終於

會話重點

重點1 …や…や…など　表示並列

此表現是敘述事物的並列，有「…呀…呀…等等、…或…或…等等」的意思，「や」之前基本上接續名詞。

山や海は人でいっぱいです。
やま うみ ひと

無論是山裡或海邊都人滿為患。

鞄の中に鉛筆や財布や傘などがあります。
かばん なか えんぴつ さいふ かさ

包包裡放有鉛筆呀！皮夾呀！傘等等的物品。

重點2 …ても（でも）　即使…、就算…

之前學過動詞て形的接續「…てもいい」的用法。當後接不是「いい」時，就是「即使…、就算…」的意思。

子供は寝てもぬいぐるみを抱きます。
こども ね だ

孩子就算睡覺也要抱著布偶。

高くても買います。
たか か

即使造價昂貴也要買。

與幸福相關的表現

幸せ 幸福
しあわ

ラブラブ 甜甜蜜蜜

いちゃいちゃ 卿卿我我

のろける 津津樂道地秀自己的
恩愛情事給別人聽

夫婦仲が良い 夫妻關係好
ふうふ なか よ

夫婦仲が悪い 夫妻關係不好
ふうふ なか わる

夫婦喧嘩 夫妻吵架
ふうふげんか

仮面夫婦 假面夫妻
かめんふうふ

不幸 不幸福
ふこう

🦉 文法焦點

少<ruby>す<rt></rt></ruby>なくとも 及一些相關副詞及表現的用法

> * 「少<ruby>す<rt>く</rt></ruby>なくとも」是副詞，表最少程度，「至少、最少」的意思。

会場<ruby>かいじょう<rt></rt></ruby>には少<ruby>す<rt>く</rt></ruby>なくとも千人<ruby>せんにん<rt></rt></ruby>がいます。　　會場上至少有一千人。

少<ruby>す<rt>く</rt></ruby>なくとも規則<ruby>きそく<rt></rt></ruby>だけは守<ruby>まも<rt></rt></ruby>ってください。　　至少要請你遵守規定。

> * 「少<ruby>す<rt>く</rt></ruby>なくも」是副詞，與「少<ruby>す<rt>く</rt></ruby>なくとも」的用法相同。

少<ruby>す<rt>く</rt></ruby>なくも100メートルはあります。　　最少也有100公尺。

> * 「少<ruby>す<rt>く</rt></ruby>なくても」是形容詞變化的表現，亦與「少<ruby>す<rt>く</rt></ruby>なくとも」同樣有「至少、最少」的用法。但也有「即使少…也…」的意思。

少<ruby>す<rt>く</rt></ruby>なくても私<ruby>わたし<rt></rt></ruby>に知<ruby>し<rt></rt></ruby>らせてください。　　至少要通知我一下。

仕事経験<ruby>しごとけいけん<rt></rt></ruby>が少<ruby>す<rt>く</rt></ruby>なくても大丈夫<ruby>だいじょうぶ<rt></rt></ruby>ですか。　　即使工作經驗不多也沒關係嗎？

> * 「少<ruby>す<rt>く</rt></ruby>なくない」是連語。連語後必須接續名詞，表不少程度人、事、物的意思。

反対<ruby>はんたい<rt></rt></ruby>する人<ruby>ひと<rt></rt></ruby>は少<ruby>す<rt>く</rt></ruby>なくないです。　　反對的人不少。

> * 「いくら」可當名詞或副詞用，當名詞時為「多少」的意思，當副詞時（多接ても、でも）則是有加強語氣，表示執行程度極大的行為也得不到好結果，大致等同中文的「不管…也…」的意思。

いくら探<ruby>さが<rt></rt></ruby>しても見<ruby>み<rt></rt></ruby>つからなかったです。　　不管怎麼找，就是找不到。

いくら働<ruby>はたら<rt></rt></ruby>いても貧乏<ruby>びんぼう<rt></rt></ruby>です。　　不管怎麼工作，還是窮。

短會話練習 A

蜜月旅行

ハネムーンはどこへ行きたいですか。
想去哪蜜月？

ヨーロッパです。
想去歐洲。

国内でいいです。
去國內就好。

討論新居

ご新居はどこにしますか。
未來新居要在哪裡？

しばらく親と一緒です。
暫時先跟父母住。

まだ考えていません。
還沒想到。

工作狀況

お仕事は続けるつもりですか。
有要繼續工作嗎？

はい、続けたいです。
是的，想要繼續工作。

いいえ、辞めるかもしれません。
不，可能會辭職。

禮金行情

ご祝儀の相場を教えてください。
請告訴我結婚禮金的行情是多少？

普通は30,000円です。
一般是30,000日元左右。

さあ、新郎新婦との関係により違います。
因（與新人的）關係而異。

單字

ハネムーン　蜜月旅行	ヨーロッパ　歐洲	国内　國內
新居　新居	しばらく　暫時	親　父母親、雙親
続ける　繼續	つもり　打算	辞める　辭職
ご祝儀　禮金	相場　行情	普通　一般而言
関係　關係	違う　不同	

325

結婚費用

結婚式費用の平均はいくらですか。
結婚典禮的平均費用是多少？

見積りは300万円ぐらいです。
估計約是300萬日元左右。

格安結婚は100万円ぐらいです。
優惠結婚約是100萬日元左右。

賓客人數

ゲストは何人ぐらい招待するつもりですか。
想宴請多少賓客？

８０人ぐらいです。
約80人左右。

検討中です。
還在考慮中。

禮服費用

白ドレス、カラードレス、タキシードはいくらぐらいですか。
白紗、敬酒服、燕尾服約是多少錢？

全部プランに入っています。
全都含在套裝計畫裡了。

３０万円ぐらいでしょう。
大約30萬日元左右吧！

喜宴流程

披露宴の流れを教えてください。
請告訴我喜宴的流程。

スピーチや乾杯や演出などです。
有演講、敬酒（乾杯）還有表演等。

主賓挨拶や、ケーキ入刀などです。
有主婚人致詞及切蛋糕儀式等。

單字

平均 平均	見積り 估價	ゲスト 來賓
招待 （此作）宴請賓客、招待	白ドレス 白紗禮服	カラードレス 晚禮服
タキシード 燕尾服	プラン （此作）套裝計畫、計畫	披露宴 喜宴
流れ 流程	スピーチ 演講、致詞	乾杯 乾杯、敬酒
演出 表演	主賓 主婚人	ケーキ入刀 切蛋糕

會話練習

1. 請將下列的句子翻譯成中文。

① 少_{すく}なくても100万円_{ひゃくまんえん}かかります。

② 少_{すく}なくも100人以上_{ひゃくにんいじょう}います。

③ 行_いきたい人_{ひと}は少_{すく}なくない。

④ 行_いきたい人_{ひと}は少_{すく}なくとも10人_{じゅうにん}ぐらいです。

⑤ 行_いきたい人_{ひと}は少_{すく}なくも10人_{じゅう}ぐらいです。

2. 請聽音檔，並依下列中文用日語做回答練習。

① 暫時先跟父母住。

② 一般是 30,000 日元左右。

③ 優惠結婚約是 100 萬日元左右。

④ 約 80 人左右。

⑤ 有主婚人致詞及切蛋糕儀式等。

3. 請將下列的句子重組（請適時自行加入日文標點符號）。

① と／は／やっと／に／です／王_{おう}さん／佐藤_{さとう}さん／一緒_{いっしょ}／なったん

小王跟佐藤小姐終於走在一起了。

➡ _____

② や／や／など／ものすごく／式場_{しきじょう}／お金_{かね}が／料理_{りょうり}／かかります／引出物_{ひきでもの}

ギフト／ね　　　　　　　　是啊！會場、菜餚、回贈的禮物等等，都所費不貲。

➡ _____

③ 助_{たす}かります／祝儀_{しゅうぎ}／すこし／を／は／もらえば／が

不過收了紅包，多少會有些幫助。

➡ _____

327

🦉 與婚姻相關的單字

【婚姻基本】

❶ 婚活 （泛指聯誼、相親等以結婚為目的的）結婚活動

❷ デート 約會

❸ 付き合う 交往

❹ プロポーズ 求婚

❺ 婚姻 婚姻

❻ 結納 訂婚

❼ 結納金 聘金

❽ 結婚 結婚

❾ ゴールイン 結婚

❿ 入籍 入戶籍

⓫ 電撃入籍 閃電結婚、閃電入戶籍

⓬ 婚姻届 結婚申請書

⓭ 結婚証明書 結婚證書

⓮ 早婚 早婚

⓯ 晩婚 晚婚

⓰ できちゃった婚 奉子成婚

⓱ 寿退社 日本女性因結婚離職

【相關人物】

❶ 婚約者 未婚夫、未婚妻

❷ フィアンセ 未婚夫、未婚妻

❸ 花嫁 新娘

❹ 花婿 新郎

❺ フラワーガール 女花童

❻ フラワーボーイ 男花童

❼ 司会者 主持人

❽ ゲスト 賓客

【婚禮相關】

❶ 教会 教堂

❷ チャペル 小聖堂

❸ 招待状 喜帖

❹ 白無垢

（日本傳統象徵純潔的新娘白帽）白無垢

❺ 角隠し

（日本傳統象徵收斂脾氣的新娘頭飾）角隱

❻ ウエディングベール　新娘紗、頭紗

❼ ウエディングドレス　新娘禮服

❽ 指輪 _{ゆびわ}　戒指

❾ シャンパン　香檳

❿ シャンパンタワー　香檳塔

⓫ ブーケ　捧花

⓬ ブーケトス　丟捧花

⓭ ブーケプルズ　抽棒花

⓮ お色直し _{いろなお}　（婚禮中）新娘換裝

⓯ 赤カーペット _{あか}　紅地毯

⓰ バージンロード

　　新娘由父親從教堂口牽到新郎身邊那段路

【婚姻問題】

❶ 内縁 _{ないえん}　有實無名的關係

❷ 不倫 _{ふりん}　外遇

❸ 浮気 _{うわき}　外遇、出軌

❹ 別居 _{べっきょ}　分居

❺ 離婚 _{りこん}　離婚

 ## 日語的結婚賀語

➡ ご結婚おめでとうございます。　恭喜結成連理。

➡ この結婚を心よりご祝福申し上げます。お二人の末永いご多幸をお祈りいたします。
　衷心獻上祝福，祝兩位永遠幸福。

➡ ご結婚を祝い、心よりお慶び申し上げます。お二人らしい笑顔あふれるご家庭をお築きに
　なられますようお祈りいたします。
　衷心祝賀兩位結婚，希望兩位能建立起歡笑滿家園的幸福家庭。

➡ ご結婚おめでとう。これから二人で力を合わせて明るい家庭を築いていってください。
　恭喜結婚，今後兩人合作建立起開朗的家庭。

➡ 人生最良の日を心よりお祝い申し上げます。これからの長い道のりをお二人で力を合わせ
　て、力強く歩んで行かれることを願っております。
　衷心祝福這個良辰吉日，今後希望兩人在漫長的人生路上，同心協力勇敢的攜手前行。

▲日本的婚禮中，有多種獨特的儀式

「結婚式」是指為使婚姻成立而行使的儀式，因為受英語「Wedding」的影響，在日語外來語「ウェディング」一詞的應用也逐漸普及。結婚儀式在人類的文化歷史中由來已久，而且各種民族、宗教有其獨特的儀式，但一般在儀式結束後，通常會舉行喜宴，慶祝新人成立了實質的夫妻關係。在日語中，喜宴稱之為「披露宴」，現在日本的喜宴多半是中午請客，而且是一個人一個套餐的形式，這點與台灣普遍在晚上舉行，而且一桌人一起分食的模式截然不同。

現代日本的結婚儀式大概可分為「神前式（神前式。神社結婚）、仏前式（佛前式。佛寺結婚）、キリスト教式（教會式。教堂結婚）、人前式（眾人面前舉行）、フォトウェディング（照相婚）、ナシ婚（不舉行儀式的結婚）、ソロウェディング（獨婚）等多種。以下做各種婚禮大略上的說明：

神前式：即在神社（依神道信仰傳統）進行的婚禮。西元 1900 年，因日本皇室開了先例而逐漸普及，由前導人員，新娘新郎親友一行人依序入場，進行除穢儀式，新郎新娘進行名為「三々九度（新郎與新娘輪流用小中大的酒盞喝酒）」的交杯儀式，然後宣讀誓言，接著巫女獻神樂舞、行禮等儀式，是日本特有的婚禮，近年來想要保留傳統文化而選擇神前式的新人不在少數。

▲日本神前式的婚禮

▲由僧侶作前導的佛前式的婚禮

仏前式：神前式在神社中舉行，那佛前式自然是在佛寺內進行。佛前式於西元 1892 年淨土真宗本願寺派的藤井宣正在東京白蓮社會堂內舉行婚禮後而開了先例。由住持領導，授與念珠，進行起誓、簽名、喝交杯酒等儀式。

▲日劇裡亦常見的
教會式婚禮

➡ キリスト教式：教會式這是在日本很受歡迎的儀式之一，非基督教徒者也可能選擇教會式的婚禮，教會式的婚禮不一定在正式教堂裡，有時候儀式會在飯店或私人提供像教堂的地方舉行。在日本，日本的基督教人口僅佔日本總人口約 1% 而已，但不分任何教派，許多人仍選擇教會式的理由是，因為教會式的婚禮能夠感受到「氣氛莊嚴神聖」或「浪漫」的緣故。

➡ 人前式：這是一種很陽春的結婚儀式。不特別選擇的場地，只在親友眾人見證下舉行。

➡ フォトウェディング：這是日本新興的結婚儀式之一。有些新人因經濟因素或家人反對無法舉行儀式，便去照相館只留下結婚照作為結婚的證明，稱為「Photo Wedding」照相婚。

➡ ナシ婚：這種結婚方式連「儀式」都稱不上，但也達到結婚的效力。由於不願多花錢舉行婚禮，甚至在眾人前面也不願意露臉的新人，乾脆捨棄任何儀式只求婚姻的效果，畢竟婚禮並非法律上必須有的義務。

▲獨自一人享受婚姻的喜悅─
「獨婚」

➡ ソロウェディング：自西元 2010 年後半起，有些單獨的個人認為也許一生獨行，未能覓得人生伴侶，但也想體驗穿結婚禮服當新娘或新郎，留下自己美麗的一面的人，便會自己一個人舉行「獨婚（通常是女性）」。而獨婚至今在日本，仍是非常嶄新的市場。

▲日本喜宴中，賓客所給予的紅包袋

原則上在日本喝喜酒，一個人行情是 30,000 日元左右，因交情不同而有增減，由於同前述在日本一人吃一份套餐，所以在人數上算得非常精準（很少會像台灣一家大小出動只包 1,800 元台幣的例子），而且新人要負責宴客的交通費及住宿費，還要準備喜宴完的禮物（通常是餐具等），的確所費不貲，但終身大事僅有一次，儘管只是形式，但能夠歡歡喜喜接受親友祝福，或是神明的賜福，懷著謙卑喜悅的心情走入家庭。因此在新人的心中，就不只是花錢的形式，而是必須重視的儀式了。

付録 | 額外收錄

在日本有句話說「清水の舞台から飛び降りる」，
即是指就像從日本京都清水寺知名的寺前大露台上跳下來一樣，
故延伸有「下了必死決心」的堅強詞義。
後面請秉持這樣的衝勁，學習更多加深日語實力的表現。

❶ 待ちに待った
期待已久

明日から待ちに待った夏休みです。
明天起終於要放暑假了。

❷ 首を長くして待つ
引頸期盼

合格通知が届くのを首を長くして待っているけど、まだですね。
錄取通知等好久了，但還沒收到。

❸ 目がない
非常喜歡、
喜歡到沒有節制

A：これは日本の和菓子です。どうぞ。
B：ありがとう。甘いものには目がないんですよ。
A：這是日本的點心，請用。
B：謝謝，我一看到甜食，就控制不住了。

❹ 大目に見る
寬大對待、
睜一隻眼閉一隻眼

すみません。今度だけは大目に見てください。
對不起，就這一次，請睜一隻眼閉一隻眼吧！

❺ 長い目で見る
長遠來看

この話は長い目で見たら、いいものですよ。
這件事長遠來看還是不錯的。

❻ ひどい目に遭う
遭遇不幸的事、
慘遭修理一頓

相手を甘く見ては、ひどい目に遭いますよ。
如果太小看對方的話，可是會被修理一頓的喔！

❼ 目立つ
顯眼、引人注目

道路標識をこんなに目立たないところに設置するなんて、誰が見るかなぁ。
路標怎麼會設在這麼不醒目的地方，這樣誰看得到呀！

⑧ 目もくれない
　　毫不關心、看都不看

語学以外の話には目もくれないです。
對於語言學習以外的話題毫不關心。

A：昨日のお見合いはどうだった？
B：相手は最初から私のことなんて目もくれなかったから、ムカつくわ。
A：昨天那場相親怎樣了？
B：對方打從開始就看都不看我一眼，真讓人火大。

⑨ 目を丸くする
　　（驚訝狀）瞠目結舌

初めてピラミッドをこの目で見たとき、その立派さに目を丸くしました。
第一次親眼看到金字塔的時候，被它那個雄偉的外觀給嚇得瞠目結舌。

⑩ 目が回る
　　頭昏眼花、過度忙碌

血行が悪いようで、目が回る感じがします。
似乎因為血液循環不順，我感到頭昏眼花。

目が回るほど忙しいので、今夜は欠席します。
因為我太忙了，所以今晚就不去了。

⑪ 朝飯前
　　輕而易舉、易如反掌

彼女にとって、素手でウナギを捕まえるのは朝飯前ですよ。
對她來説，徒手抓饅魚簡直是易如反掌。

⑫ 峠を越す
　　渡過難關、變得輕鬆

数ヶ月を経て、会社はやっと倒産の危機の峠を越しました。
經過了幾個月，公司總算熬過了倒閉的危機。

⑬ 難攻不落
　　易守難攻、難以說服

熊本城は難攻不落の城だと思います。
我認為熊本城是一座易守難攻的城池。

例のことはやっと、難攻不落の妻に許してもらいました。
那件事總算是讓我那個難以説服的老婆認同了。

⑭ 言うは易く行うは難し
　　知易行難

所謂「言うは易く行うは難し」でしょう。実際にやって見せて。
人家都説「知易行難」。所以我要你實際做給我看。

額外收錄

⑮ 月とスッポン
天壤之別

A：田中さんは彼と同じ大学ですね。
B：そうですが、彼と私では月とスッポンですよ、彼は優秀で私は全然だめですから。

A：田中先生，你跟他同一間大學的不是嗎？
B：是的，但我們有天壤之別，他很優秀，我完全不行。

⑯ 上には上がある
人外有人，天外有天

A：すごい、N2合格しましたね！
B：上には上がいますよ。N1を目指して頑張ります。

A：你好棒，日語檢定N2級及格了耶。
B：人家說：「人外有人，天外有天」。我還要朝向N1加油邁進！

⑰ 足元にも及ばない
遠不如

うちの子はお宅のお子さんの足元にも及びませんね。全然勉強しません。

我家的孩子真的是遠不如你們家的孩子，一點也不用功。

⑱ 気が気でない
擔心

A：明日の試合、雨が降ったらどうしよう？
B：そんなことを言わないでくださいよ。観客が少なくなる事で気が気じゃないんだから。

A：明天的比賽，萬一下雨的話怎麼辦？
B：別說了，我正擔心沒什麼觀眾來看呢！

⑲ 食事がのどを通らない
食不下嚥、寢食難安

A：彼は失恋で食事がのどを通らないらしいです。
B：かわいそうですね！

A：他因為失戀都吃不下飯。
B：真可憐耶。

⑳ 頑張り屋
努力的人

アルバイトをしながら大学に通っていますね。すごい頑張り屋ですね。

一面打工一面上大學，了不起，真是吃苦耐勞。

㉑ 寂しがり屋
怕寂寞的人

彼女は本当に寂しがり屋ですね！
她真的是一個怕寂寞的女人。

㉒ 恥ずかしがり屋
怕羞的人

彼女は恥ずかしがり屋だから、自分から人に話しかけることができないみたいです。

她很害羞，似乎不太敢主動找人攀談。

㉓ 気分屋
情緒化的人

うちの主人は気分屋で困りますね。

我家的老公很情緒化，真傷腦筋。

㉔ 人見知り
怕生

あの子は幼い頃は人見知りだったんですが、今は人の前で自然に演技を披露する有名な女優になりました。

她小的時候是很怕生的，但是現在已變成為一位在人前能夠自然演出的知名女演員了。

㉕ 台無し
全毀了

雨でせっかくの化粧が台無し。

因為下了雨，化的妝全毀了。

㉖ 寝耳に水
意想不到

彼は独身主義だったのに、結婚したなんて本当に寝耳に水ですよね。

他明明是單身主義者，聽說結婚了的消息真是太令人意想不到。

㉗ ゾッとする
（害怕）全身顫抖

前の事故を思い出したら、ゾッとしますね。

想起上次的車禍，仍然感到毛骨悚然。

㉘ 頭が下がる
致敬

山本さんは偉いですね。家庭と仕事を両立するなんて、彼女には頭が下がりますよ。

山本小姐真了不起，兼顧家庭與工作，真是佩服她。

ボランティアの人には、頭が下がりますね。

向義工們致敬。

㉙ 頭が痛い
令人頭痛、傷腦筋

結婚のことで頭が痛いですね。

結婚的事真讓人頭痛啊！

仕事が忙しくて、ますます頭が痛くなりそう。

工作很忙，越來越令人傷腦筋。

㉚ 頭を冷やす
　　冷靜

少しは頭を冷やしてください。
請你稍微冷靜一下！

店長はちょっと頭を冷やしに外へ出ました。
店長到外頭去冷靜一下了。

㉛ 赤の他人
　　陌生人

あの人は赤の他人だよ。だから、彼の意見を聞く必要もない。
他只是一個陌生人喔！所以連聽他意見的必要都沒有。

註 「赤の」指「完全」之意，用於強調不相干的人。

㉜ 紫の朱を奪う
　　惡紫奪朱、邪魔當道

汚職歴のある候補者が逆に高得票率で当選したなんて、これは「紫の朱を奪う」というものじゃないんですか。
居然反而是有貪污前科的候選人高票當選，這豈不是惡紫奪朱（邪惡當道）了嗎？！

註 「惡紫之奪朱也」出自於論語，指邪惡勝過正義。

㉝ 青二才
　　嫩男、黃口小兒

青二才の分際で言いすぎじゃないか。黙れ！
也不看自己是個小屁孩的身分，不覺得自己太多嘴了嘛！給我閉嘴！

註 「青」指未熟、「二才」指年輕人。指缺乏經驗的年輕男子。

㉞ 金石の交わり
　　金石之交

鈴木さんと子供の頃から金石の交わりをしてきました。
我跟鈴木他自從孩提時代起便是金石之交了。

註 金與石都是極堅硬之物，比喻感情深厚不移、友情堅定永不改變。

㉟ 塞翁が馬
　　塞翁失馬，焉知非福

不採用だったからといって気を落とすことはない。人生は塞翁が馬です。
沒被錄取就意志消沉是沒必要的，人生就是塞翁之馬，焉知非福。

㊱ 見栄を張る
　　虛榮浮誇、打腫臉充胖子

見栄を張って高いプレゼントをする必要はない。
沒必要虛榮的買那麼貴的禮物。

㊲ 竹馬の友
青梅竹馬

彼とは竹馬の友です。
我和他是青梅竹馬的好友。

㊳ 我が世の春
得意洋洋

彼は今回、社長になって、本当に我が世の春を
謳歌していますね。
他這次當上了社長，真的可以高歌世界都是我的了。

註 泛指最稱心如意，一帆風順之時。

㊴ 笑いが止まらない
極為高興、笑得合不攏嘴

宝くじで一等賞を当てて、本当に笑いが止まらな
いです。
買樂透中了頭獎，真的是笑得合不攏嘴。

㊵ 気炎を上げる
氣焰囂張

彼はまた若者を相手に気炎を上げています。
他又對年輕人擺出氣焰旺盛的態度。

㊶ 息が詰まる
（氣氛緊張而）難以呼吸、窒息

父が厳しい人で、そばにいると息が詰まりそうに
なります。
父親是很嚴格的人，在他旁邊簡直快窒息了。

㊷ 高を括る
低估

相手チームの実力は大したことはないと高を括っ
たばかりに失敗してしまった。
都是因為低估以為對方沒什麼實力，結果慘敗了。

㊸ 頭が低い
謙虛、身段柔軟

彼は実力があるのに、頭が低い人です。
他雖然很有實力，人卻很謙虛。

㊹ 早い話が
說快一點就是…、
簡單的說…

いろいろ話したけど、早い話が自分の車がほしい
ということでしょう。
說了那麼多，簡單的說就是想要有自己的車對吧？

額外收録

㊺ 早い者勝ち
先做先贏

この商売は早い者勝ちだから、早めに用意しておきましょう。

這樁生意是先搶先贏，早點準備好為要。

㊻ 急がば回れ
欲速則不達

そんなに甘く見てはいけませんよ。急がば回れだから。

別那麼輕忽，欲速則不達喲！

㊼ 遅きに失する
為時已晚

せっかくの対応策も遅きに失して、何の役にも立たなかった。

好不容易想出的應對之策也已經為時已晚，什麼忙都幫不上。

㊽ 病みつき
上癮了似的

A：また、そのゲームをしているんですか。
B：はい、もう病みつきになってしまったみたいです。
A：你還在玩那款遊戲？
B：是啊！我已經停不下來，像上癮了似的。

㊾ 痛くもかゆくもない
不痛不癢

彼はお金持ちだから、車を買うことぐらいは痛くもかゆくもないでしょう。

他是有錢人，買個車應該是不算什麼的吧？

㊿ 一から十まで
完全、從頭到尾

彼には、一から十まで説明しないと分かりませんから。

必須跟他一五一十地說明清楚，要不然他不會懂。

料理の作り方は一から十まで母から教えてもらったんです。

做菜全部是我母親教的。

51 一か八か
孤注一擲、賭賭看

A：一か八か試合に出てみませんか？
B：嫌ですよ。全然練習していませんから。
A：要不要乾脆出場比賽賭賭看？
B：我才不要！我完全都沒練習。

今回の募集は一か八か応募してみたんですが。

這次徵才，我是抱著孤注一擲的心態賭賭看然後應徵上的。

52 心血を注ぐ
費盡心血

心血を注いで書きあげた本は売れることは間違いないでしょう。

費盡心血完成的書籍，想必一定會大賣吧！

339

【基本用語】

❶ 出版社 出版社

❷ 本 書

❸ 書籍 書籍

❹ 雑誌 雜誌

❺ ベストセラー

　暢銷書

❻ 新刊 新書

❼ 古本 二手書、舊書

❽ 絵本 繪本

【書的結構】

❶ タイトル 書名

❷ 前書き／序言 前言、序言

❸ 目次／目録 目錄

❹ コラム 專欄

❺ 索引 索引

❻ 後書き 後記

❼ 奥付 版權頁

❽ ページ 頁（碼）

❾ 表紙 封面

❿ 裏表紙 封底

⓫ 折り返し 折口

⓬ 背 書背

⓭ カバー 書皮

⓮ 文庫本 文庫本、日式口袋書

⓯ 並製本／ソフトカバー

　平裝本

⓰ ペーパーブック

　（日本常指西方書籍的）平裝本

⓱ 上製本／ハードカバー

　精裝本

⓲ 帯 書腰

【製書團隊】

❶ 作者／著者 作者、著者

❷ 訳者 譯者

❸ 監修 監修者

❹ イラスト（レーター）

　插畫家

❺ 編集 編集

❻ 撮影 攝影

【解答篇】

第01課
P.051

1.
① お願いします　② 乗り換えますか
③ 何番線　④ 乗り場　⑤ 地下一階

2.
①
録音內容：預けるお荷物はいくつですか。
　　　　　請問您有幾件行李要托運？
回答內容：ありません。

②
録音內容：すみません、三番ゲートはどこですか。
　　　　　請問3號登機門在哪裡？
回答內容：まっすぐ行ってください。

③
録音內容：何時の便ですか。
　　　　　航班是幾點起飛？
回答內容：九時です。

④
録音內容：バスの乗り場はどこですか。
　　　　　巴士站在哪裡？
回答內容：二番出口の向こうです。

⑤
録音內容：受付（インフォメーション）はどこですか。
　　　　　請問旅遊服務中心在哪裡？
回答內容：私もよく分かりません。

3.
①
發問內容：何時の便ですか。
録音內容：十時の便です。 10點起飛。

②
發問內容：このバスは池袋に行きますか。
録音內容：いいえ、行きません。でも、八番のバスは池袋に行きます。
　　　　　不・沒有。但是8號的巴士有去池袋。

③
發問內容：電車の乗り場はどこですか。
録音內容：電車の乗り場はそちらです。
　　　　　電車站在那邊。

④
發問內容：どこで乗り換えますか。
録音內容：山手線で行って日暮里で乗り換えてください。
　　　　　您先搭山手線到日暮里站，到那裡再換車。

⑤
發問內容：座席は窓側ですか。
録音內容：はい、窓側です。
　　　　　是的，是靠窗的。

第02課
P.061

1.
① 乗り換えて　② 両替　③ 止まります
④ あと　⑤ で

2.
①
録音內容：ここで降りますか。
　　　　　您要在這裡下車嗎？
回答內容：いいえ、次です。

②
録音內容：このバスは品川に止まりますか。
　　　　　請問這班巴士有停品川嗎？
回答內容：はい。

③
録音內容：もうすぐですか。 快到了嗎？
回答內容：はい、もうすぐです。

④
録音內容：あといくつ停留所がありますか。
　　　　　請問還有幾個站呢？
回答內容：あと二つです。

⑤
録音內容：両替できますか。
　　　　　請問可以換零錢嗎？

回答内容：はい、できます。

3.

①
發問内容：どこへ行きたいですか。
録音内容：新宿に行きたいです。 我要去新宿。
②
發問内容：ここで降りますか。
録音内容：はい、降ります。 是的，我要下車。
③
發問内容：どこで乗り換えますか。
録音内容：品川で乗り換えます。

在品川換車。
④
發問内容：渋谷へ行きたいですか。
録音内容：はい、渋谷に行きたいです。

是的，我要去澀谷。
⑤
發問内容：バスの乗り場はどこですか。
録音内容：はい、そちらにあります。

是的，巴士站在那裡。

🦉 第03課 　　　　　　　　　P.069

1.
① 改札　② 乗り場　③ 出発　④ で　⑤ 何号車

2.

①
録音内容：おいくらですか。 請問多少錢？
回答内容：3,000円です。
②
録音内容：窓側と通路側と、どちらがいいですか。

您要靠窗的座位？還是靠走道的座位？
回答内容：窓側です。
③
録音内容：喫煙席と禁煙席とどちらがいいですか。

您要吸菸區的座位？還是禁菸區的座位？
回答内容：禁煙席です。

④
録音内容：払い戻ししてもらいたいんですが、いい
ですか。 請問可以退費嗎？
回答内容：はい、いいです。
⑤
録音内容：何号車ですか。 請問是幾號車廂？
回答内容：五号車です。

3.

①
發問内容：お一人様ですか。
録音内容：はい、一人です。 是的，一位。
②
發問内容：新幹線の切符を買いたいんですが。
録音内容：はい、あそこで買ってください。

是的，請在那裡購買。
③
發問内容：みどりの窓口って何ですか。
録音内容：ＪＲのサービス窓口です。

是JR的服務窗口。
④
發問内容：クレジットカードでいいですか。
録音内容：はい、いいです。 是的，可以。
⑤
發問内容：いつ到着しますか。
録音内容：朝10時です。 早上10點。

🦉 第04課 　　　　　　　　　P.079

1.
① 旅券　② 手数料　③ 短期大学
④ 書類　⑤ 了解

2.

①
發問内容：すみません、ここに何を記入しますか。
録音内容：お名前、住所と電話番号を記入してくだ
さい。

請填入你的名字、地址和電話號碼。

②

發問內容：どのぐらいかかりますか。

録音內容：二週間です。 兩個禮拜。

③

録音內容：どんなビザを申請したいんですか。

你想申請哪一種簽證？

回答內容：観光ビザです。

④

録音內容：旅券と写真を提出してください。

請繳交護照和照片。

回答內容：あっ！忘れました。

3.

① 3×4のが三枚です。
② 申請書は右の引き出しにあります。
③ 旅券と写真を提出してください。
④ ほかに何か書類が必要ですか。
⑤ 許可の日から二週間以内に市役所で登録の申請をしなければなりません。

第05課　　　P.087

1.

① ご飯を食べに行きませんか。

要不要去吃飯呢？
② 日本語を勉強しませんか。

要不要學日語呢？
③ この本を買いませんか。

要不要買這本書呢？

2.

① 彼女はどんな本が好きですか。
② どんな書類を用意したほうがいいですか。
③ 彼と二度ともう会いません。

3.

①

録音內容：奥さんの趣味は何ですか。

您的太太有什麼興趣？

回答內容：料理と読書です。

②

録音內容：あなたの旦那さんの仕事は？

您先生的工作是？

回答內容：教師です。

③

録音內容：プロポーズはいつしましたか。

您的先生是什麼時候跟您求婚的？

回答內容：先月しました。

④

録音內容：奥さんの兄弟は何人ですか。

您的太太有多少兄弟姊妹呢？

回答內容：ひとりっ子です。

⑤

録音內容：奥さんの月収はいくらですか。

你太太的收入一個月多少？

回答內容：だいたい30,000元です。

第06課　　　P.095

1.

① お待ちください。
② お飲みください。
③ お帰りください。
④ お乗りください。
⑤ お掛けください。
⑥ お降りください。

2.

① 大阪へ行きたいんです。
② 明日は雨なんです。
③ この店のパンは美味しいんです。
④ この辺りは静かなんです。
⑤ 福岡へ行くんです。
⑥ カラスは黒いんです。

3.

① 私は10,000円を預けたいです。
② 最近、お仕事はいかがですか。
③ その映画は面白かったです。

④ あなたはインターネットバンキングのサービスを
申請{しんせい}してもいいです。
⑤ 私{わたし}は銀行{ぎんこう}の口座{こうざ}を作{つく}ってもいいですか。

第07課　P.105

1.

① コーヒーにします。　我要點咖啡。
② 大阪{おおさか}にします。　我要去大阪。
③ 3ギガ{さん}にします。　我要 3G 的。
④ ブルーにします。　我要藍色的。
⑤ ＮＴＴドコモ{エヌティーティー}にします。　我要 NTT Docomo 的。

2.

① 關於日本，你的想法如何？
② 我寫了篇關於日本文化的文章。
③ 一個月要500日元。
④ 關於那件事，我想跟佐藤（先生／小姐）談談。
⑤ 是自用還是送給別人？

3.

① SIMカード{シム}についていろいろお聞{き}きしたいです
が。
② どんなプランがありますか。
③ このスマホにSIMカード{シム}を挿{さ}すだけで使{つか}えます
か。
④ 他社{たしゃ}から乗{の}り換{か}えることが可能{かのう}ですか。
⑤ 音楽{おんがく}や動画{どうが}をたくさん見{み}たい場合{ばあい}はどうします
か。

第08課　P.115

1.

① 兄{あに}が二人{ふたり}います。
② お金{かね}がたくさんあります。
③ 鞄{かばん}の中{なか}に何{なに}がありますか。
④ 教室{きょうしつ}に誰{だれ}もいません。
⑤ 犬{いぬ}が一匹{いっぴき}います。

2.

① どんな　② 安{やす}い　③ 一ヶ月{いっかげつ}
④ 駐車場{ちゅうしゃじょう}　⑤ 探{さが}して

3.

① 私{わたし}は10,000円{いちまんえん}しかありません。
② 雨{あめ}がずっと降{ふ}っています。
③ 駅{えき}から歩{ある}いてどれぐらいですか。
④ 母{はは}は今{いま}テレビを見{み}ています。

第09課　P.123

1.

① （父{ちち}）（お父{とう}さん）
② （母{はは}）（お母{かあ}さん）
③ （弟{おとうと}）（弟{おとうと}さん）
④ （姉{あね}）（お姉{ねえ}さん）

2.

① 友達{ともだち}　② 変{か}わりました　③ 呼{よ}んできます

3.

① すみません、番号{ばんごう}をお間違{まちが}えではないでしょう
か。
② ご伝言{でんごん}を承{うけたまわ}りますが。
③ 申{もう}し訳{わけ}ありません、陳{ちん}は席{せき}を外{はず}しておりますが、
折{お}り返{かえ}しお電話{でんわ}させましょうか。
④ すみません、お電話{でんわ}をいただいたそうで。

第10課　P.135

1.

① お蔭様{かげさま}で　② 行{い}くつもり　③ 新{あたら}しいカフェ

2.

①
録音内容{ろくおん}：お元気{げんき}ですか。　你好嗎？
回答内容{かいとう}：お蔭様{かげさま}で、元気{げんき}です。

②
録音内容{ろくおん}：待{ま}ち合{あ}わせはどこにしますか。
　　　　　我們要約在哪裡見面呢？

回答內容：駅前にしましょう。

③

録音內容：すみません、遅れると思いますが。

　　　　　不好意思，我想我會遲到。

回答內容：着いたら、また電話して。

④

録音內容：今、そちらに向かっていますが。

　　　　　我現在正朝著你的方向過去。

回答內容：気をつけてきてください。

3.

① すみません、メールアドレスを教えてくださいませんか。

② ちょっと10分ぐらい遅れると思います。

③ 今、そちらに向かっていますが。

④ では、入ってみましょう。

🦉 第11課　　　　P.145

1.

① アクション　② どんな　③ ホラー
④ レイトショー　⑤ ポップコーン
⑥ チケット　⑦ 辺り　⑧ できるだけ
⑨ 売り切れ　⑩ コーラ

2.

① 大人のチケットを二枚ください。
② 大学生ですが、割引はありますか。
③ 障がい者手帳をご提示ください。
④ レイトショーの映画は何時以降ですか。
⑤ ポテトセットはいくらですか。

🦉 第12課　　　　P.155

1.

① すみません、メニューを見せてもらえませんか。
② 本日のおすすめは何ですか。
③ ホットとアイスとどちらにしますか。
④ ご注文を確認させていただきます。
⑤ 唐揚げ定食を一つでよろしいですか。

2.

① 酸っぱくないです。酸っぱかったです。酸っぱくなかったです。
② 美味しくないです。美味しかったです。美味しくなかったです。
③ 辛くないです。辛かったです。辛くなかったです。
④ 面白くないです。面白かったです。面白くなかったです。

3.

①

録音內容：コーヒーと紅茶とどちらにしますか。

　　　　　咖啡跟紅茶，您要點哪一個？

回答內容：コーヒーにします。

②

録音內容：辛いですか。會辣嗎？

回答內容：いいえ、辛くないです。

③

録音內容：何名様ですか。請問有幾位呢？

回答內容：二人です。

④

録音內容：すみません、このサラダはどのぐらいの量ですか。

　　　　　對不起，這請問這份沙拉有多少量？

回答內容：ちょうど一人前です。

⑤

録音內容：「本日のスープ」は何ですか。

　　　　　「今日湯品」是什麼樣口味的呢？

回答內容：カボチャスープです。

🦉 第13課　　　　P.165

1.

① ヨーグルト　② 賞味期限　③ 冷蔵庫
④ 宅配便　⑤ 送料

2.

① この階にはトイレはありますか。
② すみません、果物売場はどこですか。

345

③ 朝市は日曜日だけです。
④ これを温めてください。お願いします。

3.

①

發問內容：これは在庫がありますか。

録音內容：いいえ、売り切れです。

　　　　　沒有，賣完了。

②

發問內容：レジ袋をもらえませんか。

録音內容：一枚10円です。 一個10日元。

③

發問內容：お箸を二膳お願いします。

録音內容：すみません、ご提供しておりません。

　　　　　對不起，我們沒有提供。

④

發問內容：この階にはトイレがありますか。

録音內容：すみません、このフロアにはありません。

　　　　　對不起，這層樓沒有。

⑤

發問內容：すみません、寿司売場はどこですか。

録音內容：右にあります。 在右手邊。

第14課　　　　　　　　P.176

1.

① ノートパソコン　② 保証期間　③ レシート
④ あげます　⑤ くれます　⑥ もらいます
⑦ てあげましょうか　⑧ てください

2.

① これのお試し期間はどのぐらいですか。
② 何色がありますか。シルバーだけです。
③ コンセントは海外でそのまま使えますか。
④ 現金払いだと安くなりますか。

第15課　　　　　　　　P.185

1.

① ヘアスタイル　② 似合う　③ サンプル
④ 部分的　⑤ ナチュラルパーマ

2.

① はい、食べてもいいです。 是的，可以吃。
② はい、見てもいいです。 是的，可以看。
③ いいえ、借りてはいけません。 不，不能借你錢。
④ はい、飲んでもいいです。 是的，可以喝。
⑤ いいえ、吸ってはいけません。 不，不能抽菸。

3.

① シャンプーをなさいますか。
② お客様が多くて、あと一時間ぐらいです。
③ 前髪は下ろしたいです。
④ 全体的に二センチくらい切っていいですか。
⑤ あとは任せてください。
⑥ 施術料は2,000円です。

第16課　　　　　　　　P.195

1.

① 珍しい、トレーニング　② ダイエット
③ パーソナルプログラム　④ エアロバイク
⑤ ストレッチ

2.

①

發問內容：月会費プランはいくらですか。

録音內容：フリーは10,000円です。

　　　　　無限制的方案是一個月一萬日元。

②

發問內容：都度利用プランはいくらですか。

録音內容：一回2,000円です。

　　　　　一次是2,000日元。

③

發問內容：入会方法を教えてください。

録音內容：インターネットからお申し込みください。

請從網路上申請。

④

發問內容：施設見学ができますか。

録音內容：いいえ、できません。

對不起，不方便參觀。

⑤

發問內容：マンツーマンで教えてほしいんですが。

録音內容：トレーナーによって価格が異なっています。

因健身教練的不同，費用也不一樣。

3.

① ダイエットのためのプログラムはありますか。

② かっこよく筋肉をつけたいです。

③ ご本人確認書類を持ってきてください。

第17課 P.203

1.

① まで　② で　③ と　④ を　⑤ ほう

2.

① 再配達　② 危険物　③ 窓口　④ 整理券

3.

① 台湾までいくらの切手を貼ればいいですか。

② これを台湾まで書留で送りたいんですが。

第18課 P.211

1.

① 保険証を持っていないですが、受診できますか。

② 今日は診察していますか。何時までですか。

③ あと30分ぐらいはかかると思いますが。

④ 一日三回食後に飲んでください。

⑤ 白い薬が2錠と青い薬が1錠です。

2.

① 寒気　② 痛み　③ 吐き気　④ 食欲　⑤ 鼻水

3.

① 頭痛がします。

② めまいがします。

③ 吐き気がします。

④ 寒気がします。

第19課 P.223

1.

① 降った　② 食べた　③ 食べて　④ 泣いて

⑤ 入荷した

2.

①

録音內容：ほかの色はありますか。

回答內容：はい、三色あります。

有，有三種顏色。

②

録音內容：もうちょっと安くしてもらえないでしょうか。

回答內容：すみません、まけることはできません。

抱歉，價格都是一樣的（抱歉，無法再便宜）。

③

録音內容：この靴を履いてみてもいいですか。

回答內容：はい、サイズを探してきます。

可以，我找一下尺寸。

④

録音內容：これは取り寄せはできますか。

回答內容：はい、連絡先をご記入ください。

可以，請填一下聯絡地址。

⑤

録音內容：まだ入ってきますか。

回答內容：来月また入荷をする予定です。

預計下個月會再進貨。

3.

① すみません、これをちょっと見せてもらってもいいてすか。

② 少々お待ちください、ただいまお出しします。

③ すみません、試着してもいいですか。

🦉 第20課 P.233

1.

① 母の日　② 喜びます　③ 相応しい

④ カーネーション　⑤ 配達サービス

2.

① 履いた　② 使った　③ 行った　④ 置いた

3.

① 一輪、一本　② 一枚　③ 一匹　④ 一個

⑤ 一台

🦉 第21課 P.243

1.

① みたい　② かもしれません　③ できるだけ

④ おいて　⑤ ついて

2.

①

録音内容：どこに落としたんですか。

你是在哪裡弄丟的？

回答内容：電車に落としたんです。

②

録音内容：どんな特徴がありますか。

有什麼樣的特徵呢？

回答内容：白いスマホです。

③

録音内容：ほかに何が入っていますか。

其他還有什麼東西放在裡面呢？

回答内容：クレジットカードが入っています。

④

録音内容：どの電車か分かりますか。

知道是哪班電車嗎？

回答内容：山手線です。

⑤

録音内容：青い傘ですか。

請問是藍色的傘嗎？

回答内容：いいえ、赤い傘です。

3.

① 黒いナイロンの鞄です。

② ちょっと詳しく説明してもらえないでしょうか。

③ 届けられたら警察署に受取に来てください。

🦉 第22課 P.253

1.

① インターネット　② エレベーター

③ 満室　④ 朝食　⑤ パスポート

2.

①

録音内容：何日ぐらいのご滞在ですか。

您打算住幾天？

回答内容：三日間です。

②

録音内容：WI-FIが付いていますか。

請問有無線網路嗎？

回答内容：はい。暗証番号はこちらです。

③

録音内容：どんな部屋をご希望ですか。

您想要什麼樣的房間呢？

回答内容：浴槽が付いているのにしてください。

④

録音内容：朝食付きですか。

請問有附早餐嗎？

回答内容：いいえ、別料金です。

⑤

録音内容：ダブルルームとツインルームがあります
が。

我們有一個雙人床及兩個單人床的房
型。

回答内容：ダブルルームをお願いします。

3.

① シングルの部屋で、禁煙でよろしいですか。
② 朝食は七時から十時までです。
③ インターネットは無料です。暗証番号はこちらです。
④ 眺めがいい部屋にしてもらえますか。
⑤ タクシーを呼んでほしいんですが。

第23課 P.263

1.

① いただけませんか。　② もらえませんか
③ くださいませんか。　④ くれませんか
⑤ あげます

2.

①
發問內容：すみません、音声ガイドがありますか。
録音內容：はい、あります。3時間で1,000円です。
　　　　　是的，有。每3個小時收1000日元。

②
發問內容：すみません、車椅子の貸し出しはありますか。
録音內容：はい、あちらへどうぞ。 有的，那邊請。

3.

① シャッターを押すだけでよろしいですか。
② ちょっと確認したほうがいいかもしれません。

第24課 P.273

1.

① 入らせて　② 持たせて　③ やらせて
④ 読ませて

2.

①
發問內容：化粧水の中で一番売れているのはどれですか。
録音內容：これが一番人気があります。
　　　　　這個賣得最好。

②
發問內容：今セールをやっていますか。
録音內容：はい、今週バーゲンをやっています。
　　　　　是的，本週在換季特價中。

③
發問內容：駐車料はどこで清算しますか。
録音內容：地下一階です。 在地下一樓。

④
發問內容：すみません、ここは電池を売っていますか。
録音內容：いいえ、当店では扱っていません。
　　　　　沒有，我們沒有賣。

⑤
發問內容：つまり現品しかないんですか。
録音內容：はい、取り寄せることができますが、いかがでしょうか。
　　　　　是的，或是我們也可以幫您訂貨，您需要嗎？

3.

① この靴はちょっときつすぎます。
② 申し訳ございません、こちらに出ているだけとなっていますが。
③ 取り寄せることができますが、いかがでしょうか。

第25課 P.281

1.

① 出身校　② 何年生　③ 専攻
④ 学生寮　⑤ 決まって

2.

① 履修登録の受付はいつまでですか。
② ちなみに来週、先生は休講です。
③ 早めに学校のホームページから登録してください。

3.

① 話せます　② 来られます　③ 食べられます
④ 受けられます　⑤ 買えます

1.

① 涼しく　② 大きく　③ 有名に
④ 分からなく　⑤ 静かに

2.

①

録音内容：よく残業しますか。 經常要加班嗎？
回答內容：たまには残業します。

②

録音内容：ボーナスはありますか。
　　　　　有獎金嗎？
回答內容：夏と冬の二回あります。

③

録音内容：主な製造品は何ですか。
　　　　　主要是製造什麼東西？
回答內容：車です。

④

録音内容：これは見積り書ですか。
　　　　　這個是估價單嗎？
回答內容：はい、これは見積り書です。

⑤

録音内容：取引先の工場を見学してもいいですか。
　　　　　可以去參觀一下我們客戶的工廠嗎？
回答內容：はい、いつでも。どうぞ。

3.

① それでは早速始めましょう。まず私の仕事を見て
　もらいます。
② ここに立っていて見ればいいですか。
③ ドアを開けて材料を入れます。
④ ボタンが二つあるので、必ず両手で押してくださ
　い。

1.

① いただきます　② 拝見しました
③ 参ります　④ 申します　⑤ お話しし

2.

①

録音内容：このような飲食店のアルバイトの経験
　　　　　はありますか。
　　　　　請問您有在這種餐飲業打工過的經驗嗎？
回答內容：はい、台湾の飲食店でアルバイトしたこ
　　　　　とがあります。

②

録音内容：土、日も出勤できますか。
　　　　　週六、週日也能上班嗎？
回答內容：はい、大丈夫です。

③

録音内容：勤務できる曜日はいつですか。
　　　　　星期幾可以上班？
回答內容：土、日だけです。

④

録音内容：時給はいくらですか。
　　　　　時薪是多少錢？
回答內容：1,000円です。

⑤

録音内容：仕事の内容は何ですか。
　　　　　工作內容是什麼？
回答內容：ハンバーガーを作ることです。

3.

① 九時に面接をしていただく王と申します。
② このような飲食店のアルバイトの経験はあります
　か。
③ 日本のマクドナルドで働いてみたいと思います。

1.

① 美味しそう　② 高いそう　③ 寒そう
④ できそう　⑤ 暑いそう

2.

①

録音内容：メイドカフェで何をしますか。
　　　　　在女僕咖啡廳都做些什麼呢？

回答內容：休憩したり本を読んだりします。

②

録音內容：子連れでもいいですか。

帶小孩去也可以嗎？

回答內容：はい、もちろんです。

③

録音內容：店内は禁煙ですか。

請問店裡是禁菸的嗎？

回答內容：はい、禁煙です。

④

録音內容：メイドカフェのマナーを教えてください。

女僕咖啡廳內要注意什麼禮儀呢？

回答內容：メイドさんをナンパしてはいけません。

⑤

録音內容：「アキバ」ってどんな街ですか。

「秋葉原」是個什麼樣的地方？

回答內容：電気街です。

3.

① 面白そうですね。あのう、チャットレディも聞いたことがありますか。

② それはチャットルームで働いている女性のことです。

③ 周りを気にせずに、ご飯を食べながら楽しめますね。

第29課　P.317

1.

① 門松　② 雑煮　③ お年玉　④ 元日　⑤ 初夢

2.

① 人込みが嫌いな人は、大晦日を家で『紅白歌合戦』でも見ながら過ごします。

② 元日に神社やお寺に参拝に行くことを「初詣」と言います。

③ おせち料理はいついただきますか。

④ あと屠蘇を飲みながら雑煮もいただきます。

第30課　P.327

1.

① 至少要花100萬日元。

② 至少有100人以上。

③ 想去的人不在少數。

④ 想去的人最少有10人左右。

⑤ 想去的人最少有10人左右。

2.

①

録音內容：ご新居はどこにしますか。

未來新居要住在哪裡？

回答內容：しばらく親と一緒です。

②

録音內容：ご祝儀の相場を教えてください。

請告訴我結婚禮金的行情是多少？

回答內容：普通は30,000円です。

③

録音內容：結婚式費用の平均はいくらですか。

結婚典禮的平均費用是多少？

回答內容：格安結婚は100万円ぐらいです。

④

録音內容：ゲストは何人ぐらい招待するつもりですか。　想宴請多少賓客？

回答內容：８０人ぐらいです。

⑤

録音內容：披露宴の流れを教えてください。

請告訴我喜宴的流程。

回答內容：主賓挨拶や、ケーキ入刀などです。

3.

① 王さんと佐藤さんはやっと一緒になったんです。

② 式場や、料理や、引出物ギフトなどものすごくお金がかかりますね。

③ 祝儀をもらえば、すこしは助かりますが。

台灣廣廈 國際出版集團
Taiwan Mansion International Group

國家圖書館出版品預行編目（CIP）資料

我的第一本日語會話課本/張蓉蓓著.
-- 初版. -- 新北市：國際學村出版社, 2021.02
　　面；　公分.
ISBN 978-986-454-147-8(平裝)
1.日語 2.會話

803.188　　　　　　　　　　　　　　109021250

 國際學村

我的第一本日語會話課本

作　　者／張蓉蓓		編輯中心編輯長／伍峻宏	
審　　訂／小堀和彥、秦就		編輯／王文強	
插　　畫／朱家鈺		封面設計／林珈伃・**內頁排版**／菩薩蠻數位文化有限公司	
		製版・印刷・裝訂／東豪・弼聖・秉成	

行企研發中心總監／陳冠蒨　　　　媒體公關組／陳柔彣
　　　　　　　　　　　　　　　　綜合業務組／何欣穎

發　行　人／江媛珍
法 律 顧 問／第一國際法律事務所 余淑杏律師・北辰著作權事務所 蕭雄淋律師
出　　　版／國際學村
發　　　行／台灣廣廈有聲圖書有限公司
　　　　　　地址：新北市235中和區中山路二段359巷7號2樓
　　　　　　電話：(886) 2-2225-5777・傳真：(886) 2-2225-8052

代理印務・全球總經銷／知遠文化事業有限公司
　　　　　　地址：新北市222深坑區北深路三段155巷25號5樓
　　　　　　電話：(886) 2-2664-8800・傳真：(886) 2-2664-8801
郵 政 劃 撥／劃撥帳號：18836722
　　　　　　劃撥戶名：知遠文化事業有限公司（※單次購書金額未達1000元，請另付70元郵資。）

■出版日期：2021年02月
ISBN：978-986-454-147-8　　　版權所有，未經同意不得重製、轉載、翻印。